# 初恋♥ビフォーアフター

# Prologue

――就職活動は、今日で最後！

表面上は落ち着きを保って、しかし内心ではそう強く意気込みながら、籠宮凛《かごみやりん》は深呼吸をした。

（大丈夫。今日こそ絶対、大丈夫）

本日何度目か分からない自己暗示をかけた凛は、鏡に映る自分を確認する。

駅構内の化粧室の一角。鏡の中には、どこか不安そうな表情の女がいる。

その顔は、とても二十四歳とは思えない疲れ切ったものだった。薄《うっす》ら塗ったファンデーションと色付きリップでかろうじて化粧はしているものの、よくよく見れば目の下には隠し切れない隈《くま》があるし、顔色もお世辞にも良いとは言えない。

面接に挑《いど》むのなら、本当はもう少しはっきり化粧をした方がいいのかもしれない。しかしこれが、今の凛にできる最大限のメイクだ。

今どき就活生でも着ないような黒のリクルートスーツは、細身な凛の体形に合っていない上に、薄い生地の安っぽい代物だ。リサイクルショップでようやく見つけたそれは上下合わせて二千円。値段を考えれば致し方ない。

（口紅くらい、買えば良かったかなあ）

安いプチプラコスメにも可愛いものがたくさんあるのは、もちろん知っている。しかし、ここ一週間、一日一食の日が続いているのだ。口紅なんて買えるはずがなかった。

「あ、そのグロス新色？」

「そうそう。ＣＭのモデルがカッコよくて気になってたの。発色もいいしおススメだよ」

隣に並んだ女性二人組のやりとりに、凛はちらりと視線を向ける。

「外国の男の人ってなんであんなに格好いいんだろう。骨格レベルで違う気がする」

凛より少し年下に見える彼女たちは、綺麗に染めた茶色の髪を、そろってふわりと巻いていた。ばっちり施《ほどこ》されたメイクはそれぞれとても似合っている。ジェルネイルで彩《いろど》られた指先が摘《つま》むそのグロスは、凛も街頭で流れるＣＭを見て気になっていたものだ。バッグもブランド物で、恐らく十万円はくだらない。二人の持ち物、服装全てが凛とは真逆だった。

「あの……何か？」

怪訝《けげん》そうに眉根を寄せる彼女たちの表情に、凛は無意識にそちらを凝視《ぎょうし》していたことに気づいた。咄嗟《とっさ》に一歩後ずさり、言葉を詰まらせる。女性たちは不機嫌な様子を隠そうともせず、凛を上から下まで眺めた後、ふっと嗤《わら》った。

「行こ。……だっさ」

去り際に吐き捨てられた言葉は、自分でも思っていたことだ。それでもやはり、他人にはっきりと言われると辛いものがある。

ズキンと響いた胸の痛みにぎゅっとスカートの裾《すそ》を握るけれど、すぐに手を離した。皺《しわ》の寄ったスカートで面接に向かう訳にはいかない。それに彼女たちを見つめてしまったのは、何も羨《うらや》ましかったからではないのだ。

「……懐かしかった、だけだもの」

ブランド物のバッグ、流行《はや》りの化粧品。そんなもの、数年前の凛は数え切れないほど持っていた。

（でも、今同じものを買おうとしたら、どれくらい働けばいいんだろう）

考えるとぞっとする。以前は値段など気にせず好きなだけ購入していたが、もし今お金が手に入ったら、間違ってもブランド品なんて買わないだろう。それより、お腹いっぱい好きな物を食べてみたい。

（美味しいお酒とお肉が食べられたら、他に何もいらないかも）

再度鏡を見る。人と比較した後だからだろうか。自分の姿は、先ほど以上に野暮《やぼ》ったく映った。

「……っと、もう行かなくちゃ」

腕時計の時間を確認すると、十時半。もうすぐ最初の会社の面接の時間だ。

一社目は家族経営の小さな印刷会社の事務。そして二社目は、世界的にも名の知れた外資系企業の総務事務だ。凛の本命は前者の印刷会社。後者については試しに応募してみただけで、履歴書が通ったことに驚いたほどだ。面接を切り抜けられるとは到底思えず、こちらはあまり期待していない。

一社目の面接は十一時。面接会場は駅から徒歩十分ほどの場所なので、今から向かえばちょうどいい。

深呼吸をして沈みかけた気持ちを引き上げる。

確かに今の格好はダサいし、野暮《やぼ》ったい。しかし清潔感はあるはずだ。昔『日本人形みたい』と言われたこともある黒髪はきっちり一つに纏《まと》めたし、綺麗な姿勢には自信がある。

(連敗記録は、今日で終わり)

大丈夫。今日こそいける——そう自分に言い聞かせて化粧室を出た、その時だった。

「きゃっ!」

「……っと!」

何かにぶつかって倒れそうになったところを正面から抱き留められる。ふわり、と爽《さわ》やかな香りがした。

眼前の白シャツに顔を押し付ける形になった凛は、慌てて上を向き——息を呑んだ。

「す、すみません!」

——人は、本物の『イケメン』を目の前にすると、言葉も出ないらしい。

今この瞬間、そう確信した。呆気《あっけ》に取られる凛をのぞき込む大きな瞳は、薄《うっす》ら赤みがかったヘーゼル色をしている。髪は、柔らかそうな栗色。すっと通った鼻筋も形のいい唇も、全てが完璧な造作だ。間近で見る血色の良い滑《なめ》らかな肌には、染《し》み一つない。

(外国の人……?)

そうとも見えるし、日本人にも見える。どちらにせよ、こんなに整った顔立ちの男性を見るのは初めてだ。その一方でなぜか見覚えがあるような気がした。

「——大丈夫？」

少し掠《かす》れて艶《つや》のある低い声が発したのは、日本語だった。何語で話しかけるべきかと迷っていた凛は、すぐに「ごめんなさい！」と頭を下げる。ここ数年で身に着けた九十度の完璧なお辞儀に、男性は驚いたように目を瞬《しばた》かせた後、「顔を上げて」とそっと凛の肩に触れた。

「俺の方こそごめんね。君、痛いところはない？」

男性は凛と視線が合うと、ほっとしたように微笑んだ。そういえば、先ほどの女子大生が言っていたグロスのＣＭに出ている外国人モデルに似ているかもしれない。

「大丈夫です。あなたにお怪我はありませんか？」

こうして対面すると、彼自身モデルであっても不思議ではないスタイルだということがわかる。身長も百八十センチ以上あるだろうか。凛より頭一つ分は高い。

「もちろん。君は、羽のように軽かったからね」

白い歯を覗《のぞ》かせたその笑顔はあまりに様《さま》になっていて、凛は思わず見惚《みと》れた。

「そんな、ことは……」

ただのお世辞と分かっていても、異性からの甘い言葉を久しく聞いていなかった凛には、刺激が強すぎた。

「——ねえ、本当に大丈夫？」

「だ、大丈夫です」

「顔、赤いけど」

どこか楽しそうに小首を傾《かし》げるその姿は、可愛いのに色っぽくて。

「だって、それはっ！」

「近いから、ですっ……！」

わずかでも動けば唇が触れてしまいそうな距離に、凛は悲鳴にも似た声で言った。

そんな凛とは対照的に、余裕たっぷりの男性は「ごめんね」と苦笑する。

「日本に帰って来たばかりで、まだ人との距離感が掴《つか》めてないみたいだ」

「日本の方じゃないんですか……？」

現在話している日本語に違和感はないが、やはり外国人だったのだろうか。

頬を赤らめたままきょとんと目を瞬《しばたた》かせる凛に、男性は「半分はそうだよ」と肩をすくめる。

「半分？」

「イギリス人とのハーフだから。一応、英国紳士」

「……自分で言うなんて、おかしな人ね」

少し落ち着くと、彼の顔立ちを眺める余裕もできる。凛はふわりと笑んで身体を離した。

「とにかく、私の不注意でごめんなさい。お怪我がないようで良かったです」

その時、男性の表情がなぜか一瞬固まったように見えた。

気にはなったものの、そろそろ行かなければ。ぶつかったのが話しやすい人で良かった。

この後の面接も上手くいけばいいなと思いつつ、凛は「それじゃあ」と背を向けた。

「――待って！」

不意に腕を引かれて振り返る。視線の先には、なぜか真剣な面持《おもも》ちの男性がいた。

「あの、まだ何か？」

男性はその問いには答えず、代わりに凛の全身を――自他ともに『ダサい』と認める格好を眺めた。次《つ》いで凛の顔を正面から見据《みす》えて一言、言ったのだ。

「君、どうして『そんな』格好をしてるの？」

「……っ！」

何を、今更。

「あなたには関係ありません、失礼します！」

「待っ……！」

凛は渾身《こんしん》の力で腕を振り切ると、男性の制止も無視して走り出した。

前言撤回。――今日は、厄日だ。

I

それは、今から二年前、大学卒業を目前に控えた二月のこと。自由気ままな女子大生ライフも残すところあと少し、と浮かれていた凛の人生は、その日を境に一変した。

――父・籠宮伊佐緒《いさお》の経営する会社が、倒産したのだ。

その一報を受けた時、凛が真っ先に心配したこと。それは、

（イタリア卒業旅行は行けるのかしら？）

ということだった。

会社が無くなったのは確かに大変だ。生活スタイルも変わってしまうだろうし、残念だけれど旅行は厳しいかもしれない。しかし動揺する母や家人らとは対照的に、凛はおおむね楽観的だった。

四月からは父に紹介された旅行会社で働くことが内定している。しかもそこの社長とは、昔から家族ぐるみで懇意《こんい》にしており、凛も幼い頃から『おじさま』と慕っている人物だ。

多少不自由するかもしれないけど、普通に生活していくぶんには問題ないだろう。新社会人としての不安はあるが、きっとなんとかなるはずだ。何か困ったことがあれば、おじさまを頼ればいい。

そう、思っていたのだけれど。

「申し訳ないが、今回の話はなかったことにしてほしい。理由は、分かるね？」

大好きなおじさまから遠回しに内定辞退を求められて初めて、凛は事態の深刻さを知った。

時を同じくして、友人だと思っていた子からも、パーティーの度に凛に言い寄ってきた男性たちからも、一切の連絡がなくなった。

家に戻らない父。娘を残して実家に帰ってしまった母。

けれど両親の不在はさして問題ではなかった。彼らは凛の欲しがる物を何でも買い与え、どんな我儘《わがまま》も許していたけれど、そこに『家族の愛情』を感じたことは、ほとんどなかったのだから。

使用人たちは蜘蛛《くも》の子を散らすように屋敷を出ていき、広い屋敷には凛一人が残された。

その家からもたくさんの家財が運び出されていく。

来客の度に自慢していた父の絵画コレクションも、先々代から受け継がれてきたアンティークの家具も、電化製品から、それこそ凛の持っていたブランド品の数々に至るまで、ありとあらゆるものが差し押さえられたのだ。当然、屋敷にそのまま住んでいられるはずもない。

凛に残されたのは、最低限の身の回りの品と古いアパートの一室。そして、慎ましく暮らせばなんとか数ヶ月は過ごせるだろう預金残高が記帳された通帳だけだ。通帳を凛に手渡したのも、アパートへの入居手続きも、全ては父ではなく、秘書が代理で行ってくれた。

学費を全額前納していた大学を卒業できたことだけは幸いだったが、卒業式には参加していない。式のために新しく仕立てた本振袖《ほんふりそで》は既《すで》に凛のものではなかったし、可愛く着飾った級友たちを笑顔で祝福できるほど、当時の凛に余裕はなかったのだ。

その後の一人暮らしは、右も左もわからなかった。

朝の起床も髪形のセットもお手伝いさんに任せるのが当たり前だったし、幼稚舎から大学までの通学は運転手付きの車で送迎。

『してもらって当たり前』の生活。

日々のそれにお礼を言ったこともなければ、特にありがたいと思ったこともない。だから、初めは本当に大変だった。そもそも『慎ましい暮らし』がどういうものなのか、凛には分からない。預金残高はあっという間に底を尽きかけた。

このままでは来月の家賃も払えない。それどころか、光熱費だってぎりぎりだ。

そうなって初めて、凛は自《みずか》ら職探しを始めた。もちろん目指すは正社員。しかし、当然ながら『典型的』お嬢様の凛を雇ってくれるところはどこにもなかった。

収入がなければ生活が成り立たない。正社員になるまでの繋《つな》ぎでいい、とにかく働かなくては。

焦った凛が最初のアルバイトに選んだのは、ファミリーレストランの接客業。

しかしそこは、カルチャーショックの連続だった。

まず、あの値段で食事ができるのが信じられない。店内は騒がしく、休日ともなれば目が回るような忙しさだ。けれどそれ以前に、凛は『頭を下げる』ことができなかった。

（なんで、そんなにペコペコしなくちゃいけないの？）

（こんなに働いて、これだけしかお給料をもらえないの？）

お客様に注意されればむっとして、バイト仲間に注意されると機嫌を損ねて無視をする。

今までの凛はずっと人の輪の中心にいた。周りが凛に合わせるのが当たり前。

級友たちにも一目《いちもく》置かれ、異性だってみんな凛の気を引きたがったのだ。バイトを解雇されても、凛は自分が悪いとは露《つゆ》ほども思わなかった。だが、その後も様々なバイト先を続けてクビになり、凛はようやく自覚した。

（間違っているのは、私の方……？）

以来、凛は心を入れ替えて働こうとしたけれど、身に着いた仕草や考え方はそうそう簡単に変わらない。いくつかのバイトを掛け持ちしたり、短期契約社員として働いたりしたこともあるが、やはり正社員への道は厳しかった。何度も面接を受けては落ち、落ちては受けを繰り返す。時間は瞬《また》く間に過ぎて、おんぼろアパートにも愛着も感じるようになった今、気づけば二年の月日が経っていた。

◇―＊◆＊―◇

「籠宮凛さん、二十四歳。職歴は……アルバイトと派遣だけ？」

白髪《しらが》交《ま》じりの面接官の失笑に、凛はすぐに悟った。

（この面接、ダメかもしれない）

駅でのいざこざはあったものの、凛は気持ちを切り替えて面接に臨んだ。

就職活動を始めた当初は、自己紹介をするだけで精いっぱいだった。しかしある程度数をこなすと対応にも慣れ始め、今では最初のやりとりでなんとなく結果を予想できるまでになっている。そして残念ながら、その的中率は現在のところ百パーセントだ。

「一つ目のアルバイトを始めるまで空白の期間があるけど、大学を卒業してからは何をしていたの？」

「家事手伝いをしていました」

「それって、ようはニートだったってことだよね。その後はいくらか働いていたとはいえ、学生時代にアルバイト経験もないみたいだし、……ちょっとそういうのは、ねえ」

「あのっ！　確かに勤務経験は少ないですが、やる気は十分あります！　あと、御社の応募要項には職歴不問、とあったと思うのですが……」

「確かにそう求人は出したけど、それは言葉のあやというか、まあ、常套句《じょうとうく》だよね」

時間の無駄。目の前の人がそう思っているのは、悲しいけれど手に取るように分かった。

「それに、これ何？　趣味・特技欄がここまでぎっしり書かれてるのは初めて見たよ。華道に茶道、日舞《にちぶ》にピアノ？　バレエに書道って、これ本当？」

「はい！　十年以上、習っていました」

「へえ。語学にも堪能《たんのう》なんだ。何語がいけるの？」

「英語と、あとはフランス語はある程度話せます」

「で、それが何かの役に立つの？　うちが一部上場の一流企業っていうならいいと思うよ？　社長秘書とか、受付嬢とか、君の『ご趣味』を活《い》かしてくれる部署もたくさんあるだろうね。でもうちがそうじゃないことくらい、分かるよね？　欲しいのは実務のできる人なの。……それにねえ」

面接官は、凛を頭から足先まで嘗《な》め回すように眺めた後、ふっと鼻で笑った。

「仮にうちが大企業でも、『君みたいな』子は受付に座らせられないね」

君みたいなダサい子、どこの会社も取らないよ。そう、言外《げんがい》に示されたような気がした。

──恥ずかしい。しかし、面接官の言っていることも、正しいのだと思う。

確かに一般事務の仕事に、綺麗な花の生け方なんて役に立たない。

今日も言われるのだろうなと覚悟はしていた。しかし改めて現実を突きつけられると、自分のこれまでの生き方を全て否定されたようで、喉の奥がひゅっと詰まるような感覚がした。

「あなたが幼稚舎から大学まで通っていたところ、有名なお嬢様学校だよね。で、経歴を見てもその通りだ。その上『籠宮』ときた。間違っていたら申し訳ないけど、あなた、籠宮社長の血縁者？」

面接で家族について聞くのはマナー違反。大学卒業後から就職活動を始めた凛でも、それくらいは知っている。だからこの質問に対する答えは簡単。にっこり笑ってごまかせばいい。

「……はい。籠宮伊佐緒は、私の父です」

しかし、何度同じ質問をされても凛はこう答えてしまう。

「――ご苦労様。結果はまた改めて連絡しますよ」

面接官と視線が合うことは、二度となかった。


（……また、ダメだった）

二社目の面接を終えた凛は、半分ぼんやりとした状態のまま、会社のエントランスを後にする。

一社目のやりとりを引きずって臨んだ二社目の面接では、集中力も切れて散々だった。

面接内容に特段変わった質問はない。氏名と年齢、経歴。趣味や特技、あとは業務内容の確認。

唯一印象的だったのは、担当の男性が終始にこにこしていたことだろうか。

秘書室長の斉木《さいき》と名乗ったその人は、凛の名前を聞くなり一瞬驚いたように見えた。

彼も『籠宮』の姓に反応したのだろうけれど、触れられなかったのはありがたい。

「――着信？」

鞄《かばん》から取り出したスマートフォンに目をやると、着信履歴が一件残っていた。最初の会社だと気づいた凛はすぐにかけ直す。面接からまだわずか数時間。こんなに早く結果が出るのは珍しい。

ドキドキしながら待っていると、コールが五回ほど鳴ってようやく応答があった。

電話口の女性のけだるそうな声に一瞬怯《ひる》みそうになるけれど、明るい声を作って電話をもらった旨を告げる。繋《つな》がったのは、あの面接官だった。

『あー……籠宮さん？』

「はい！　先ほどはお電話に出られず申し訳ありませんでした」

『いいえ。で、結果からお伝えします。せっかく来てもらって悪いけど、今回は御縁がなかったということで。それじゃ、これで失礼しますよ』

凛の返事を待たずに電話はぶつりと切れた。

予想していたはずだ。しかしいざこうなると、今度は別の意味でドキドキが止まらない。

六月下旬。梅雨時《つゆどき》の今、湿度は高く、スーツの下にじんわりと汗をかいている。肌は不快な生ぬるさとこの時期特有の暑さを感じているのに、身体の芯はひんやりと冷たい。

（……大丈夫）

面接に落ちるのなんて慣れっこだ。今回はたまたま、父のことを言われたせいで、凹《へこ》んだだけ。落ち込んでいる暇はない、すぐに次の会社を受けないと。それでもダメなら日雇いのアルバイトを見つけなければ、住む場所さえなくしてしまう。

――とにかく、何かを胃に入れていったん落ち着こう。

視線の先にはちょうど、アメリカの大手コーヒーチェーン店がある。

新作フェアが始まったばかりらしく、生クリームのたっぷり乗ったコーヒーフローズンの写真にそそられた。昔は生意気にも『あんなもの』と敬遠していたくせに、今では『贅沢《ぜいたく》なもの』として目に映る。財布に余裕はないが、今だけは自分のことを甘やかしてあげたかった。入店して季節限定のそれを注文すると、少しだけ気分が浮上した。このまま散歩がてら帰るのもいいかもしれない。近くに公園があるし、そこでのんびり一休みしよう。そうすれば、この悶々《もんもん》とした気持ちも晴れるような気がした。

(気持ち、切り替えなきゃ)

凛がカップを片手に店を出ようとした、その時だった。手元のスマホに視線を落として向かってくる男性が視界に入る。避けようとしたが、下を向いた男性は、そのまま凛にぶつかってきた。

「いたっ……!」

正面から強い衝撃を感じた凛は、バランスを崩してその場に倒れ込んでしまう。

「――あっぶねえな!　どこ見てんだ、このブス!」

顔を上げると、舌打ちをして凛を見下ろす中年男性と目が合った。ぶつかってきたのは、明らかに男性の方だ。それにも拘《かかわ》らず、彼は謝罪するどころかそう吐き捨てた。

尻餅をついたせいでお尻がじんじんと痛い。さらに上半身にびっしょりと濡れた感触があった。混乱するまま自分の身体を見下ろせば、白いブラウスは零《こぼ》れたコーヒーと生クリームを浴びて酷《ひど》い有様《ありさま》だ。右手に握ったままのカップから中身がぼたぼたと零《こぼ》れ、手首を伝っていく。

男性は立ち去る気配もなく、凛を罵倒《ばとう》し続ける。

何か言わなければと思うけれど、喉の奥が張り付いてしまったように声が出ない。

──ぶつかって来たのはあなたの方でしょう、謝りなさい！

そんな風にはっきりと言えたのはもう、過去の自分だ。

今の凛は、ただ小さくなって嵐が過ぎるのを待つことしかできなかった。

「ちっ、なんとか言ったら……」

「──今のは、明らかにあなたの不注意だろう」

誰もが見て見ぬフリをする中、その声は確かに凛の耳に届いた。

凛は、顔を上げる。そこには数時間前に別れたばかりの人物がいた。

「大丈夫？」

駅で会った時と同じように、彼は柔らかく笑む。予期せぬ再会に驚く凛に、彼はそっと水色のハンカチを差し出した。

「これを使って。少しだけ待っててね」

反射的に受け取ると、彼は「大丈夫、すぐに終わるよ」と凛を背にかばって男と向かい合う。

「彼女に、謝罪を」

「……はあ？　んだてめえ、関係ないやつが口出すんじゃねえよ！」

「聞こえなかったの？」

凛に背中を向けたまま、彼は無表情に言い放った。

「──謝れ、と言っている」

強い言葉に、対面した中年男性の肩が一瞬びくんと震える。それ以上の反論を許さず、彼は淡々《たんたん》と続けた。

「俺は、あなたからぶつかったのをはっきりと見たよ。もちろん、他にも証人はいるだろう。この店の店員にも、客にもね」

「……ちっ、だから何だって――」

「耳だけじゃなく頭も悪いの？」

その瞬間、声が一変した。

「するべき謝罪もできないなら、今すぐ消えろ」

一切の抑揚《よくよう》を打ち消して彼は言った。顔を真っ赤にしていきりたつ中年と冷静な態度を崩さない男性。二人の違いは誰の目にも明らかだった。

「それとも警察を呼んで出るとこに出ようか？　希望するならいつまでも付き合ってあげるよ」

口調こそ丁寧なものの、低く据《す》わった声色《こわいろ》に、中年は最後に舌打ちをして、逃げるように去っていったのだった。

「待たせてごめんね」

凛の方を振り返った彼の雰囲気は、一転して穏やかなものへと変わっていた。ズボンの膝が汚れるのも構わず地面に片膝を突くと、彼は未《いま》だ座り込んだままの凛を心配そうに見つめる。

「あの、わたし」

「……立てる？」

言われて気づいた。足に力が入らない。耳の奥に残る怒鳴り声に、まだ足が震えていたのだ。もしも彼が助けてくれなかったら、凛は今も怒鳴られていたかもしれない。

（……怖かった）

震えをなんとか抑えようとぐっと拳《こぶし》を握ったその時、凛の身体がふわりと浮いた。

「あ、やっぱり軽い」

彼は、流れるように自然な仕草で凛を抱き上げていた。横抱きのいわゆる『お姫様抱っこ』の状態に凛が呆気《あっけ》に取られていると、彼は改めて「危ないから動かないでね」と凛をぎゅっと抱き寄せる。密着したことで、零《こぼ》れたコーヒーの汚れが彼のシャツにも移ってしまった。

「は、放してください！　服、汚れますから！」

凛は慌てて彼の胸を押すが、見た目よりもずっと引き締まった身体はびくともしない。

「そんなの、どうでもいい……それよりも」

彼は左手を凛の後頭部にそっと添え、いっそう優しく抱え込んだ。

「君が泣きそうな顔をしている方が、ずっと気になる」

「――っ！」

一度会っただけの関係で、『そんな格好』なんて馬鹿にしてきたくせに、どうして優しい言葉をかけてくれるの。

面接の時からずっと気を張っていたからだろうか。不意に触れた優しさに、氷のように固く閉ざされていた凛の心はいともたやすく溶かされてしまった。

「もう、いやっ……私だって頑張ってるのに、なんでっ……怖かった……！」

シャツが汚れるのも構わず抱き締められた途端、凛の気持ちは決壊した。

店の入り口であれだけの騒ぎを起こしたのだ。今も通行人の遠慮のない視線は四方から凛を突き刺していく。しかし彼は、それら全てから守るように、凛を強く優しく包み込んだのだった。

◇─＊◆＊─◇

「──落ち着いた？」

「……はい」

近くの公園のベンチにそっと下ろされた凛は、俯《うつむ》いたまま小さな声で答える。

今日会ったばかりの男性に横抱きにされて、その上子供のように泣いてしまった。

みっともないところばかり見られて、どんな顔をすればいいのか分からない。そんな凛に何を思ったのか、「はあ」と深いため息が聞こえてくる。

「君は、本当によく人にぶつかるね」

聞き捨てならない台詞《せりふ》に反射的に顔を上げる。自分の不注意だった一回目はともかく、二回目は不可抗力だ。そう続けようとした凛の言葉を遮《さえぎ》ったのは彼だった。

「やっと、顔を上げてくれた。……さっきの君は巻き込まれただけだ。見ていたから分かるよ」

男性は、凛を見てほっとしたように笑う。凛は反応に困りながらも、自分が汚してしまった男性のシャツを視界の端《はし》に認めてはっとした。

「汚してしまって、本当にごめんなさい」

凛がまずするべきは謝罪だ。こうして正面から見ると、べっとりとついた汚れはハンカチで拭《ぬぐ》った程度では取れそうにない。クリーニングでも落ちるか微妙なレベルのそれに『弁償』の二文字が頭を過《よぎ》るけれど、すぐに自分の経済状況も思い出す。

コーヒーを買ってしまった今、帰りの電車代を抜かせば今の凛はほとんど無一文だ。

「あの、連絡先を教えて頂けますか？」

男性は目を瞬《しばたた》かせると、形の良い唇の端《はし》を上げてにっこり笑った。

「驚いた、逆ナン？」

「違います！」

まだ人との距離感が掴《つか》めていないと言っていたけれど、この何とも言えないノリは彼自身のもののような気がする。

「シャツ、弁償させてください。ただ、今は手持ちが少なくて……後日改めてお詫《わ》びしますので、連絡先を教えて頂けますか？」

「気にしなくていいよ。俺よりも君の方が心配だ。シャツもスカートも大分汚れている。時間があるようなら、君の服を買いに行こう。もちろん、お金の心配はしなくていいよ」

「そんな、助けて頂いただけでも十分感謝しているんです。それに、見ず知らずの方にこれ以上ご迷惑をおかけするわけにはいきません」

「……見ず知らず、ね」

「あの、何か？」

「ううん、こっちの話。でも、俺がいいって言っているのに、君もなかなか頑固だね」

あまりの言い草に堪《たま》らず口を開きかけた凛に、男性はくすりと笑って続けた。

「『長篠《ながしの》』」

一拍置いた後に、それが彼の名前なのではと気づいた。

「……長篠さん？」

凛が名前を呼べば、長篠は「そう」と満足そうに頬を緩《ゆる》ませる。

「これで『見ず知らずの方』じゃなくなったね？」

言葉遊びをしているわけではない、と言い返す凛を、長篠はなぜか楽しそうに見つめる。

その熱心な視線に、凛はそっと目を逸《そ》らした。この抜群に整った顔立ちに対する耐性など持ち合わせていない。

「……私の顔に何かついていますか？」

このタイミングでこの人からも『ブス』なんて言われたら、さすがに立ち直れない。

しかし長篠の答えは予想の斜め上を行っていた。

「駅で会った時も思ったけど、本当に可愛い顔だなあと思って」

一瞬、自分の耳を疑った。しかしその直後に感じたのは苛立《いらだ》ちだ。

「……バカにしたくせに」

「俺が、君を？」

「『そんな格好』って言いましたよね」

覚えがないと言わんばかりの態度に、思い出させるよう凛は少しだけ強い口調で言った。

凛とて、好きでこんな格好をしている訳ではないのだ。誰もが見惚《みと》れるだろう長篠と、みすぼらしい凛。そのあまりの違いに俯《うつむ》きかけたその時、「違うよ」と穏やかな声が凛の動きを止めさせた。

「そういう意味で言ったんじゃない。……でも、そっか。だから、あんなに怒ってたのか」

確かにそれもあるが、一番は図星《ずぼし》を指されて恥ずかしかったのが理由だ。

「さっきも言ったけれど、君は可愛いよ。だからこそ、それを隠すような格好をしていたのを不思議に思って。薄化粧も清楚《せいそ》でいいけど、君はもっと自分の魅《み》せ方を知っているはずだ」

よどみなく紡《つむ》がれる誉《ほ》め言葉にからかいの色は微塵《みじん》もない。何より、凛のことを知っているかのような口ぶりに驚かずにはいられなかった。凛と長篠は今日が初対面のはずだ。

「……以前、どこかでお会いしたことがありますか？」

駅で感じた妙な既視感《きしかん》。見つめる凛に対して、長篠はやはり薄く微笑んだままだ。

「それ、やっぱりナンパにしか聞こえないけど。君のお誘いなら、喜んで受けるよ？」

「……いいです、もう」

若干煙《けむ》に巻かれたような気がしないでもないが、凛は疑問を呑み込んだ。

（そうよね。こんなに目立つ人と会っていたら、覚えているはずだもの）

昔、会社関連のパーティーで会ったことがあるのではと思ったが、やはり気のせいだったようだ。

気を取り直し、改めて連絡先を聞こうとすると、にこやかにこちらを見つめる長篠と目が合った。

「――決めた」

「な、なにをですか……？」

今の凛に誠意はあるが、お金はない。いったい何を求められるのだろうと不安な凛とは対照的に、長篠の顔は妙に晴れやかだ。

「……っと、その前に。そのままじゃコーヒーの跡が目立つから、これを着て。俺ので悪いけど、ないよりはましだと思うから」

長篠は自分の着ていた薄手の紺《こん》のカーディガンを脱ぐと、さっと凛の肩に羽織《はお》らせた。

突然の行動に目を丸くする凛の手をそっと取って、長篠はベンチから立たせる。

「お詫《わ》びの方法。お金は必要ないよ。――君の身体一つあればね」

含みのある言葉に思わず固まったその隙に、長篠は凛の手を引いて歩き出す。

「ちょっ、長篠さん!?」

身体一つ、だなんて冗談じゃない。凛は慌てて両足に力を込め、抵抗を試《こころ》みる。しかしその行動すら予想の範囲内とでもいうように、長篠は余裕の表情で振り返った。

「大丈夫、こんな昼間から変なことをする趣味はないよ」

それなら今すぐ放してください、と言い返す凛に対して、長篠は悪戯《いたずら》っぽく微笑んだ。

「大人しくしてくれないとまたお姫様抱っこするけど、それでもいい？」

今度こそ凛は言葉を失った。ある種、緊急事態だった先ほどとは違い、ここは真っ昼間ののどかな公園である。人の往来こそほとんどないものの、少し歩けば高級ブランド店が軒《のき》を連《つら》ねる商業通りに出てしまうこの場所で、横抱きにされたら目立つどころではない。

凛の片手はきゅっと握られている。この様子では、長篠が自《みずか》ら手放すつもりはなさそうだ。

答えに窮《きゅう》する凛をさらに追い込むように、長篠はゆっくりと一音ずつ言葉を続けた。

「『お詫《わ》び』。してくれるんだよね？」

じいっと凛に視線を向ける長篠の雰囲気は言葉とは裏腹に柔らかい。ヘーゼルの瞳に見つめられると、それだけで鼓動が速まる気がする。この人が、凛を傷つけることをするようには思えなかった。

「……私にできることでしたら」

「君にしかできないことだ。――さあ、行こう」

やはり、長篠は凛の手を握ったままだ。握り返すことこそしないものの、凛はひとまず抵抗することを止めた。

（不思議な人）

隣を歩く長篠はとても機嫌が良いように見えた。

公園を出てすぐに商業通りへと入った凛と長篠だが、すれ違う人は皆、一様に二人を目に留めた。

やはり服の汚れが目立つのだろうか。凛は、借りたカーディガンの前を片手できゅっと掴《つか》む。

しかし、すぐにそれは勘違いであると悟った。

人々が――主に若い女性が見ているのは凛ではなく、長篠だ。

すらりと長い四肢《しし》を持つ長篠は、凛より頭一つ分以上背が高い。

ショーモデルが本業であると言っても何ら違和感のない体形。羽織《はお》っていたカーディガンを脱ぎ、サマーシャツ一枚となった長篠の上半身は、見事なまでに引き締まっている。

肩同士が触れ合うほど近くにいるからこそ分かる。薄《うっす》らと盛り上がった胸部は逞《たくま》しく、ゆっくりと歩く足運びは実に優雅だ。

抜群に整った顔立ちも、鍛《きた》えられた体躯《たいく》も、その全てが長篠という男を魅力的に見せていた。

「この店だよ」

長篠の進行方向からもしやとは思っていた。しかしいざ店の前にやって来ると、今までとは別の意味で緊張した。高級店が建ち並ぶ通りの中でも、この店は格が違う。

欧州のとある王室の御用達《ごようたし》としても知られるこのブランドは、数年前日本に初出店した際、各メディアで大きく報じられたものだ。

元々はスーツ専門店でありながら、近年ではカジュアルブランドも展開し、そのどちらも成功させている。

お詫《わ》びのために連れてこられた先は、想像以上の高級店。今一度、凛の頭に口座残高がよぎる。

(だめ。絶対、ムリ!)

すぐに帰って日雇いバイト先を探そう。しかしそれだって、シャツの弁償には一体何日働いたらいいのか――

「……何を考えているのか大体想像がつくけど、ここで君に何かを買わせようなんて思ってないからね?」

青ざめる凛の隣で長篠は笑いを噛み殺すと、躊躇《ためら》いなく凛の手を引いた。長篠が一歩足を踏み出すと、気づいた店員によって内側から扉が開かれる。

「長篠様、いらっしゃいませ。ようこそお越しくださいました」

「さっそくで悪いけど、彼女に似合いそうなスーツ一式を何点か、合わせて小物も見せてくれるかな」

「かしこまりました。何かご希望の点はございますか？」

「フォーマルなものと、普段使い用の両方を。——ああ、そのダークグレーのスーツ、いいね。サイズもちょうどよさそうだ」

長篠がすぐ近くにあったレディーススーツに視線をやると、店員はすかさずそれを手に取った。

「インナーはホワイトのシフォンブラウスがあればそれを。まずはそのスーツを試着してみて、その間に俺が色々と見させてもらうよ」

「承知いたしました」

「長篠さん⁉」

テンポよく進む会話の内容に驚き、凛は慌てて二人の間に割って入る。しかし長篠はそれを無言で流し、右腕を凛の腰に回すと有無を言わさず店の奥にある個室——恐らく試着室だろう——へ誘《いざな》った。

「どうぞ、お嬢様？」

冗談とはいえ、その呼び方は洒落《しゃれ》にならないからやめてほしい、とか。

なぜ私のサイズがわかるのか、とか。そもそもなぜ、自分の服が選ばれているのか、とか。

そんな当たり前の疑問を凛が聞く間もなく、「いってらっしゃい」と試着室の扉が閉められたのだった。

——どうして、こんなことに。

問答無用で試着室に入れられた凛のもとには、次から次へと洋服が運ばれてきた。仕事で使えそうなスーツやインナーはもちろん、私服で着られそうなブラウスやスカート、ワンピース。試着している間も、扉の外からは、長篠の「これもいいね」「ああ、それも」とやけに明るい声が聞こえてきた。さすがにパーティーで着るようなドレスが手渡された時には、「お願いですからもういいと伝えて下さい！」と女性店員に懇願《こんがん》した。そして、今。

（これが、私？）

鏡の中には、身体のラインにぴったりと沿った品のあるダークグレーのスーツを着た一人の女性が映し出されていた。女子大生や面接官に鼻で嗤《わら》われた野暮《やぼ》ったい凛はどこにもいない。

一見お堅い印象を与えるジャケットからは、ホワイトのシフォンブラウスが覗《のぞ》き、柔らかな雰囲気に見せる。少し動くとふわりと揺れるフレアスカートは、凛の細身ながらも女性らしいシルエットをよく引き立てていた。きっちり一つ縛りにしていた髪の毛は、「こちらの髪形もお似合いですよ」と女性店員がハーフアップにしてくれる。バレッタはもちろん、店側が用意したものだ。

『高級ブランド』の洋服は過去に数えきれないほど着ていたし、むしろ普段着だった。もちろん、スーツを着たことも何度もある。

しかしそれはいずれも『働く』ことなど何も知らない、無知な子供の頃の話だ。

まだお世辞にも立派な社会人とは言えないものの、こうして『大人』の自分が改めて、きちんとしたスーツを着ている。それだけで、心なしか表情まで明るくなった気がした。

(……シンデレラみたい)

今の凛は、舞踏会に行けるようなドレスもガラスの靴も履《は》いていないけれど。

そんな、小さな女の子みたいな想像をしてしまうくらい、鏡の中の凛は鮮やかな変身を遂《と》げていた。

「――着られた？」

不意に扉の外からかけられた声とノックの音に、びくん、と肩が震える。

「はい、大丈夫です！」

今の今まで自分の姿に見惚《みと》れていたことに気づき、凛は慌てて返事をした。すると、「開けるよ」という言葉と共に扉はゆっくりと開かれた。

最初に、綺麗な白シャツが視界に入る。長篠も着替えを済ませたようで良かったと安堵《あんど》したその時、瞳を大きく見開く彼と目が合った。食い入るような長篠の視線。彼は、それこそ頭のてっぺんからつま先まで、凛の全身を見渡していた。

「……長篠さん？」

彼が選んだダークグレーのスーツは我ながらとてもよく似合っていると思ったのだが、勘違いだったのだろうか。不安に思って小首を傾《かし》げる凛に、長篠ははっと我に返ったように目を瞬《しばた》かせ、

「……ごめん」と小さく言った後、

「――綺麗すぎて、見惚《みと》れてた」

と、とろけるように微笑んだのだ。その瞬間、凛の頬に熱がともった。

（な、この人何を言って……！）

顔が熱い。心臓がドクン、ドクン、と痛いくらいに鼓動を刻み始める。

それは、今日出会った時から彼が見せたどの笑みとも違った。まるで恋人を見つめるような——凛のことが愛しくて堪《たま》らないとでも言うような、チョコレートみたいに甘いその笑顔。

『可愛い』

『綺麗』

お嬢様時代にうんざりするほど聞いたそれは、凛にとっては挨拶くらいの意味しか持たなかった。

それなのに今は違う。長篠の言葉一つに、こんなにも動揺してしまう。

「——うん、いいね。本当によく似合ってる」

本当に、やめてほしい。これ以上言われたらきっと、凛の心臓が持たない。

「そのスーツだけでなく、他の服や小物もぜひ使ってくれると嬉しい。どれもきっと、君に似合うはずだよ」

これには別の意味でぎょっとした。

「そんな、頂けません！」

「どうして？」

それはこちらのセリフだと言いたいのをぐっと堪《こら》え、凛は「頂く理由がないからです」とはっきりと告げた。凛が弁償の為に長篠のものを購入するならいざしらず、自分がこんなにも高額なものを「はい、ありがとうございます」と受け取れるはずがない。しかし、長篠は引かなかった。

「受け取ってもらわないと困るな。だってもう、購入済みだから」

凛は、長篠の後ろに立つ店員をぱっと見る。店員は、「後ほどお届けいたしますので、ご住所をお教え願えますか？」と実ににこやかな笑顔を凛に返した。

「今日彼女が着ていた物も一緒に送ってね」

「かしこまりました」

店員は綺麗な一礼をすると試着室を出ていった。扉は開いたままといえ、個室に二人きり。その状況にわずかに緊張しながらも、凛は再度長篠に説明を求める。

服を汚された、いわば被害者が汚した張本人に代わりの服をプレゼントするなんて話、聞いたことがない。

「『頂く理由がない』か。理由ならあるよ。これは、俺のせめてものお詫《わ》びの気持ち。朝、君にぶつかった時、『そんな服』なんて失礼なことを言ってしまったからね。だからこれは、その謝罪の意味も含んでる」

「私からあなたへのお詫《わ》びは？」

「君が俺の選んだ服を着る。俺はそれを見て目の保養ができる。それで十分だよ」

こうも感覚が違うと、もはや何も言い返せない。しかし、与えられるものを「ありがとう、頂くわ」なんてあっさり受け取ることができたのは、過去のことである。

タダより高いものはない、と昔の人はよく言ったものだ。

長篠と過ごしたわずかな時間で凛が彼について得られた情報は、ほんのわずか。

本人の言葉を信じるなら、最近日本に帰国したばかりのハーフのイケメン。そしてお金持ち。

それだけだ。

「……やっぱり、受け取れません」

「困ったな。それだと、せっかくの素敵な洋服が無駄になってしまう。残念ながら、俺に女装の趣味はないしね」

「なら、これが似合う素敵な女性に贈って差し上げて下さい」

「俺は今、そうしたばかりだよ」

「ですからっ！」

「『素敵な靴は、持ち主を幸せな場所に誘《いざな》ってくれる』」

長篠は凛の言葉を遮《さえぎ》ると、穏やかな声のトーンで話し始めた。

「俺の好きな言葉の一つだ。有名だから、君も一度は聞いたことがあるんじゃないかな？」

確か欧州のことわざの一つだった気がする。戸惑いながらもうなずくと、長篠はそう、と微笑んだ。

「それは、服にも共通すると思うんだ。もちろん、一番大切なのは服を着るその人自身。でも、その人に似合う服は持ち主に自信を与えてくれる。あるいは、新しい魅力に気づかせてくれる。それって幸せへの一歩だと俺は思うけど、君はどう？」

確かに素敵な言葉で考え方だ。しかし長篠が言わんとしていることが、凛には分からない。

「さっき、俺に『受け取れない』ってはっきり言った時。君は背筋を伸ばしてまっすぐ俺を見ていた。とても凛としていて、綺麗だった。零れたコーヒーを片手に俯いていた時の君とは、大違いだ」

長篠はゆっくりと右手を上げる。大きな手のひらがそっと凛の頬に触れた。凛は、なぜか動くことができなかった。不思議な色合いの瞳に、囚《とら》われる。

「小さく縮こまっている君も可愛いけど、自信たっぷりに言い返す強い君の方が、俺は好きだな」

「長篠さ――」

熱を持った親指が唇をなぞり、凛の顔に影がかかった、その時だった。

まるで触れ合いを引き止めるかのように、大きな着信音が試着室に響く。

凛は、はっとしてすぐに一歩後ずさる。長篠はほんの一瞬、着信音に苛立《いらだ》ったように眉根を寄せると、「ごめんね」と短く断って、ズボンのポケットからスマホを取り出した。

「はい。……ああ、ごめん。まだちょっと――」

電話をする横顔に、凛ははあ、と深い息をついた。

――まだ、胸がドキドキしている。

(……キス、されるかと思った)

それほどまでに長篠の距離は、近かった。キスなんてまさか、と思う自分と、もしかして、と思う自分と。いったい今日だけで長篠にどれだけ驚かされたのか、もはや数えきれない。頬に残る熱を何とか引かせようと呼吸を整える凛の前で、長篠はどこか焦ったように会話を続けていた。

「分かった、だから悪かったって。ああ、すぐに戻るから。悪かった、じゃあな」

電話を終えた長篠は肩をすくめて苦笑した。

「——タイムリミットみたいだ。もう戻らないと。駅まで送ろうと思ったのに、ごめん」

ほんの一瞬、残念だと思った自分に内心驚きながらも、凛は「分かりました」と頷《うなず》いた。

凛の方に彼を引き止めなければならない理由はない。しかしやはり、購入済みという洋服の始末についてはもう一度物申さなければ。そうして口を開きかけた凛を止めたのは、同じく長篠だった。

「ストップ」

柔らかな人差し指が強制的に凛の唇を封じる。

「お詫《わ》びは済んだし、洋服は君の物。どうしても納得できないなら、次に会った時に俺のことを名前で呼んで。それで今回の話はチャラだ」

聞いたのは苗字だけで名前なんて知らない！　視線で抗議する凛を長篠はふっと目を細めて見下ろすと、そのまま空いた左手で凛の右手をすくう。

——その後の動きは、まるで映画のワンシーンを見ているようだった。

ちゅっと、柔らかな感触が手の甲に落とされた。物語の騎士が姫君に忠誠を誓うかのごとき、その仕草。目を見開いて固まる凛を長篠は上目遣いで見つめた。

「またね、凛」

甘い囁《ささや》きと柔らかな余韻《よいん》だけを残して、彼は去っていった。

「……名前」

凛は長篠に一度も名前を名乗っていない。しかしその事実に気が付いた時には既《すで》に遅い。凛は仕方なく、新しいスーツを着て自宅へと帰宅したのだった。

その夜。畳に敷いた煎餅布団《せんべいぶとん》に横になった凛は、今日一日で起きたことを思い出し、身もだえしてころころ転がっては青ざめていた。何度かそれを繰り返すとさすがに虚《むな》しくなってきて、同時に一気に眠気が訪れる。本当に、色々なことがあった一日だった。

面接に落ちて、歩きスマホの男性に絡まれて。そうかと思えば信じられないほどたくさんの洋服を買い与えられ、キスをされた。

なぜ、彼は凛を知っているのか。『またね』とはどういう意味なのか。

分からないことばかりで悩みは尽きない。しかし、身体も心も大分疲れていたらしい。

翌日、服と小物の配達を告げるチャイムが鳴るまで、凛は熟睡したのだった。


――凛の採用を告げる電話が鳴ったのは、それから数日後のことである。

## II

『LNグループ』

イギリスに本社を置く老舗《しにせ》化粧品メーカーは、世界的にも名の知れた外資系企業である。

女性なら誰しも一度は耳にしたことがあるだろう化粧品の有名ブランドを数多く持っており、長篠に似たモデルがイメージキャラクターを務めるグロスも、この会社が発表したものだ。

その日本支社の面接を凛が受けたのは、今から一ヶ月前——長篠と出会い、別れたあの日である。

あの時はまさか、ＬＮグループに採用されるとは思いもしなかった。

英語が堪能《たんのう》であること、お茶やお花など日本の伝統芸能に明るいことが採用理由の一つだったと、後に面接官の斉木は教えてくれた。

履歴書が通過しただけでも驚きだったのに、まさかの大企業に、まさかの就職。

そして右も左も分からない凛が配属されたのは、総務部秘書課だった。

秘書課の業務内容は多岐《たき》に亘《わた》る。社長を始めとした役員のスケジュールやアポイントメントの管理、書類の翻訳《ほんやく》……と、サポート全般と言っていい。こまごましたことを上げればきりがないのだが、新入社員の凛の主な仕事は、先輩社員のサポートだ。

書類の翻訳《ほんやく》を手伝うこともあれば、お茶を入れたり、電話を取ったりすることもある。

一般企業と少し違うのは、社内を飛び交う言葉に日本語と同じくらい英語が多いことだろうか。

正直、慣れないことばかりで初めのうちは大変だったけれど、それ以上に『忙しい』毎日——誰かに必要とされる毎日は、楽しくて堪《たま》らなかった。そして、七月最終日。

「籠宮さん」

時刻は十七時半。終業時刻の訪れと共に、向かい側のデスクから声をかけられた凛は、緩《ゆる》みかけていた表情を慌てて引き締めた。

「はい！」

「お疲れ様、もう上がる時間よ」

入社して一ヶ月。凛にはまだ残業するほどの仕事はなく、定時出勤・定時退社を厳命されている。無駄な残業は徹底排除が大前提。周囲を見れば、凛以外の社員もちらほらと帰り支度を始めている。しかし、対面の先輩社員——奥平裕子《おくひらゆうこ》は、まだ仕事が残っているようで、「疲れたあ」と肩を回しながら凛を見ていた。

「そういえば、今週金曜日の夕方は空いてる？」

「はい、空いています。会議ですか？」

「ううん、飲み会のお誘いよ。場所は、あなたが前に行きたいと言っていたイタリアン。どう？」

奥平とは既《すで》に何度か食事を共にしていたが、話題が豊富な彼女と過ごす時間はとても楽しかった。

「ぜひ、ご一緒させてください！」

「良かった。あ、今度こそあなたには出させないからね。いい加減、先輩の顔を立てることを覚えなきゃ」

奥平はふわりと笑った。その柔らかな表情に凛は、同性ながら一瞬見惚《みと》れる。

今年三十四歳を迎えるという奥平だが、自分より十歳も年上だとはとても思えない。

スッキリとした黒髪ショートカットに真っ赤なルージュ、ホワイトのパンツスーツ。すっかり『憧《あこが》れの先輩』となった彼女は、新入社員である凛の指導係だ。

「おーい篭宮さん！　ぼうっとしちゃって、大丈夫？　疲れちゃったかな？」

「い、いえなんでもありません、失礼しました！」

からかうように目の前で手をひらひらと揺らされて、凛は慌てて立ち上がる。

まさかあなたに見惚《みと》れていました、なんて答えるわけにはいかない。凛の直立不動の姿勢に、奥平は一瞬目を丸くした後、けらけらと笑い始めた。

「あーもう、籠宮さんやっぱりいいわあ。ほんっと可愛い、大好き」

凛の方こそ、とびっきりの美人なのにそうやって大口を開けて笑う奥平が大好きだ。

初めての女性の先輩がこんな風に素敵な人で本当に良かった、と思ったその時、奥平の隣に一人の男性が並んだ。

「なんか楽しそうな会話してるな、俺も入れて」

「斉木室長」

斉木徹《とおる》。きちんとプレスされた白シャツに青のネクタイがキマって見えるその人は、凛と奥平の直属の上司である。

「あら、室長。おかえりなさい。出張お疲れ様でした」

「ありがとう、奥平。あー今回は疲れた」

「室長が弱音を吐くなんて珍しい。その様子だと、新社長と相当やりあったみたいですね？」

「……まあ、な」

先日、ＬＮグループはトップ――イギリス本社に在籍する会長の交代に伴《ともな》い、大規模な人事異動を発表した。九月一日付で日本支社にも国内外から新しい人員が配属となるらしい。

それもあって斉木を始めとした社員たちは、忙《せわ》しない日々が続いていた。

「久しぶりに会ったけどあいつ、変わってなかったよ。綺麗な顔して厳しいことばんばん言ってくる」

「早く会いたいわ。私もあの子に会うのは久しぶりだもの」

これに凛は驚いた。斉木は比較的砕けた態度を取っているけれど、社長を「あいつ」呼ばわりするような人ではないと思っていたからだ。それに、奥平まで「あの子」呼ばわりするなんて。

「あら、ごめんなさい。斉木室長、ちゃんと説明してあげないと。籠宮さんが驚いてますよ」

「ああ、そうだよな。九月から来る新社長、実は俺と奥平の昔からの知り合いなんだ。籠宮さんも会ったら驚くよ、きっと。中身はともかく、見た目は相当なイケメンだからな」

俺と同じくらいには、とおどける斉木に凛はくすりと笑った。

「でも、帰ってきて美人の部下同士が笑っているのを見て癒《いや》されたよ。俺、この部署で良かった」

「あら、誉《ほ》めても何も出ませんよ？」

「本心だからね」

「はいはい、ありがとうございます」

奥平と斉木は同期ということもあってかなり気安い関係らしい。二人はこの後も残業をするようだが、終業時間後の課内の雰囲気は日中に比べて比較的穏やかで、他の社員の表情も心なしか明るかった。

「でも、室長のおっしゃることも分かります。この部署の皆さん、綺麗な方ばかりですものね」

秘書課すなわち会社の華。ここＬＮグループ日本支社においてもここの女性のレベルは総じて高い。それに加えて一般的なイメージである『女性間のドロドロ』とは無関係なのが幸いだった。

女性陣は、奥平を筆頭にさっぱりとした人が多い。仕事内容と同じくらい人間関係が不安だった分、この職場環境は願ってもないものだった。

「籠宮さん、他人事みたいに言うけど、あなたも十分可愛いわよ？」

「ふふ、ありがとうございます。奥平さんにそう言って頂けると、お世辞でも嬉しいです」

働き始めてまだ間もない凛の生活は、相変わらずかつかつで、流行《はや》りの服を買う余裕もまだない。

しかし意識は、少しずつ変わってきていた。

『さっき、俺に「受け取れない」ってはっきり言った時。君は背筋を伸ばしてまっすぐ俺を見ていた。とても凛としていて、綺麗だったよ』

あの言葉に、凛は気づいたのだ。

——服が安っぽいから、籠宮家の娘だから、落ちても仕方ない。

自分は、いつの間にかそうやって理由をつけて、逃げ道を探していたのではないか。

だからこそ凛は、お嬢様としての傲慢《ごうまん》さではなく、今の自分にできる見せ方を意識した。

背筋を伸ばして、名前の通り、『凛』とするように。

「……お世辞じゃ、ないんだけどね」

きょとんと首を傾《かし》げる凛の前で、同期二人組はそう言って苦笑した。

「——っと、そうそう、飲み会ね。予定が空いていてよかったわ。あなたの歓迎会をしようと思っているの。メンバーは、私と室長と籠宮さん」

「……私の？」

奥平は悪戯《いたずら》っぽく微笑んだ。

「気づいてる？　試用期間は、今日で終わり。明日からあなたは正社員よ」

「明日からも改めて、よろしくな！」

「――っはい！」

笑顔で並ぶ二人に向かって、凜は大きく頷《うなず》いたのだった。

◇―＊◆＊―◇

あの日長篠が選んだ服は、今も部屋の中に大切にしまってある。

六畳一間《ろくじょうひとま》の畳のアパートには、クローゼットなんてお洒落《しゃれ》なものはない。代わりに凜は、百円ショップで買った突っ張り棒を使って押し入れの中に簡易収納スペースを作っている。これまでは、そこに数少ない私服と古着のリクルートスーツが並んでいるだけだった。

しかし、今は違う。押し入れの中には、一人暮らしを始めてから購入した服の倍以上の洋服があった。

パーティードレス、サマーニットにスカート、ワンピース。そして、あのダークグレーのスーツ。

それらは皆、届けられた状態のままだ。スーツ以外は一度も袖を通していないし、タグも切り取っていない。しかしふとした時に眺めては、あの日の出来事を――長篠の顔を思い出す。

その度に凜は、白昼夢《はくちゅうむ》を見ているような感覚に陥《おちい》った。

きっと、もう会うことはないだろう人。それなのに「またね」と意味深な言葉と強烈な記憶を凛に刻み付けたあの人は、いったい何者なのだろう。

夢を見ていたようだ、と思うたびにスーツを見ては、あれは現実だったのだと思い知る。

凛は人差し指でそっと自分の唇に触れた。

今もはっきりと覚えている。凛よりも大きな手のひらが頬に触れたこと。

抱き上げられた時の温かさも、とろけるように甘い言葉も、熱の籠《こ》もったヘーゼルの瞳も――凛の唇をそっと抑えた、人差し指も、皆。長篠のことを考えると、それだけで心臓がきゅうっと苦しくなる。ドキドキして、なのに切ないような不思議なその感覚。


「――それ、どう考えても恋よね？」

え、私いま、中学生の恋愛相談を受けているの、違うわよね？

冗談っぽく尋ねる奥平の瞳は、楽しそうにキラキラと輝いている。仕事中はクールな部分が目立つが、業務後や、今のような昼休みに見せる素の奥平はたまに子供のように無邪気だ。

そのギャップがまた素敵だな、と内心思いながら、凛は持参したお弁当の箸《はし》を置く。

今日のお弁当は小さな塩おにぎりと、保冷ポットに入れた野菜スープ。この二年間で料理の腕も随分と上がった。社員食堂にはバランスの取れたメニューも用意されているけれど、凛はこれで十分だ。

「ドキドキするって、恋以外の何物でもないと思うけど。その人とは知り合って長いの？」

「えっと、その……これは友達の話なんですけど」

「その文句って、大抵自分の話なのよね」

うっ、と言葉に詰まる。長篠との出来事を詳細に話すつもりはなかったけれど、彼を想う時に生じる感情を持て余していた凛が頼ったのは、やはり奥平だった。

第三者に話を聞いてもらって客観的に考えてみたかったのだ。一人きりで冷静になるのは、難しすぎた。

「まあいいわ、続きをどうぞ？」

「……男性が、あまり親しくない女性に服を贈る理由を知りたくて。あと、奥平さんなら頂いたものはどうします？」

「その人との関係性にもよるわね。今現在親しくなくて、今後もそうなるつもりがないなら、私なら売るかしら」

一流ブランドの品。未使用でタグはそのまま。なるほど確かに良い値段になるだろう。決して生活にゆとりがあるわけではない凛だが、その考えは全く思い浮かばなかった。

「その様子だと、売る予定はないと。なら当然捨てるつもりもないのよね。なら、使えばいいじゃない。そのままにしておくのはもったいないわ。今度の歓迎会に着ていく服が決まらないって言ってたわよね？　当日、いくつか持っていらっしゃい。昼休みに選んであげる。腕が鳴るわー！」

奥平は美味しそうにハンバーグをどんどん平らげていく。その細い身体によく入るものだと感心しながら見ていると、彼女と目が合った。

「籠宮さん、教えてあげましょうか？　男性が女性に洋服を送る意味」

「……意味、やっぱりあるんですか？」

凛がきょとんと目を瞬《しばた》かせたと同時に、奥平の、赤いルージュを引いた艶《つや》やかな唇が弧《こ》を描いた。

「――脱がせたい服を、贈るのよ」

その仕草にドキリとして目を泳がせた途端、今度こそ奥平は声を噛み殺して笑い始めた。

「籠宮さん、もしかして今まで異性と付き合ったことないの？」

正直に頷《うなず》くと、「さすがお嬢様」と奥平は納得したようだった。他の誰かに言われたらいい気分のしない呼び方も、奥平が言うと全く嫌味に聞こえない。

「『元』お嬢様ですよ」

「お嬢様だったのは否定しないのね？」

「呆れちゃうくらいに馬鹿で我儘《わがまま》な、ですけどね」

わざとらしく肩をすくめる凛に、奥平もまた悪戯《いたずら》っぽく唇の端《はし》を上げる。

「斉木室長から『籠宮家のお嬢様を採用した、指導を頼んだよ』って言われた時は、いったいどんな生意気な子が来るかと思ったけど、実際あなたに会って驚いたわ。想像と全然違うんだもの」

「それは、いい意味でですか？」

「あなたに接する時の私の態度を見ていたら、分かるでしょ？」

はい、と凛は微笑んだ。確かに、間違いない。奥平がいるから会社が楽しいと思えるほど、彼女は本当によくしてくれている。

「……彼氏がいたことがない、かあ。確かに今どき珍しいわよね。じゃあ、初恋は？　この際、子供の頃でもいいから。ああ、でも幼稚舎から大学までずっと女子校だったのよね。それじゃあ出会いもないか」

奥平の言う通り、同世代の異性がいない学校では、出会いはないに等しかった。

会社の付き合いで参加した集まりやパーティーには異性もいたが、『自分は選ばれるのではなく選ぶ側』と思い込んでいた凛が恋をすることはなかった。

「……昔、一人だけ『好きだな』と思える人がいました」

そんな中、唯一の例外があった。もう十年以上昔、子供の頃の話だ。

「お相手は？」

「うちで働いていた女性の子です。屋敷の離れに住んでいて、母の代わりに私の面倒を見てくれていて……だから、彼女の息子と過ごす時間も多かったんです」

相手は篭宮家で働く使用人の子。その当時凛は小学生で、相手は中学生だった。

綺麗な顔をした男の子だった。いつも笑顔を絶やさないその子は、凛がどんな我儘《わがまま》を言っても意地悪をしても、注意こそすれ決して怒らない。

ご機嫌取りをする男の子しか知らない凛にとって、その子の態度は初め、とても新鮮だった。

しかしそれはすぐ、『面白くない』という感情に変わる。

貼り付いた笑顔の裏側に潜《ひそ》む本音は無関心だ。柔らかく微笑みながらも凛を見ていない男の子。

それが、子供の凛には面白くなかったのだ。

だが成長するにつれて、その感情は自然と恋心へと変わっていった。

――この子の素の顔が見たい。作ったような笑顔ではなく、自分にだけ見せる顔が見たい。

恋心はどんどん空回《からまわ》りして、可愛くないことばかり言ってしまう。

照れ隠しに意地悪をして、酷《ひど》いことを言って。それでもやはり、彼は笑っていた。

いつか絶対、この人を振り向かせてみせる。しかし、幼い凛の初恋は呆気《あっけ》なく終わりを迎えた。

ある日突然、彼は姿を消したのだ。彼の母親もまた、一緒に。


「――なんていうか、本当に子どもだったのね」

「……もう少し、素直になれたら良かったなって、今なら思います」

もしもあの時に戻れるなら、まずは謝罪したい。意地悪なことをしてしまってごめんなさい、と。

(もう、色々と遅すぎるけど)

無意識に暗い表情になる凛に、「大丈夫よ」と奥平は言った。

「何事にも遅すぎるなんてことはないわ。それに昔はともかく、今の篭宮さんをその子が見たらきっと、褒めてくれるはずよ」

私が保証するわ、と奥平はウィンクをしたのだった。

◇―＊◆＊―◇

「――それじゃあ改めて。乾杯！」

斉木が杯《さかずき》を掲《かか》げるのに続いて、凛と奥平もまた「乾杯」と声を上げた。

今宵の歓迎会会場は、会社の最寄り駅から徒歩十五分ほどの距離にあるイタリアンレストランだ。大通りから路地を少し歩いたところにひっそりと佇《たたず》むこの店はまるで隠れ家のようで、凛は一目《ひとめ》で気に入った。店内に置かれたグランドピアノから奏《かな》でられるクラシックのBGM。壁には時代を感じさせる外国人俳優のモノクロのポートレートが飾られていた。

斉木が選んだ食前酒は、白のスパークリングワイン。仕事終わりの今、冷えた炭酸が喉を伝う感覚が最高に気持ち良い。数年ぶりのお酒の味は、いろんな意味で身体に染《し》みた。

そんな気持ちが表情に表れていたのだろう。凛がグラスを置くと、対面に座る奥平と斉木が笑いを噛み殺すように口元を震わせている。

「籠宮さん、実はけっこうイケるクチ？」

「強いかは分かりませんが、お酒は好きですよ？」

「分からないって？　もしかしてどれだけ飲んでも酔わない、とか」

まさか、と凛は首を横に振る。

「飲めばそれなりに酔いは回りますよ。ただ、二日酔いにはなったことがないだけで」

「十分強いと思うけど。ちなみにどんなものが好き？」

ワインやカクテルは昔よく飲んでいた。ビールや日本酒はあまり飲んだことがないが、興味がある。凛は酒の種類には明るくないが、飲むのは総じて好きだ。

「——だって。飲み仲間ができて良かったな、裕子」

突然の名前呼びに、なぜか凛の方がドキリとする。一方、斉木の隣に座った奥平は、瞳を輝かせて満面の笑みを浮かべていた。

「今度、美味しい居酒屋に連れて行ってあげる！　赤ちょうちんがあって雰囲気がいいのよー。お酒が美味しいしつまみも美味しいの」

「え、その店知らない、俺……」

「だって言ってないもの。徹に教えたら行きつけにするでしょう。嫌よ、そんなの。私だってあなたと飲みたくない時もあるの」

『裕子』『徹』。二人が仲の良い同期なのは有名な話だ。しかしこんな風に名前で呼ぶ場面は初めて見る。凛の向かい側に並んで座る二人の距離感や気安さは、業務中とはまた違っていた。

「あの」

呼びかけると、二人は同時に凛の方を向く。

「もしかしてお二人は、お付き合いされていたり……？」

そのシンクロ具合、テンポの良い会話。「裕子」と奥平の名を呼ぶ時の斉木は、見たことがないほど優しい表情をしていた。

「一応、ね。まあ、付き合ってはいるけど、半分は腐れ縁みたいなものよ」

「裕子とは大学時代に、留学先で出会ったんだ」

二人は母校こそ違うものの、語学留学のために渡ったイギリスで知り合ったという。

偶然にもホームステイ先が同じだった二人は、遠い異国の地で距離を縮めていった。

「お伽噺《とぎばなし》に出てくるお城みたいなお屋敷でね。洋館っていうのかしら、薔薇園《ばらえん》はあるし、お休みの日にはパーティーもあったり……とにかく色んなことが新鮮だったわ」

ホストファザーは会社経営も行っており、非常に多忙な人だった。そんな中、年の近い彼らの息子とは自然に仲良くなっていったのだ、と奥平は語る。

「そのホスト先の息子が、新社長。本当にイケメンだったの。年下じゃなかったら危なかったわね」

「恋人がいる前でそんなことよく言えるな？」

「あら、だって本当のことだもの」

奥平はいつも以上に饒舌《じょうぜつ》だ。薄《うっす》らと頬に朱を乗せて悪戯《いたずら》っぽく微笑む姿は、実に色っぽい。斉木は、そんな恋人の軽口に「酷《ひど》いなあ」と言いながらも、可愛くて仕方ないと感じているのが伝わってきた。

（いいなあ）

仕事中は頼れる大人の女性。しかし今の奥平は、可愛らしい女性そのものだ。公私ともに支え合う二人の姿はとても眩《まぶ》しく、そして少しだけ羨《うらや》ましく凛の目に映った。

イギリス。留学。海外。たったそれだけの言葉で、思い出してしまう人がいる。

彼の選んだ服を今日初めて着たからだろうか。この一ヶ月の間で最も強く、長篠のことを思った。

——今の凛を見たら、長篠はどんな顔をするだろう？

たった一日、それもほんのわずかな時間を過ごしただけの人。それにも拘《かかわ》らず、今日に至るまで彼の印象が薄れる気配は一向になかった。

初めはなんて失礼な人かと思った。しかし彼に出会ってから少しずつ、凛の毎日は動いている。

就職し、慣れないながらも働き、そして素敵な先輩と出会うことができた。

それだけではない。凛は、誰かと食べる食事がこんなにも美味しいなんて久しく忘れていた。

美味しいお酒を飲んで、他愛《たあい》のない話をして――何気ないはずのそれは、今の凛にとってはとても貴重なものだ。

（……長篠さん、か）

もう会うことはないだろう、凛に幸運を連れて来てくれた人。そして、もう一人。

奥平が留学時代を語る間、凛には長篠の他に思い浮かべる人がいた。

彼女と違って、凛には昔を懐かしむような幼馴染《おさななじみ》は存在しない。

いたのはただ、幼い恋心から来る傲慢《ごうまん》な我儘《わがまま》をぶつけてしまった少年だけだ。

（……今頃、何をしているのかな）

叶うならばもう一度だけでいいから会いたいと思う。その一方で、彼が実際に目の前に現れたら慌てて逃げ出してしまいそうな気がした。

「――っと、電話だ。悪い、すぐ戻る」

思いがけない連絡なのか、着信画面を見た斉木は一瞬目を見開いた後、静かに席を立った。

「大変そうですね」

「今、人事異動前で上も下もバタバタしているから、仕方ないわ」

おかげで会社で会うのがデートみたいなものよ、と奥平は肩をすくめた。

「でも、驚きました。お二人がお付き合いされているの、全く気付かなかったです」

「公私のけじめはしっかりつけないとね。まあ、アレコレ言ってくるような子は今の部署にいないと思うけど、バレると色々面倒だから。中身はあんななのに、あの人それなりにモテるのよね」

確かに、と凜は思った。斉木は飛び抜けてイケメンという訳ではないが、すっきりと整った顔立ちは爽《さわ》やかで、笑うとえくぼができるのが素敵、と部署でも密《ひそ》かに人気がある。

仕事の有能さは、三十四歳で室長の役職にあることで立証済みだ。もちろん厳しい面もあるが、部下の面倒見がいいところも人気の理由の一つらしい。

「私は、いいんですか？」

「私、人を見る目はあるつもりよ。多分、徹も」

奥平と斉木。彼らとの付き合いはまだ一ヶ月と短いものの、凜にとっては既《すで》に憧《あこが》れの先輩と上司だ。そんな二人にこうまで言ってもらえるのは本当に嬉しいし、ありがたい。

その後すぐ、斉木が戻って来た。

「おかえりなさい。仕事？」

「あー……うん、まあそんなとこ」

難しい案件でもできたのだろうか。再び席に着いた斉木は、なんとも微妙な表情をしている。困ったような様子の彼は、一瞬ううん、と悩んだ後、「ごめん！」と凜に対して突然謝罪した。嫌な予感がする。そして大抵、こんな時の予感は外れない。

（正社員取り消し？　それともクビ？　どっち⁉）

裁判官の判決を待つ心境の凛にもたらされた言葉は、予想外のものだった。

「もう一人ここに増えてもいいか？　……ってかもうすぐ来ちゃうんだけど」

「徹、まさか」

「そのまさか。――社長が来る」

……社長⁉

「す、すみません！　私失礼した方がいいですよね？」

秘書課に在籍する凛は、当然社長とも面識がある。あちらが凛の存在を把握《はあく》しているかは定かでないが、お茶を出したこともあれば、少し世間話をしたこともあった。

今月末をもってイギリス本社に栄転する社長は、六十代半ばの気の良いダンディなおじさまである。しかしいくら人が良いとはいえ、下《した》っ端《ぱ》の凛の歓迎会にまで顔を見せるほど暇な人物ではない。

「あ、社長って、新社長のことだよ」

新社長。二人から見て年下の、超イケメン。年齢は、確か二十九歳。

ＬＮグループ現会長の末っ子であるその人は、凛と五歳しか変わらぬ若さで社長に就任することになった。

仕事のできる人物で、その上容姿端麗《たんれい》とも噂で聞いている。

奥平を筆頭に、普段はあまり異性の話題が出ない秘書課で、珍しく先輩たちが色めき立っていた光景を覚えているから間違いない。そう。名前は、確か――

「ああ、来た。――葉月《はづき》！」

ドクン、と鼓動が跳ねた。

『葉月』。それが、新社長の名前。男にしては珍しい部類ではあるけれど、特段驚くような名前でもない。

凛の動揺はきっと杞憂《きゆう》に終わる。新しい上司に失礼のないように挨拶をすればいい。

そう、思っていたのに。

「いきなり悪かったね、徹。裕子も、久しぶり」

背後から響いた聞き覚えのある声に、固まった。

（そんな、まさか）

あり得ない。一瞬頭に浮かんだ考えを即座に捨て去り、凛は振り返る。

――ヘーゼルの瞳と、目が合った。

「……久しぶり、凛。それとも、こう呼んだ方がいいかな？」

あの日、あの時と同じ声で、顔で、その人は微笑んだ。


「――『お嬢様』」


なんで気づかなかったのだろう。

止まり続けていた恋が、十数年ぶりに動き始める予感がした。

◇―＊◆＊―◇

凛が小学生の頃、その親子はある日突然、篭宮家にやって来た。

娘に興味を持たない実母に代わって凛の面倒を見るために雇われたその人は、ふわふわの砂糖菓子みたいな雰囲気の女性で、凛は一目《ひとめ》で好きになった。そして、もう一人。

『初めまして、葉月です』

――なんて、綺麗な男の子だろうと思った。

詰襟《つめえり》の学ランと短い黒髪が似合う年上の男の子は、固まる凛の前にしゃがみこむと、はにかむように微笑んだ。

『……っいや！』

差し出された手を叩き落としたのは、他ならぬ凛自身だ。

ほんの一瞬見惚《みと》れてしまった自分。それに気づかれたら、と思うと途端に恥ずかしくなったのだ。

驚きに目を見開く彼とその母親を前に、顔を真っ赤にした凛は、高ぶる感情のままに叫んだ。

『さ、触らないでよ！　汚い、貧乏が移ったらどうするの!?』

その後の一連の流れを、凛は忘れない。葉月の顔が強張ったのはほんの一瞬だった。一切の表情を打ち消した彼が代わりに浮かべたのは、貼り付けたような――人形のようにきれいな笑顔だった。

『これからよろしくお願いします、「お嬢様」』

照れ隠し、なんて言い訳にもならない、あり得ない暴言。しかし彼は、怒らなかった。

その後の凛は、葉月の母親を本当に慕っていた。

いつも優しい彼女だけれど、凛が度を過ぎた我儘《わがまま》を言うとそっとたしなめてくれる。

多分、凛が最も素直でいられるのは、彼女といる時だったと思う。

だからこそ、彼女と実の息子である葉月の絆《きずな》の強さを見せつけられるたびに、自分はどうしても
その中に入れないのだと悲しくて、腹立たしくて、いっそう彼に対して酷《ひど》い態度を取ってしまった。

『いつもヘラヘラして気持ち悪い。何がそんなにおかしいのよ』

『あなた、父親がいないのよね。ああ、かわいそう』

世間知らずの子供だったから。笑顔を崩したかったから。自分の方を向いて欲しかったから。

——どんな理由を並べても、言い訳になんかならない。

それくらい酷《ひど》い言葉と我儘《わがまま》を、凛は言い続けた。それでもやはり彼は、人形のように整った顔に
微笑を浮かべるだけだった。

葉月に「お嬢様」と呼ばれるのが嫌いだった。でも、名前で呼んでほしいなんてお願いするのは
プライドに障《さわ》ったし、そもそも凛が彼に何かを頼むなんてこと、考えもしなかったのだ。

(一度くらい、素直になってみようかな)

共に過ごし始めて数年。凛は、密《ひそ》かに決心した。

自分も少しは大人になって、意地悪をするのも控えよう。

いつまでも子供みたいにツンケンしているのは格好悪い。

学校から帰宅するまでの車内、凛は速まる鼓動を抑えられず、終始ドキドキしっぱなしだった。

ミラーに映る顔は真っ赤だったし、運転手に体調の心配をされてしまうほどに緊張していたのだ。

――しかし彼が凛を名前で呼ぶことは、ついになかった。

二人が突然姿を消したあの日から、何度彼を想っただろう。

考えれば考えるほど後悔ばかりが押し寄せる。

しかしいくら凛が泣いても、癇癪《かんしゃく》を起こしても、彼が凛の前に姿を現すことは二度となかった。

凛が癇癪《かんしゃく》を起こすたびに笑顔でたしなめてくれた葉月の母も、共に消えてしまったから。

(もう、知らない。あんな人たち、大っ嫌い!)

会いたくて、声が聴きたくて――謝りたかった。でも思い出すほど心は痛くて、辛かった。

だから凛は、自分の気持ちにそっと蓋をして、心の奥底にしまい込んだのだ。

たまに考えることはあっても、時の流れと共に過去の物へと変わっていく。

しかし、会社が倒産して、今までの自分のあまりの酷《ひど》さを反省して――長篠と出会って、凛は少しだけ変わることができた。もしもう一度だけ会えたなら、今度こそ葉月に謝ろう。

きっと、そんな日は来ないだろうけど。

そう、思っていたのに。


「……『久しぶり』って、二人は知り合いなの?」

奥平は目を瞬《しばた》かせる。その隣では、斉木もまた驚いた様子で対面の二人を――固まる凛と、そんな彼女を流れるようなエスコートで椅子へと導《みちび》く葉月を眺めていた。

「個人的にちょっと、ね」

「いやいや、ちょっとって何だよ。どうしたら新社長が新入社員と『個人的に』親しくなる機会があるんだ？」

「それは……ね？」

葉月はごく自然に凛の隣に座ると、意味ありげににこりと笑う。

長篠が葉月で、葉月が長篠。その上彼は、奥平と斉木の昔馴染《なじ》みで、新社長だという。ダメだ、意味が分からない。

人間、キャパシティーを超えると本当に思考が停止するのだと初めて知った瞬間だった。

「お嬢様」

不意に耳元で囁《ささや》かれて、凛の肩がびくんと震える。

「……俺たちの関係、二人に話してもいい？」

低く掠《かす》れた声に凛の頬は赤く染まる。どこからそんな声が出るのか——ただ質問されているだけなのに、甘いカクテルのような葉月の声に、胸の高鳴りが収まらない。

「以前、俺は彼女を——」

「待っ……」

「ナンパしたんだ」

同じ屋敷で暮らしていた。我儘《わがまま》だった凛に散々いじめられていた。その過去を暴露《ばくろ》されるかと思っていた凛は、椅子から中途半端に腰を浮かしかけたところでピタリと停止する。はっと隣を見れば、作戦成功とばかりに余裕たっぷりに微笑む葉月がいた。

――やられた。

明らかにこちらの反応を楽しんでいる姿に、凛の身体から力が抜ける。そんな事情など知らない斉木たちは、呆れたように葉月を見てため息を吐《つ》いた。

「ナンパって何やってるんだよ、お前……。大切な新人をたぶらかすのはやめてくれ」

「そうよ。せっかくいい子が入ってきてくれたんだもの。変なことしたら承知しないわよ」

年上の友人らに一気に責められた葉月は、大げさに肩をすくめた。そんな仕草さえ様《さま》になっている。

「冗談だよ。会社の近くで男に絡まれている彼女がいたから、少し手助けをしただけ。その後、俺の買い物にも付き合ってもらったんだ」

ね、お嬢様？　そう、葉月は凛に同意を求めた。

（ナンパなんて、嘘ばっかり）

あの日の葉月は、全て凛のために動いていた。助けてくれたのは本当。そして買い物の件も、彼の服を汚してしまったのは凛なのに、あんなにもたくさんの洋服を贈ってくれた。

「その様子じゃ、よっぽど楽しかったんだな」

「もちろん、最高の時間だったよ。せっかくのお嬢様との買い物中、徹に強制的に呼び出されるまではね」

「……ああ。だからあの時、あんなに機嫌が悪かったのか」

「そういうこと」

葉月と斉木はまるで兄弟のような気安さでからかいあう。

「ねえ、その『お嬢様』呼びはなんなの？」

「彼女は籠宮だからね」

「ああ、そういうこと」

この話は、これで終わり。葉月はあくまでスマートに話題を変える。

しかし凛の胸中は、とても「じゃあ次の話題に」なんて気分ではなかった。

「そんなに固くならないでいいよ、『籠宮さん』」

会話を盛り上げる術《すべ》を持ち、こうして気遣いもできる、少し年上の大人な男性。少年の頃の彼しか知らない凛にとって、目の前の男はまるで知らない人のようだ。

（……葉月は、何がしたいの？）

胸の中にもやもやがたまっていく。少し前まで、葉月に会いたいと思っていた気持ちが薄れていく。凛が会いたかったのは、かつて自分が傷つけた少年だ。

それが隣の大人と同一人物だなんて事実は、すぐに受け止めるにはあまりに衝撃的過ぎる。

「――すみません、少しお化粧室に行ってきますね」

凛は三人に断りを入れて席を立つ。一度、一人になって落ち着きたかったのだ。

化粧室の扉を閉めて深呼吸をすると、どっと疲れを感じた。途中まではとても楽しかったのに、突然の葉月の登場で、美味しいはずの料理の味は正直ほとんど覚えていない。

なぜ、凛の前から何も言わずに姿を消したのか。なぜ、自分を凛と知りながらあの日、助けてくれたのか。

疑問は次から次へと溢《あふ》れて止まらない。本当はあの場で問い質《ただ》したかったけれど、せっかくの歓迎会の雰囲気を壊すようなことはしたくなかった。

「……仕事はどうなるのかな」

凛の採用に直接関わったのは、斉木だ。しかし葉月が新社長に就任するならば、これからは彼も人事権に関わることになる。葉月は凛が自分の会社に在籍することを、どう思っているのか。

(やっぱりクビ、かな)

本人からはまだ何も言われていないが、昔散々嫌がらせをしてきた相手が部下にいるなんて普通なら願い下げだろう。

その一方で、長篠として再会した時の葉月の優しさも、眼差しも——手に落とされた口づけも、凛ははっきりと覚えている。

嫌われているのか、そうでないのか。色々な考えが頭を駆け巡り、しまいには頭痛までしてきた。酔いが回るのも早い気がする。

しかし、憧《あこが》れの先輩たちがせっかく開いてくれた歓迎会だ。長く中座《ちゅうざ》するのは失礼に当たる。

そろそろ席に戻らないと、と化粧室の扉を開けた凛だが、そこには葉月が待っていた。

「なんで……」

「戻ってくるのが遅いから、中で倒れていたら大変だと思ってね」

次《つ》いで葉月が告げた時間にはっとする。十五分以上も個室でぼうっとしていたらしい。

葉月は、凛の頬にそっと手のひらを添える。あまりに自然な動作に避ける間もなかった。グラスを握っていたのだろうか。冷たい感触が火照《ほて》った頬に気持ちいい。

「顔、赤いね。大分飲んだの？」

「……そこそこ頂きました」

どのお酒も美味しかったから、と正直に告げる。葉月は一瞬目を見開いた後、ぷっと噴き出した。

「あの、何か？」

「いや。小さかったお嬢様が酔っぱらう姿を見る日が来るなんて、と思ったら面白くて」

「……『お嬢様』と呼ぶのは止めて頂けますか？」

「なぜ？」

「私はもう、お嬢様ではありませんから」

凛はきっぱりと言った。しかし、葉月は引かない。

「俺にとって君は、今も昔も『お嬢様』だよ。……ずっと、ね」

その言葉が指す意味を凛は知らない。しかしそれは、何年経っても凛がまるで変わっていないと言われているようで、胸が痛んだ。

「……『長篠』って、どういうことですか？」

凛の知るかつての彼の名字は、『長篠』ではなかった。

「養父の姓だよ。籠宮の屋敷を出た後、母が再婚した相手が長篠姓なんだ」

「でも、あなたはＬＮグループ会長の子供だって……」

「それは実の父。昔、彼が来日した時に知り合った日本人が、俺の母だった」

イギリス人の男が、日本で一人の女と恋に落ち、女は身ごもった。しかし男の立場を知っている女は、自分との立場の差を考え男の前から身を消した。男は悲しみながらも、帰国した――

「ドラマみたいだけど、実際にはよくある話だ。だから、イギリス人とのハーフなのは本当」

正直まだ、日本語の感覚を取り戻すのに苦労してる、と葉月は苦笑する。

「十六歳からずっと向こうにいたからね」

「そんなに前から……？」

「籠宮家を出てしばらくは長篠の父と一緒に暮らしていたけど、高校入学のタイミングで俺だけイギリスに渡ったんだ。『将来を見据《みす》えた時、広い視野があった方がいい』って言ってね。あの人は、俺と実の父が会えるよう、母を説得してくれた」

語る葉月の声は、明るい。

「認めてくれた母や、送り出してくれた長篠の父。快《こころよ》く迎えてくれた実の父には、感謝してる。『弟ができた！』と喜んでくれた、兄や姉にもね。傍から見たら複雑だけど、家族関係は良好だ。籠宮家を出てから、俺の人生は実に順調だよ」

葉月が、嗤《わら》う。その言葉も、笑みも、まるで籠宮家と過ごした時間は、彼にとってマイナスであったと言っているように凛には聞こえた。

「……あなたたちは、どうして出て行ったの」

「さあ、どうしてだろうね？」

葉月は唇の端《はし》を上げる。食えない男だ。そしてこの問いに彼は答えるつもりがないのだと凛は理解した。それでも、聞かずにはいられないことが凛にはたくさんある。

「初めから……駅でぶつかった時から、私に気づいていたの？」

「まさか。気づいたのは、別れ際だよ。分かっていたら逃がしたりなんかしない。あの後、君が面接に来たって知って、急いで追いかけた。そうしたら、コーヒーショップで絡まれている君を見つけたんだ。一度は逃げられてしまったからね。また会えた時は嬉しかったよ」

散々意地悪した凛のことなど放っておけばいいのに、葉月はそれをしなかった。

「……あの日、どうして私を助けてくれたの？　私に、気づいていたのに」

いつの間にか敬語は消えていた。

「君は、面白いくらいに俺に気づかなかったね。まあ、ただの使用人の息子なんてお嬢様が覚えているはずがないか」

「そんなことない！」

反射的に凛は反論していた。

「……あなたを、『ただの使用人の息子』なんて思ったことは、一度もない」

「ふうん、そう」

興味がなさそうな様子になおさら胸が痛んだ。あなたは私の初恋だった、なんてこの状況では言えない。

「……それにあなた、昔は黒髪だったじゃない」

苦し紛《まぎ》れの反論だとは分かっていた。しかし実際に、昔と今で葉月の髪色はまるで違う。その指摘に彼は、「ああ」とつまらなそうに肩をすくめた。

「正真正銘、今の状態が地毛だよ。昔は、からかわれるのが面倒で染めてたんだ。あの年頃の子供は、髪の色が少し違うだけで随分残酷なことを言ったりするからね」

凛の知らない少年時代の葉月を一瞬、垣間見たような気がした。

「さっきの質問の答えだけど」

葉月は嫣然《えんぜん》と笑む。

「目の前に困った女性がいたら助けるだろう、普通。あの場でスルーするほど、俺は冷たい男じゃないよ」

「そうじゃないわ！」

凛が何を聞きたいかなんて、分かっているくせに。

「どうして、あなたが私に優しくするの。この服も、どうして……？」

散々酷《ひど》いことをしてしまった、私を。放っておけばいい、周囲の人間と一緒になって嗤《わら》うこともできたはずだ。しかし葉月はそれをしなかった。

袖口にあしらわれた控えめなフリルが可愛らしい、水色のAラインワンピース。

奥平に選んでもらったこの服もまた、あの日葉月に贈られたものだ。

葉月は凛の頬に触れたまま、肩をすくめた。

「男が女性に服を贈る理由を、お嬢様は知らないのかな？」

「からかわないで。私は、真面目に聞いているの」

脱がせたい服を、贈るのよ——奥平の声が頭を過《よぎ》った。葉月が凛を脱がせたいと考えるなんて、あるわけがない。葉月への想いは凛からの一方通行で、その逆を感じたことは一度もなかった。好意も、嫌悪も。昔の葉月が幼い凛に与えたのは、無関心だけだったのだから。

葉月が凛を『そういう』対象として見るなんてありえない。

——そう。分かってはいるのに。頬に葉月の手の熱を感じていたからだろうか。ほんの一瞬、その手が凛の服を剥《は》ぐ姿が頭を過《よぎ》り、凛の顔はいっそう赤く染まった。

「……その様子じゃ、服を贈られた経験はあるみたいだね」

葉月はゆっくりと手を下ろす。顔には変わらず笑みを湛《たた》えているのに、なぜだろう。凛を見下ろす視線は酷《ひど》く冷たい。まるで苛立《いらだ》つ感情を抑え込んでいるかのような瞳に凛は息を呑む。

「当たり前か。君は、お嬢様だからね」

「まっ……」

待って。昔はともかく、大人になってからはそんな経験など一度もない。

そう言おうとした凛の言葉は、葉月によって遮《さえぎ》られた。彼は凛の手を引くと、化粧室の個室に押し込んだ。そのまま内側から鍵をかけて、凛の身体を扉へと押し付ける。

「なにするの!?」

「『どうして優しくするのか』知りたいんだろう。……今、教えてあげる」

唇に触れる温かな感触。葉月からの不意討《ふいう》ちのキスに、一瞬にして頭の中が真っ白になる。

凛の身体が強張ったのを感じたのか、葉月は逃《のが》さないよう右手で凛のおとがいをくいっと上げた。

「やっ……、んっ――――！」

何。何が、起きているの？　柔らかな感触を確かめているのか、葉月は何度も繰り返し唇を食《は》む。

甘い砂糖菓子でも舐《な》めるみたいなその仕草に、凛の背筋をぞくりと何かが駆け抜けた。

初めての感覚に真っ先に感じたのは、得体の知れない恐怖感。

唇を何度も重ねているだけ、中に無理矢理舌を差し込まれたわけではない。

それなのに、感じる柔らかさと熱に頭がくらくらする。お酒を飲んだあとだからだろうか。

葉月とのキスは、頭がくらくらするほど、とろけるように甘い。

「はな、してっ！」

唇が一瞬離れた隙に横を向こうとするけれど、すぐに捕まってしまう。

「……っはなして、お願いだからっ……！」

「一ヶ月前の約束、覚えてる？」

「や、くそく……？」

目尻、頬、そして唇。問い返す間もキスの雨は降り注ぐ。

「それを守ったら、放してあげる」

訳が分からなかったが、疑問が遠くへ追いやられてしまうような激しい感覚に、凛は溺《おぼ》れた。

凛の太ももの間には、葉月の長い脚が逃がさないとばかりに入り込んでいる。両手を拘束《こうそく》されているわけでも、舌先が唇を割って入ってきた訳でもない。しかしこの瞬間、凛は確かに葉月に囚《とら》われていた。耳をくすぐる熱い吐息に、降り注ぐキスの嵐に——葉月の、全てに。

「ほら。早くしないと、ずっとこのままだ。これ以上遅くなったら裕子が来るかも。見られてもいいの？」

耳元でくすりと笑いながら言われた言葉に、かあっと頬が熱くなる。誰かに見られたら、そう考えるだけで身体の芯がじんとうずく気がした。

『次に会った時は俺のことを名前で呼んで』

約束。そうだ。あの時、葉月はそう言っていた。

「は、づき……」

「もう一度」

「は、づき……葉月っ……！」

その声に、今までの動きが嘘だったかのようにピタリと口づけが止んだ。

「——やっと、呼んでくれた」

葉月が、笑っている。昔よく見た作り笑顔でも、奥平たちを前にした時の穏やかな表情でもない。

（どうして、そんな目で私を見るの？）

瞳いっぱいに凛を映し、口元を和《やわ》らげるその笑顔はまるで、愛しい人を見ているかのようだ。

「どうして……？」

キスをするの。名前なんて呼んで欲しがるの？

「——ずっと、君のことが好きだった」

驚きでひゅっと息が止まった。まっすぐ凛を見据《みす》える瞳に、視線を奪われる。

(好き？　葉月が、私を……？)

だから、凛を助けた。だから、キスをした——？

あまりに予想外の答えに言葉が見つからない。

今の言葉は本当だろうか。凛の都合の良い夢ではないだろうか。

葉月が凛と同じ気持ちだったなんて、そんなこと。

ドクン、ドクンと鼓動が速まっていく。身体中の血が目まぐるしく巡っているような感覚に頭がくらくらする。しかし、その熱を冷ましたのもまた、葉月だった。

「——そう言ったら、君は信じるの？」

「え……？」

「『俺』が『お嬢様』を好き。だから、困っていたら助けるし、優しくもできる。そう言ったら君は、信じられる？」

瞳に熱を残したまま、しかし抑揚《よくよう》のない声で葉月は問う。

それで、分かった。葉月は凛の反応を試した。いや、馬鹿にしたのだ。そのためだけにキスをした。そうだ。葉月が凛のことを好きなんて、ありえない。

「……信じられないわ」

「まあ、そうだろうね」

葉月は肩をすくめて笑う。今までの熱情が嘘みたいな作り笑顔は、なぜか怒っているようにも見えた。しかし怒りたいのは凛の方だ。試された、馬鹿にされた、気持ちをもてあそばれた――

身体が熱いのは酔いのせいか、それとも怒りゆえか、もう、それすらも分からない。

「じゃあ、こう言えばいいのかな？　昔散々俺をいじめていたお嬢様が落ちぶれた姿を見て、哀れに思ったから手を差し伸べた。俺なんかのプレゼントで喜んでいる姿を見るのは、実に愉快だったね。そう言えば、君は満足？」

目の前が真っ赤に染まった。凛は感情のままに手を大きく振り上げる。しかし、それが葉月の頬に届くことはなかった。叩かれようとしているのに、身じろぎ一つしない彼の態度が酷《ひど》く癇《かん》に障《さわ》る。

「いいよ、叩いても」

「……そんなこと、しないわ」

煽《あお》るようなことを言われて、堪《たま》らずきっと葉月を睨《にら》む。しかし彼は、全く応《こた》えた様子もなく、

「その目、いいね」と唇の端《はし》を軽く上げた。

「君の気の強さがよく表れてる。それでこそ、俺のお嬢様だ」

「誰が、あなたのっ……！」

「俺の、だよ」

葉月ははっきりと断言した。まるで凛は自分の物だと言わんばかりの言葉に、息を呑む。

「君を助けた理由も、優しくする理由もよく考えてみればいい。考えて、考えて――俺以外の、何も考えられなくなればいい」

「っ……！」

何を言っているの？　ふざけないで。

頭の中の冷静な自分が反論する一方、実際の凛は何もできずに立ちすくんだ。

葉月の視線が、痛い。凛の頭のてっぺんからつま先まで、瞬《まばた》き一つも見逃《みのが》さないと言うようだ。彼の瞳に宿った熱に耐えきれなくて、先に視線を逸《そ》らしたのは凛の方だった。

「……もう、いいでしょう」

『好きだから』『見ていて愉快だから』。

葉月は凛の問いに対して二つの答えを用意し、そのどちらも否定しなかった。

でも、この態度を見ていたら自《おの》ずと答えは分かる。葉月の本音はきっと、後者だ。

「私の存在が面白くないというのは、よく分かりました」

葉月は凛のことを、落ちぶれたと言った。それは事実だ、否定しない。そして今の凛は、ＬＮグループの一社員で、葉月は新社長。ならば彼の望み通り、しっかり立場を弁《わきま》えてみせる。

(分かっていたはずじゃない)

葉月にとっての凛がどんな存在か、なんて。

「ご希望なら、会社からも消えます」

「心外だな。うちはそんなに悪い会社じゃないと思うけど。今の仕事は嫌い？」

「……仕事は、好きです」

「なら、変に意地を張るのはやめたら？　第一、他に行くあてはあるの？　面接にも、随分落ちていたみたいだけど。それに、徹や裕子の厚意を無駄にするつもり？」

その言い方はずるい。ようやく仕事に慣れてきて、正社員にもなれたばかり。たとえ新社長が葉月でも、辞めたくないに決まっている。

「……あなたこそ、私が部下でいいのですか？」

「俺は歓迎するよ。『お嬢様』が俺の会社で働く。こんなに楽しいことはないからね」

にっこり笑う葉月を、凛は頬を赤らめたまきっと睨《にら》んだ。

「本当に、いい性格をされてますね」

「ありがとう。最高の誉《ほ》め言葉だ。それにこの態度は、君限定だよ。俺にとってお嬢様は、特別な存在だから」

その意味を問い返すより前に、葉月は扉の鍵を開けた。

「そろそろ戻ろうか。いい加減行かないと、怪しまれるしね。裕子もきっと心配してる」

「……本当に、奥平さんと仲がいいんですね」

「嫉妬？」

「まさか」

葉月が奥平の名前を親しげに呼ぶ。それにもやもやするなんて、きっと気のせいだ。

葉月は「分かってるよ」と肩をすくめた。

「――君が、俺に嫉妬なんてするはずないからね」

小さく囁《ささや》かれたその声は、凛の耳には届かなかった。

「おかえりなさい。遅かったから心配しちゃったわ」

葉月と時間差で戻った凛に、奥平は眉尻を下げて心配そうに問いかけてくる。大丈夫です、と返す間も、凛の視線は自然と葉月を追っていた。何事もなかったかのように斉木と会話を楽しんでいた葉月は、まるで今気づいたとばかりにこちらを見ると、「どうぞ」と凛の椅子を引いた。

「大分、酔ってるね」

不意に顔を覗《のぞ》き込まれた凛は、一瞬びくん、と肩を震わせながらも逃げはしなかった。なんて白々《しらじら》しい。内心呆れる一方で、悔しいけれど葉月に見惚《みと》れている自分に気づく。

「……酔ってません。熱い、だけです」

あなたのせいでしょう。

言いたいことはたくさんある。それなのに、胸がいっぱいで、言葉が出てこない。

(私のこと、嫌いなくせに)

こんな風に気を遣ってみせるのは、奥平や斉木の前だからだろう。

『またね、凛』

その一方で、長篠として再会した葉月の記憶が顔を覗《のぞ》かせる。まだ彼が葉月だとも、彼の思惑も知らずに純粋な優しさを受けたと感じられていた、あの時が。凛は目の前の男をじっと見つめる。何度見ても綺麗な顔だ。外にいる時は栗色に見えた髪は今、照明を浴びて時折金色にも見える。すっと通った鼻筋に整った眉。形の良い唇を前に、あの日の感触が頭を過《よぎ》った。

この時凛は、自分がどんな表情で葉月を見つめているか、完全に意識の外にあった。

元より白い頬に薄《うっす》らと朱を乗せた凛は、とろんと潤《うる》んだ瞳で葉月を見つめる。

「――っ」

葉月は突然スマホを片手に取ると、すっと椅子を引いて立ち上がった。

「……車を呼んでくる」

「葉月、私が呼ぶわ」

「いいよ、裕子は彼女を見ていてあげた方がいい」

店の外へと向かう彼の後ろ姿をじっと見送る凛を、「籠宮さん」と斉木が呼んだ。

「とりあえず、水飲もうか。あと、男の前であんな顔をしちゃダメだ。分かった？」

「……え？　はい、あ、お水ありがとうございます」

水の入ったグラスを受け取って飲み始めると、斉木はなぜか深々とため息を吐《つ》いたのだった。

（やっぱり、酔ってるのかな）

火照《ほて》った身体に冷たい水が流れ込む感覚が心地いい。しかし未《いま》だ頬は熱く、身体の芯も熱を持っているようだ。量としてはそれほど飲んでいないはずなのに、何だか頭がふわふわする。

「でも、驚いたわ。あんなに楽しそうな葉月は初めて見た。よっぽど籠宮さんがタイプなのね」

そんなことありません、と凛は心の中で否定する。と、この時、ある考えが頭に浮かんだ。

――元お嬢様を部下にすれば、凛と葉月の関係は、昔と逆転する。そして凛が採用連絡を受けたのは、葉月と店で別れてから数日後だった。

葉月が凛を採用するように斉木に命じたのだとしたら……

「室長。……私を採用して頂いた背景に、長篠社長は関係していますか？」

「――裕子の言っていた通りだな。採用された理由を不安がっているんだって？」

斉木は苦笑する。

「裕子と同じことを言うかもしれないけど、俺は君と働きたいと思ったから、採用した。だから変なことを考えずに、自信を持って働いてくれると、上司としてはとても助かるな」

斉木は茶目っ気たっぷりに、しかしはっきりと言った。そこに慰《なぐさ》めの色が微塵《みじん》も見られないことに、凛は安堵《あんど》した。それから葉月が戻ってきてすぐに、歓迎会はお開きになった。

店の外に出た凛は、奥平と斉木に改めて今日の礼をする。途中から、予期せぬ邪魔は入ったけれど、凛を社員として迎えてくれる二人の気持ちが嬉しかったのだ。

「今日は本当にありがとうございました。それじゃあ、おやすみなさい」

凛は、もう一軒ハシゴするのだという二人を笑顔で見送った。

その場に残ったのは、凛と葉月の二人だけ。店の前には、葉月が呼んだ迎えの車が来ていた。黒塗りのセダンはもちろん運転手付きである。凛は改めて、昔と今の違いを感じた。

「……今日は、お付き合い頂きありがとうございました」

相手は新社長。形だけでも礼を言わなければ、と凛は必死に笑顔の仮面を被る。理由はどうあれ、葉月は凛を雇用し続けるという。九月からはどうあっても顔を合わせなければならない相手だ。

「どうぞ、気をつけてお帰り下さ――」

「何を言ってるの、送るよ」

葉月は、見送りをしようとしていた凛の手を取った。

「大丈夫です。一人で帰れますから。……ってちょっと、引っ張らないで下さい！」

「人さらいにあったみたいな声を出さないで、悪いことをしてる気分になる」

「そう思うなら、放してください！」

「それはダメ」

「きゃっ！」

ふわりと身体が浮かんだ、と思った次の瞬間には、凛の身体は柔らかな感触——車の後部座席にあった。葉月はすかさずその隣に乗り込むと、「出して」と運転手に命じたのだった。


降ろしてください。降ろさないよ。

家に帰りたいんです。今、送ってる。

——そんなやり取りをするうちに、すっかり酔いが回ってしまったらしい。

ふかふかの後部座席に座り込んだ凛は、次第に重くなってきた瞼《まぶた》を気合で何とか開いた。窓の外を眺めることで真横に座る葉月から意識を逸《そ》らそうと努力するけれど、こうして窓の外を見ていても、右側から突き刺すような視線が注がれているのが分かる。

電車で帰る案は即座に拒否された。初めは住所を教えることを頑《かたく》なに拒《こば》んでいた凛だが、「なら、うちに連れてくよ」と言われてしまっては仕方ない。

（……早く、着かないかしら）

車の中には運転手と、葉月、凛の三人。

運転席と後部座席の間には薄いスモークガラスが貼られているため、実質的には二人きりだ。

奥平も斉木もいないこの状況に、改めて心臓がドクン、と高鳴った。

「――怒ってる？」

不意に、右手に葉月の指先が触れた。ただ重ねられただけのそれに、凛は大げさなくらい反応してしまう。すぐに振り払おうとするけれど、葉月は逃がさないとばかりにそっと手を握った。

「……むしろ、怒らない理由がありますか？」

あんなにも、強引なキスをしておいて。

「まあ、そうだろうね」

あっさりした答えはさすがに面白くない。出会ってから今まで、凛は驚いたり、泣いたり、みっともないところしか見せていないのに、葉月は余裕な態度を微塵《みじん》も崩さないのだ。だからといって、ただの一社員に過ぎない凛が新社長に怒りをぶつけられるはずもなく、凛は無言の答えを返した。

「ねえ、こっちを向いて」

「……酔っていてとても酷《ひど》い顔をしているので、お断りします」

今、葉月の顔を正面から見て、動揺しない自信がなかった。

（熱くて……眠い）

本格的に酔いが回り始めたようだ。

緊張と、ドキドキと、睡魔《すいま》とで思考が少しずつ溶けていくような感覚がする。今の凛はきっと、情けないほど顔が赤いだろう。そんな姿、葉月には見せたくない。

『お嬢様』が自分のことを『酷《ひど》い』だなんて、随分と面白い冗談だね」

これには、黙っていられなかった。凛は力いっぱい手を振り払うと、葉月を見る。

「——顔、まだ赤いね」

「これは、あなたのせいでっ……」

「俺の？」

「キ、キスなんてするから！」

「ああ、あれか。つい、ね。ごめん」

葉月は微塵《みじん》も悪いと思っていない口調で謝ってくる。あまりに軽いノリに今度は別の意味で頭がクラクラした。葉月ほどの男からすれば、たとえそれが唇へのキスでも、挨拶感覚なのかもしれない。しかし、凛にとっては、違うのだ。

「そうだ。キスをする時は鼻で呼吸をしないと——」

「仕方ないじゃない、初めてなんですから！」

「……え？」

「だからっ！」

目を丸くする葉月に、凛は堪《たま》らず言った。

「キスなんてするのは初めてなのにっ、そんな、やり方なんて、分からないっ……！」

言葉にして改めて自覚する。挨拶として頬へのキスは経験したことはあるけれど、恋人がいたことのない凛にとって、あれは初めてのキスだった。それなのに、あんな風に不意討《ふいう》ちをしたあげく、注意までするなんてあんまりだ。

「初めて、だったのに……」

涙腺《るいせん》が今までになく緩《ゆる》んでいる。全ては酔いと葉月のせいだ。

泣きたくない。涙でぐしゃぐしゃの顔なんて見せたくない。

「なんで、そんなことを言うの……？」

感情とは裏腹に、目尻に滲《にじ》んだ涙はほろりと頬へと落ちた。ああ、葉月が固まっている。みっともないと思っているのだろうか。それとも、彼の目には面倒くさい女に映っている？

（知らない。全部、葉月が悪い）

心の中に冷静な部分は、ほとんど残っていなかった。

恥ずかしさともどかしさと、様々な感情が入り混じって、流れる涙を止めることができない。

「――君って人は」

余裕な態度も表情も打ち消した葉月は短く言った。正面から凛を見据《みす》える葉月の瞳に、とろりと溶けるような――熱が、浮かぶ。

凛がはっきり覚えているのは、ここまでだ。次の瞬間凛を襲ったのは、貪《むさぼ》るような口づけだった。

「んっ……！」

唇を二、三度舐《な》められた凛は反射でわずかに口を開いた。葉月はそれを見逃《みのが》さず、すかさず舌を差し入れてくる。口内に温かな感触を感じた瞬間、凛の身体はさらに強張った。

（なに、これっ……！）

最初のキスとは比べ物にならないほど荒々しいそれに、凛は咄嗟《とっさ》に自《みずか》らの舌を引っ込める。

しかしすかさず葉月によって捕らえられた。唾液が混ざり合う音が車内に響く。逃げることを許さないそれは酷《ひど》く強引な一方で、とろけるように優しい。

「ふっ……、ぁっ……！」

無意識に漏《も》れた声は自分のものではないくらい甘くて、いっそう羞恥心《しゅうちしん》を煽《あお》られた。

キスされている間、息苦しさから横を向こうとしても、葉月の手によって後頭部を押さえられているため身動きが取れない。

なんとか鼻で息をすると、凛の耳元に「良い子だ、上手にできたね」ととろけるように甘い声が降ってきた。

葉月の右手は凛の後頭部を包み、空いた左手は何度も髪の毛を撫《な》でる。

耳の上にかかった髪の毛を後ろに流していた手はやがて、耳元へと下りてきた。そして指先が耳の中にわずかに入り込む。

「――っ」

「ここ、好き？」

「わ、からなっ……！」

凛の反応が変わったことに気づいた葉月は、指先で執拗《しつよう》にそこを責め始めた。

くちゅ、と音を立てて唇が離れる。息苦しさから解放されたと凛が安堵《あんど》したのは一瞬だった。代わりに葉月は自《みずか》らの親指を、凛の口内へと入れる。

「んっ……！」

決して無理矢理ではない。そっと差し入れられた指は、凛の唇を押して、舌を撫《な》でるだけだ。しかし先ほどとはまるで違う感覚に、凛は無意識にそれを舐《な》めていた。

「や、みみ、だめぇ……！」

唇から離れた舌が、凛の耳たぶをぺろりと舐《な》める。途端に身体をびくん、と震わせる凛の頭を葉月は片手で優しく撫《な》でると、舌先を耳の中へと伸ばしていった。

「やっ、そんなとこ、舐《な》めちゃっ……！」

信じられなかった。葉月が、凛の耳を舐《な》めている。歯を立てないように耳たぶを柔らかく食《は》んだかと思えば、周りにそっと舌をなぞらせる。

その間ずっと、凛は葉月の熱い吐息を感じていた。

「……良い声だね」

「っ……！」

吐息交じりに甘く艶《つや》のある声で囁《ささや》かれた瞬間、全身が粟立《あわだ》つような感覚がした。

お願い、そんなところで話さないで――そう言いたいのに、酔いと、そして葉月のせいで身体から力の抜けた凛は、ただ小刻みに身体を震わせて、喉の奥から漏《も》れる声を抑えることしかできない。

「我慢、しないで」

「そんなの、無理っ、お願いだから、もうやめてよぉっ……」

ぎゅっと拳《こぶし》を握っていないと、耐えられない。自分でも信じられないような声が出てしまう。

(ダメっ……！)

耳たぶを甘噛《あまが》みされた、その時だった。

――喰われる。

身体が熱い。何か、感じたことのない何かが、やって来る。

「……っ！」

目の前が真っ白になる。意識が、溶けてゆく。

「――凛」

最後にそう、名前を呼ぶ声が聞こえた気がした。


(……気持ちいい)

柔らかな感触に包まれていた凛は、瞼《まぶた》を閉じたまままわずかに身じろぎをする。こんなにふかふかのベッドで眠ったのはいつぶりだろう。アパートに引っ越してからはずっと、畳の上に煎餅布団《せんべいぶとん》を敷いて眠っていた。猛暑日が続く中、クーラーのないアパートでは扇風機とうちわで暑さをしのぐしかない。しかし今、肌に触れる風は涼しくてとても心地よい。

首から下は身体全体を包み込むような程よい柔らかさ。頭の部分はそれに比べて少しだけ硬かった。

(ん……揺れ、てる？)

小刻みに身体が揺れている。凛は動いていないのに、周りが動いているような――

（あれ、わたし……？）

歓迎会に参加して、お酒を飲んで、そして。

「――気が付いた？」

頭上から届いた声にハッと瞼《まぶた》を上げる。視界一杯に、葉月がいた。後部座席に横になった凛と、それを見下ろす葉月。――膝枕、されている。

固まっていたのは一瞬だった。頭の中に、フラッシュバックのように今日の出来事が再生される。送っていくと半ば無理矢理車に乗せられ――貪《むさぼ》るような、キスをされた。

凛はすぐさま膝の上から起き上がると、葉月が反応する間もなく扉の端《はし》へと身を寄せた。自分の身体を両手でぎゅっと抱き締める。

「そんなに怖い顔をしないで。あれ以上何もしてないよ」

「あたりまえでしょう！　なんで、あんなことっ……！」

潤《うる》んだ瞳で睨《にら》み据える凛に、葉月は「そんなに怖い顔をしなくても」と肩をすくめる。

「君が気をやってたのは五分くらいだよ。でも、驚いた。……耳だけでイくなんて、ね」

生々しい言葉にひゅっと喉の奥が鳴った。

『イく』。

（あれ、が……？）

直接身体に触れられたわけでもないのに、意識を飛ばしてしまった現実に混乱する。今までキス一つしたことがなかったのに、自分が酷《ひど》く淫《みだ》らな存在になったような気がした。

黙り込んだ凛に、葉月は薄く笑む。

「――そんなに、気持ちよかった？」

一瞬、目の前が真っ赤に染まった。凛は感情のままに拳《こぶし》をぐっと握りしめる。それを確認するなり、葉月はさあどうぞ、と言わんばかりに頬を差し出してきた。

「さっきも言いましたけど、もう叩いたりなんかしませんから。……あの時は、本当に申し訳なかったと思います」

「別に、謝って欲しいわけじゃないよ」

「……一度だけとはいえ、昔、あなたを叩いたことがあるのは事実ですから」

違う。こんな風に、売り言葉に買い言葉の謝罪をしたかったわけではない。

（……もう、なんでこんなに涙もろいの）

一度泣いたことで涙腺《るいせん》が緩《ゆる》んでしまっているようだ。しかしこれ以上弱いところは見せたくない。

静寂《せいじゃく》の広がる車内で二人の視線が交錯する中、先に動いたのは葉月の方だった。

「オーケイ、分かった。今の言い方は俺が大人げなかったし、意地悪だったね。悪かった。だから少し、落ち着いて？」

葉月は肩をすくめると、降参したとでも言うように両手を軽く上げる。凛は、十分落ち着いていると言い返しそうになるのをぐっと堪《こら》えた。確かに、今の自分は冷静とは言えない。

「私に、触らないで下さい」

「分かった。今は、もう触らない」

「今は、じゃなくて！」

「それ以上は約束できないよ。嘘はつきたくないからね。それに言わせてもらえば、俺を誘ったのは君の方だ」

「誘ってなんか、いません！」

「あんな風に潤《うる》んだ目で、真っ赤な顔で『初めて』なんて言ったのに？」

「私は本当のことを言っただけです」

先ほどに関してだけを言えば、凛に原因はないはずだ。しかし葉月は、「はあ」と深々とため息を吐《つ》くと、呆れたように凛を見た。

「君は、もう少し危機感を持った方がいいね」

「あなたにだけは、言われたくありません」

葉月は肩をすくめた。

「とにかく、そんな風に眉を吊《つ》り上げるのはやめた方がいい。可愛い顔が台無しだよ」

「か、かわいい？」

一連の会話や状況のどこに可愛さがあったというのか。意味が分からない、と困惑する凛に対して、葉月は「そういうところがお嬢様なんだ」とまたも意味不明なことを言う。再会してから今まで、お互い交わす言葉はもちろん日本語だ。しかしこの会話が通じていない感覚は何なのか。

「君の家に着くまでは一時休戦、仲直りをしよう。それでいい？」

何だか上手く丸め込まれたような気もするが、仕方ない。そのあたりが妥協点《だきょうてん》だろうと、凛は頷《うなず》いたのだった。

それから間もなくして車は目的地に到着した。見慣れたアパートを前に、自然と身体から力が抜ける。初めて見た時は「こんなところ人間が住む場所じゃない!」と思ったけれど、今では立派に凜の城だ。

葉月は先に車から降りると、彼自《みずか》ら凜の方の扉を開けた。本当に仕草の一つ一つが絵になる人だ。凜は小さな声で礼を言うと、素直に葉月の手を取って車から降りる。

「それで、家はどこ? 見たところ、それらしい建物は見当たらないけれど」

住所は間違いないはずだけど、もしかして戸建《こだ》てに住んでいるの? と辺りを見渡す葉月にふざけている様子はない。最寄り駅から少し離れたこの地区は、一軒家が建ち並ぶ住宅街だ。凜の住むアパートは、戸建《こだ》てと戸建《こだ》ての間に挟まれる形で建っている。

「どこって、ここですよ」

「……ん?」

「だから、目の前のこのアパートです」

外灯も点《つ》いているし、そこだけ見えないなんてことはないはず。疲れ目なのだろうか。瞳の色素が薄い人は、暗闇で目が利くと聞いたことがあるのだけれど——

(まあ、いいか。シャワー室、空いているといいなあ)

既《すで》に日付は変わっている。この時間に使用する住人はあまりいないはずだから、大丈夫だろう。

「送って頂いてありがとうございました。お話はまた後日、伺います」

今だけは車内の出来事を頭の隅に追いやり、凛は深く頭を下げる。考えることは山のようにあるけれど、今の優先事項はとにかくシャワーと睡眠だ。

「それでは、おやすみなさ……ひゃっ！」

「これは、何かの冗談？」

顔を上げると満面の笑みを浮かべた葉月がそこにいた。しかし、瞳は全く笑っていない。唇の端《はし》をくいっと上げて静かに凛を見つめる様《さま》は、なぜだか異様な雰囲気を放っている。

「俺の目の前には、今にも崩れ落ちそうな古い建物しかないけど。まさかここに住んでいるとか、言わないよね？」

「ここに住んでいますけど、それが何か……？」

「ここに、君が？」

「はい」

「住んでいるの？」

「そうですよ？　確かに多少狭いですけど、家賃も安いし、一人で住むなら十分です」

「……ちょっと待って、今色々と理解が追い付かない」

葉月は片手で自《みずか》らの額《ひたい》を押さえている。彼がこんなにも困惑しているところは、初めて見た。

「慣れればそんなに悪い部屋じゃありませんよ。シャワーとトイレは共用ですけど、気になれば自分で掃除すればいいだけですし」

共用の物については汚れが気になることもある。初めは入るのも躊躇《ためら》われるほどだったが、次第に凛は自主的に掃除をするようになった。そうでもしなければ、とても使える状態ではなかったのだ。

「――シャワーとトイレが、共用？」

「はい」

「一応、聞いておくけど。他の住人は顔見知り？」

「顔を合わせれば挨拶をするくらいです。特にお付き合いするような雰囲気でもなかったので」

「まさかと思うけど、君以外は全員、男？」

葉月のこめかみがぴくりと動く。心なしか一段と声が低くなったような気がした。

「そ、そうですけど。なにか、おかしなことでも？」

「……ありえない」

アパートに着いてから葉月の機嫌は目に見えて急降下していた。初めは気のせいかと思ったが、間違いない。眉間の皺《しわ》がいっそう深くなり、凛をじっと見据《みす》える瞳は剣呑《けんのん》な光を湛《たた》えている。

「自分以外はみな男。しかもシャワー・トイレ共同って、むしろおかしいところしかないよね？」

違うというなら反論してみろ、と言わんばかりの口調に凛は言葉に詰まった。

確かに、女性が一人暮らしをするにはなかなか厳しい物件だ。

しかし資金面でも厳しい状況にあった凛は、あのアパートに住む以外の選択肢がなかった。

時の流れは偉大ね、としみじみと頷《うなず》く凛に、葉月は今度こそ深く大きいため息を吐《つ》いたのである。

「君の両親は何をしているんだ。一人娘をこんなところに住まわせるなんて」

「分かりません。二人とも、会社が倒産してから一度も会っていませんから」

「……なんだって？」

「母は多分実家だと思います。でもあの人のことだから、きっと新しい恋人がいるでしょうね。父も、似たようなものじゃないかしら。昔から、女の人を切らしたことがなかったみたいだから」

凛が今までの経緯を簡単に告げると、葉月は苛立《いらだ》ったように車の扉を荒々しく開き、凛の手を引いた。

「乗って。今すぐ」

「どうしてですか、家に着いたのに」

「いいから、今すぐ、乗るんだ。もう一度、口を塞《ふさ》がれたくなかったらね」

手を握ったまま葉月は無表情で言い放つ。約束が違う、と言いかけた凛に、葉月はなおも言った。

「外で、人に見られながら、キスしたいの？」

わざわざ一言ずつ区切って話す葉月に、凛は彼の本気を知った。抵抗を止めた瞬間、葉月はすかさず凛の身体を後部座席へと乗せる。そして自分もまた、すかさず隣に並んだ。

彼は右手で凛の手を握ったまま、手元のリモコンでスモークガラスを開けると、すぐに運転手に向かって告げる。

「俺の家に」

俺の家。――葉月の家？

「なんで私も一緒に!?」

それには答えず、葉月は運転手の方を見たままだ。

「できるだけ急いで。疲れているところ悪いね」

「承知いたしました」

運転手と葉月のやり取りを横で聞いていた凛は、再度「どうして」と葉月に問いかけるが、彼は眉間に皺《しわ》を寄せたまま凛の方を見ようともしない。

「しゃ、社長！」

「……」

「長篠さん！」

「………」

呼びかけても一切反応しない葉月に、堪《たま》らず凛は言った。

「……っ、葉月ってば！」

敬語を取り払って叫ぶように名前を呼ぶと、視線をこちらに向ける代わりに、握られた手にぎゅっと力が籠められた。

「――黙って」

「どうしてっ！」

「君を、あんなところに住まわせておけるはずがないだろう！」

それきり、葉月が凛の方を見ることはなかった。誰もが無言のまま車を走らせること約三十分。

車は、高層マンションの地下駐車場でようやく止まった。運転手によって外側から扉が開けられると、葉月は「ご苦労様、明日も頼むよ」とねぎらいながら車を降りる。

「自分で降りるか、抱えられて降りるか、どっちがいい？」

「自分で降ります！」

再会した日と今日の二日でもう二回もお姫様抱っこをされている。でもあれは、ごく稀《まれ》にしてもらうからこそときめくものなのだ。移動するたびに抱えられるなんて、冗談じゃない。

「こっちだよ」

葉月の強引さはもう十分すぎるほど知った。今、凛がこの場で脱走してもすぐに捕まるだろう。

凛は、仕方なく葉月のあとを追った。彼の部屋までは専用エレベーターがあるらしい。

カードキーを通して間もなく、やって来たエレベーターに乗ると、それは一度も止まることなく最上階へと到着した。

扉が開いてすぐに、真っ赤な絨毯《じゅうたん》が敷き詰められたフロアが目に飛び込んでくる。

恐ろしいことに、部屋の扉は一つしかなかった。この階には葉月の部屋しかないのだ。

葉月は玄関の扉にもう一度カードキーを通した。

「どうぞ」

「そんなこと、言われても……」

「入らないと……」

「――っ分かりました、お邪魔します！」

広い玄関の床には一面大理石が敷き詰められていた。ミュールを揃えて脱ぐと、葉月も後に続く。

彼は凛の手を引くと、長廊下の手前から二番目の扉を開けた。

「ゲストルームのバスルームを使って。アメニティは中に適当に入っている。着替えはバスローブがあるからとりあえずそれを。洗濯したいものは纏《まと》めておいて。後で業者が洗って戻してくれる。引っ越したばかりでベッドは一つしかないから、今夜は俺の部屋にあるものをどうぞ。ああ、心配しなくても、俺は今日はソファで寝るから大丈夫。俺の部屋は、廊下を挟んで反対側にある。以上、質問は？　なければもう遅いし、さっそくお風呂を使うといいよ」

そう言って部屋から出て行こうとする葉月を、凛は慌てて呼び止めた。

「何、分からないことでも？」

「分からないことだらけです！　私がここに泊まるみたいな……」

「泊まるんじゃない、住むんだよ」

「……なんですって？」

「だから。今日からここが、君の家」

理解が、追いつかない。

「――帰ります」

「……なに？」

「ですから、帰ります。いきなりここに住めなんて言われても困ります。大体、私には自分の家がありますから」

「お嬢様」

葉月は声のトーンを落として凛を見る。

「もう一度だけ言うよ。今日はもう遅いから、落ち着いて話すのは明日にしよう。とにかく今の君がしなければならないことは、ゆっくりシャワーを浴びて、ぐっすり眠ることだ。分かった？」

両腕を組んだ葉月の顔は、笑っているのに目が笑っていない。

「これ以上我儘《わがまま》を言うなら、俺が直々にお風呂に入れてあげるけど。どうする？」

凛がそれ以上言い返すことは、なかった。今日一日だけで嫌というほど分かったのだ。葉月は、やると言ったら本当にやる。凛の無言を了承と取ったのだろう。

「――いい子だね。おやすみ、お嬢様」

葉月はふっと表情を和《やわ》らげると、凛の額《ひたい》に触れるだけのキスを落として退室したのだった。

「～～～っ！」

パタン、と扉が閉じられた瞬間、凛はヘナヘナとその場に崩れ落ちる。

（……何、ほんとに、なんなの……？）

今のも、嫌がらせ？　分からない。分からなすぎて、もう考えるのも億劫《おっくう》だった。

とにかく今だけはと、思考の全てをシャットアウトして、凛はシャワーを浴びた。爽《さわ》やかな柑橘《かんきつ》系《けい》のシャンプーとリンス、ボディーソープで頭も身体もすっきりさせる。しかし、シャワーを浴び終え脱衣所まで来たところで、はっとした。葉月の言っていた通り、バスローブは用意されているのだが、替えの下着がないのだ。さすがに脱いだばかりのそれをもう一度身に着ける気にはなれない。だからと言って、バスローブ一枚で部屋を出るなんて、考えただけでも恥ずかしすぎた。

（どうしよう……）

しかし、どれだけ悩んでも答えは一つしかない。葉月はソファで寝ると言っていた。なら、今はその言葉を信じるしかないだろう。凛は素肌にバスローブを羽織《はお》ると、前でしっかりと紐《ひも》を結ぶ。そして廊下に葉月の姿がないことを確認して、早足で向かい側の部屋——葉月の自室の扉を開けた。

葉月の自室は、驚くくらいに物がなかった。

ダブルサイズのベッドが一つと、大きなデスク。壁一面に設置された本棚は、まだ空白が目立つ。部屋の隅にはいくつもの段ボールが開封されることなく積み重ねられていた。

凛は、恐る恐るベッドに腰かける。

しかし、ふかふかの感触に包まれた瞬間、緊張はあっという間にどこかに行ってしまった。ピンと張られたシーツにシルクの掛布団。薄手のそれは、ひんやりとして気持ちいい。失礼します、と断って横になると、途端に眠気が訪れた。眠れるはずがないと思っていたけれど、とんでもない。

(明日、ちゃんと話をしないと……)

考えることは山のようにある。しかし緊張と酔いとで限界だった身体は、睡魔《すいま》に抗《あらが》えず、凛はあっという間に意識を手放したのだった。

——その晩、凛は不思議な夢を見た。

夢だ、と分かったのは、葉月が懐かしい少年の姿をしていたからだ。

現実では仮面のように貼り付けた笑顔しか見せなかった葉月だが、夢の中の彼は違った。とろけるような甘い微笑を湛《たた》えて、手のひらを凛の頬に乗せる。その温かさが心地よくて、夢の中の凛は自《みず》らの手をそっと重ねた。

（……会いたかった。ずっと会って、謝りたかったの）

ぴくり、と重ねた手が動いた。凛はぎゅっとその手を握る。仕草や動きの一つ一つがとてもリアルな夢だ。しかし、まるで本物の葉月がそこにいるようで、凛は嬉しかった。

（葉月は、どうして急にいなくなってしまったの……？）

凛のことが嫌いだから？　嫌になったから？

辛いけれど、それならそれで構わなかった。自分は好意を抱いているのに、相手から与えられるものが『無関心』であることほど辛いことはないのだから。

それならば、たとえ好かれなくても良い、嫌われていても良かった。ただ、言ってほしかった。お前が嫌いだから出ていくのだと言ってくれればよかった。

しかし葉月も、彼の母も、それすら告げずに姿を消した。

（……嫌われて当然よね。分かってる）

その独白に、まるで違うと言わんばかりに、少年の葉月は凛の手をぎゅっと握る。そんな反応まで凛の期待通りで、嬉しいのに、虚《むな》しかった。

（葉月）

名前を呼ぶ。すると少年の姿はゆっくりと、大人になっていく。

――長篠葉月が、そこにいた。

歓迎会で再会し、長篠が葉月だと分かった時。驚きや戸惑いに覆《おお》われ、凛の心の奥深くに隠れてしまった本心があることに、夢の中の凛は気づいた。

『……久しぶり、凛』

初対面だと思っていた長篠ではない。

葉月が、葉月として凛の名前を呼んだのは、あれが初めてだったのだ。

(ああ、そっか)

手を伸ばせば触れられる距離にある秀麗な顔に、凛は自分の気持ちを知った。

(私、嬉しかったんだ)

葉月がここにいる。それが嬉しくて、懐かしくて、堪《たま》らなかった。その気持ちは、直後に明かされた彼の凛を疎《うと》む告白とキスに、再び心の奥深くへと沈んでしまったけれど。

嬉しいと思った気持ちは本物なのだと、沈みゆく意識の中、凛は思った。

Ⅲ

貼り付けたような笑顔が嫌だった。

何を言っても涼しい笑顔で受け流す姿は、酷《ひど》く機械的で不気味に思ったこともある。

母親と話す時不意に零《こぼ》れる微笑を、なぜ私には見せてくれないの。私を見て。

他の人ではない、『私』だけを。

――そう望んだのは、かつての幼い自分。

我儘《わがまま》で傲慢《ごうまん》で、叶わないことなんて何一つないと思っていた、あの頃。

その日、いつものように離れに向かった凛を迎えたのは葉月一人だった。彼の母親は外出中で、凛は、どこか緊張しながらも葉月が作った料理を食べていた。

年上の好きな男の子と二人きり。嬉しい以上に緊張が勝《まさ》って、食事はほとんど喉を通らなかった。

そんな凛を気にしてか、葉月は凛の前にゼリーを差し出した。手作りらしいそれにきょとんとする凛に、彼は「調理実習で作ったものをもらったのだ」とあっさり言った。

可愛らしいラッピングをされたそれは多分――女の子からの、プレゼント。

小学生の凛とは違う。葉月の側にいるに相応《ふさわ》しい、年上の女の人。

――私は、学校での葉月を知らない。

次の瞬間、凛はしてはならないことをした。

「っ……いらない！」

自分の知らない葉月を知る女の子が彼に渡した物なんて、見たくない！

かっとなった凛は目の前の器《うつわ》を力いっぱい振り払い、その手は葉月の頬に当たった。床に飛び散るゼリーの残骸《ざんがい》、コロコロと転がる器《うつわ》。

「あ……」

ダメ。これは、ダメだ。さすがに、凛にも分かった。それでも葉月は、何も言わなかった。わずかに赤くなった頬をかばいもせずに、彼は言ったのだ。

「ケガはないですか、お嬢様」と。

「……どうして？」

堪《たま》らず、凜は言った。

「どうして怒らないのよ、怒ればいいじゃない、なんで笑っているのよ！」

癇癪《かんしゃく》が爆発した。自分がこの場でしなければいけないことは謝罪で、大声を出すなんて論外だと幼心《おさなごころ》にも分かっていたけれど我慢できなかった。しかしその時も、葉月は困ったように苦笑するだけ。悔しかった。悲しくて、それ以上に子供の自分がみっともなくて、恥ずかしかった。

『ごめんなさい』。

その一言が出てこない代わりに、凜は水で濡らした自分のハンカチを葉月の頬に当てた。

「……痛い？」

故意ではないとはいえ好きな人を叩いてしまった。自分が泣くべきではないのに、後悔から視界が歪《ゆが》んだ。指先に残る生々しい感触が離れなかった。

「痛い、わよね」

息を呑む葉月を前に、凜は消え入りそうな声で続けた。

「……これ、あげるわ。頬、よく冷やしてね。片付けは、私がする」

「お嬢様」

葉月はハンカチを持つ凜の手に自分の手を重ねて、小さく笑った。

「大丈夫ですよ」

いつもと変わらない完璧な笑顔。初対面の時は叩き落としてしまった葉月の手は、凛よりもずっと大きくて温かい、男の子の手をしていた。

――我儘《わがまま》で、愚かで、素直になれなかったあの時。

今でもはっきりと覚えている、少し甘くてほろ苦い、凛の思い出だ。

◇―*◆*―◇

柔らかな感覚に、ゆっくりと意識が覚醒していく。

凛の素肌に触れるのはシルク地の掛布団で、ツルツルの感触が肌に心地よい。

こんなに気持ちのいい朝の目覚めは久しぶりだな、と未《いま》だ覚醒しきらない頭の中でぼんやりと思った。

もう少しだけ眠っていたい。さらに贅沢《ぜいたく》を言えるのなら、茶葉から淹《い》れた美味しい紅茶が飲みたかった。淹《い》れたての茶葉の香りを吸い込んで、のんびりした朝を過ごせたらどんなにいいだろう。

しかし、そんな贅沢《ぜいたく》は言っていられない。

ゆっくりと瞼《まぶた》を開くと、見慣れない真っ白な天井とクリスタルガラスの照明が視界に入った。

(そうだ、ここ、葉月の家だっけ……)

起きて葉月と色々話さなければならない。凛は起き上がると大きな伸びをして――隣に眠る葉月の姿に気づいた。

「――へ？」

「ん～……」

「ちょっ！　起き――なくていい、寝ててお願いそのままで！」

起きて、と言いかけた凛は、今度は自分の姿に固まった。バスローブの紐《ひも》がほどけて、胸元も足元も大分はだけている。

裾《すそ》は太ももまでめくれあがっているし、胸元はもっと悲惨だ。肩の部分は肘《ひじ》の部分までずり落ち、慌てて両手で胸元を押さえなければ、裸同然の格好である。素肌に掛布団の感触を感じた時にどうして気づかなかったのか。

（なんでっ！　こんな格好……じゃなくて、どうして葉月がここにいるの！）

ソファで寝ると言っていたのに！

しかし理由を問い質《ただ》すのはこの際後回しだ。今の凛が着ているのはバスローブ一枚。その下には何も身に着けていないのだから。

凛がそっと、ベッドから抜け出そうとしたその時だった。

「あっ」

ぱちり、と葉月の目が開いた。まだ眠いのだろうか、寝ぼけた様子でこちらをじっと見つめている。格好が格好だけに落ち着かなくて、ドキドキする。

「あの、社長？」

両手で胸元を押さえたまま恐る恐る声をかけるが、葉月の反応は鈍《にぶ》い。とろんとした瞳で凛を見つめ続ける葉月はまるで子どものようにあどけない。昨夜とのギャップに驚いた凛が動けないでいると、不意に片手を引っ張られた。そのままぎゅっと抱き締められる。

「きゃっ……！」

むぎゅ、と胸が葉月の胸元で潰れるのが分かった。あろうことか、凛の肌に触れたのもまた、葉月の素肌だったのだ。

（なんで、下しか穿《は》いていないの！）

黒のハーフパンツを着た葉月の上半身は裸だった。肌に直接伝わる熱にかあっと顔が熱くなる。

慌てて離れようとするが、葉月は凛をがっちり抱き締めて離さない。

「やっ……！　待って、どこを触ってっ……」

左手で凛の腰を抱いた葉月は、自由な右手でつうっ……と凛の腰を撫《な》でる。

バスローブ越しに感じる確かな指の動きに全身が粟立《あわだ》った。指先を凛の肌に滑《すべ》らせながら、葉月はぎゅっと閉じていた凛の太ももをいともたやすく開いてしまう。

「あっ……！」

葉月の膝が太ももの付け根を掠《かす》った瞬間、今まで感じたことのない感覚に、吐息が漏《も》れた。

自分でさえ触れたことのない場所に、葉月が触れている。

寝ぼけているとは思えないほど葉月の動きにためらいはなく、ぐいぐいとそこを押されると、その度に喉の奥から自然と甘い吐息が漏《も》れてしまう。

（本当に寝ているのっ⁉　……は、離れなきゃ）

甘い痺《しび》れにも似た感覚を堪《こら》えるためにきゅっと唇を噛む。えいっと力いっぱい両手で葉月の胸を押すと、少しだけ拘束《こうそく》が緩《ゆる》んだ。しかし、「よし」と思ったのも束の間、凛は気づいた。

——胸が、丸見えだ。

慌てて押さえようとするも、遅かった。背中や首筋を撫《な》でていた葉月の手が、するりとバスローブの間に入り込む。そして手のひらで凛の首筋を撫《な》でた後、乳首を掠《かす》った。

「ふっ……や、ぁ」

腹部をすうっと撫《な》でたかと思えば、胸のふくらみをやわやわと揉《も》みしだく。

——キスが初めてならば、こんな風に触れられるのももちろん、初めてで。

いつかは恋人ができて、結婚して、こうなる瞬間が来るのかなと考えたことはある。

しかし今、凛に恋人はおらず独身で、しかも相手は失恋した初恋の人だ。

(お、起こさなきゃっ……!)

頭では必死にそう思うのに、葉月から与えられる愛撫《あいぶ》の連続に、身体からどんどん力が抜けていく。全てが初めての感覚で、頭がどうにかなってしまいそうだ。

「あっ……そこ、握っちゃ、だめっ……」

指先がきゅっと乳首を握った瞬間、足の付け根がじんと熱を持った気がした。

「ん……」

息を漏《も》らす葉月を見る。とろんと熱を持った瞳が、そこにあった。

そこからのことは、まるでスローモーションのように凛の目には映った。

抱き寄せられた状態のまま、葉月の顔がゆっくりと近づいてくる。

額《ひたい》、頬と触れるだけのキスをした葉月は、凛の唇に触れる直前、とろけるように甘い笑顔と声で、言ったのだ。

「――my sweet darling《マイ スウィート ダーリン》.」

俺の、可愛い人。

――唇が、降りてくる。しかし、葉月の唇が凛と重なることはなかった。

「……いい加減に、して下さい！」

その直前で凛は視界に入った枕を取ると、容赦《ようしゃ》なく葉月の顔面に押し付けたのだ。

「――っ、は……？」

ぱちぱちと瞬《まばた》きをして呆《ほう》けたような表情をする葉月を、凛は真っ赤な顔できっと睨《にら》んだ。

「おはようございます、社長」

「あれ、俺……？」

険《けわ》しい表情で自《みずか》らの身体を抱き締める凛と自分の距離に、葉月は大体の状況を悟ったらしい。

面白くなさそうな表情で、「寝ぼけてたのか、もったいないことをしたな」とため息を吐《つ》いた。

（ため息を吐《つ》きたいのはこっちの方よ！）

あんな風に触れて、あんな言葉を囁《ささや》いて。

（誰と、間違えたの……？）

一瞬感じた胸の痛みに、凛は気づかないフリをした。今はその理由を考えたくなかったのだ。

「一応、言い訳させてもらうけど。俺を放さなかったのは君の方だからね」

「ありえません、私は昨日一人で寝たはずですから」

「夜中、俺の部屋から寝言が聞こえてきてね。うなされているようだったから、様子を見に部屋に入った。その俺の手を握ったのも、寝ぼけて『行かないで』と言ったのも君だよ、お嬢様」

「……そんなの、嘘」

「ま、いいけどね。俺が何を言っても君は信じられないようだから」

毛を逆立てた猫のように身体を固くする凛に、葉月もそれ以上は何もしようとしなかった。彼はクローゼットからトレーナーとスウェットを取り出すと、ベッドの端《はし》に置く。

「下着と服の手配はコンシェルジュに頼んでおいたから、間もなく届くよ。それまではとりあえずこれを着て。俺は朝食の……ああもう、ブランチになるのか。とにかく用意してくるから。食べたらこれからのことについて話をしよう」

葉月自身は上半身裸のまま、淡々《たんたん》と告げる。横になっている時はよく分からなかったけれど、こうして見ると腹筋は見事に割れているし、腕にはほどよく筋肉がついていて、一目《ひとめ》で鍛《きた》えられた身体だと分かる。寝起きだからだろうか、栗色の髪をかき上げる姿もとても艶《あで》やかだ。

「ああ、そうだ」

部屋から出ていく直前、振り返った、葉月はにやりと笑った。

「——下着のサイズ、Eの65で良かった？」

「なっ……！」

「けっこう育ったね、お嬢様」

葉月はひらひらと手を振って出ていった。直後、凜が投げた枕が閉じられた扉に当たるも、本人は既《すで》にそこにいない。

――どこが英国紳士だ。

「ただのむっつりスケベじゃない！」

廊下からは、葉月の大きな笑い声が聞こえてきたのだった。


最低限の身支度を整えた凜がリビングの扉を開くと、正面のカウンターキッチンの内側に立つ葉月と目が合った。

「……言いたいことがあるなら、どうぞ」

（変な格好ってことくらい、分かってるわよ）

葉月が用意した部屋着は当然彼のサイズのもので、凜には大きすぎた。だぼだぼのスウェットは腰の部分で何度も折り返さないとずり落ちてしまうし、トレーナーに至ってはもはやワンピース状態だ。上下ともに下着をつけていない今、身体のラインが出ないという点では、助かるのだけれど。

バッグの中にはお化粧直し用のパウダーしか入っていないから、今はすっぴんだ。ストレートの髪もそのまま背中に流している。身支度を整えている間、いつも以上に幼く見える自分に少しだけうんざりした。

しかし、これぱかりは仕方ない。睡眠中の姿も見られているのだから今更だ、と凜は自身に言い聞かせた。

「社長にお見せするような格好でないことは分かっていますが、我慢して下さい」

「いや、用意したのは俺だし、そうじゃなくて」

「じゃあ、なんですか？」

「……久しぶりに、日本の萌えを感じた気がする」

「意味が分かりません」

ばっさり切ると、凛はキッチンへと足を向ける。

——本当は、この現状に戸惑っているし、緊張もしている。

昨夜の件も、今朝の触れ合いも全て、ちょっと前までの凛には考えられないようなことが立て続けに起きた。しかし動揺しても仕方ない。さらに言えば、少しくらいふてぶてしい態度でないと、葉月とはとてもではないが一緒にいられないことは、この二日で嫌というほど分かったのだ。

凛は葉月の隣に並ぶ。カウンターキッチンに並んだプレートには、こんがりと焼かれたベーコンとカットされたトマトがのせられていた。小ぶりな鍋に入っているのは、オニオンスープだろうか。

葉月の手元には、ボウルの中に溶かれた卵が見える。

「手伝います。オムレツですか、それともスクランブルエッグ？」

「スクランブルエッグの予定だけど。……手伝うって、君が？」

葉月は目を丸くした。からかっているのではなく、本気で不思議がっている様子だ。

「ある程度の料理なら、できますから」

むっとする気持ちをぐっと堪《こら》える。葉月の手からさりげなくボウルを受け取ると、凛は、手早くスクランブルエッグを作った。隣では、葉月が「へえ」と感心したようにその手元を眺めている。

「お嬢様が料理しているところなんて、すごく新鮮。味はどうかな？」

「あっ！　つまみ食いしないでください、すぐに盛り付けますから！」

左手にフライパン、右手に菜箸を持った凛の制止を聞かず、葉月は卵を指で摘《つま》んでぱくりと食べる。

「うん、美味しいね。そうだ、俺が作ったスープの味見してみる？　塩加減を見てほしい」

葉月はスプーンにスープを少し掬《すく》うと、凛の口元へと差し出した。

「ちょうどいい味ですよ？　……あ」

口を付けた直後にはっとする。隣では、まさか素直に口を開くとは思っていなかったのか、葉月がぽかんと目を瞬《しばたた》かせていた。

「これは、そのっ……慣れ、というか……」

昔、似たようなシチュエーションがよくあった。離れに住む葉月親子の食事時に、凛はよく顔を出していた。葉月の母に代わって葉月が台所に立つこともたまにあり、そんな時、凛は今のように味見をさせてもらっていたのだ。しかしまさか、十数年経っても身体が覚えているとは思わなかった。

「……美味しいなら良かった。さあ、座って。後はトーストを焼くだけだから」

しかし葉月は意外にもからかうことはせず、凛に背を向けてトースターに向かう。けれどその動きが妙に硬いことに、凛は気づかなかった。

「——さて、と。これからの話だけれど」

食事を終えた葉月から切り出されて、対面に座っていた凛はまっすぐ彼を見た。

「君には、住み込みでこの家の管理をして欲しい」

「管理……？」

「具体的には洗濯とか、掃除とか。まあいわゆる家事全般だね。日本に帰ってから、忙しくてご覧の通り片付けが全然進んでいないんだ。最低限寝る部屋とキッチンだけは整えたけど、後の部屋には引っ越し荷物が手つかずで残ってる。時間がかかってもいいから、そのあたりの整理もしてくれると助かるな。家賃や食費、生活費は全て俺が出す。もちろん、給料も別に出すよ」

何か分からないことはある？　と当たり前のように言われても。

——突っ込みどころがありすぎて、どこから聞けばいいのか分からない。

それが、正直な感想だ。

「まず、最初にいいですか」

「どうぞ？」

「昨日も言いましたが、私はここに住みませんし、帰ります。ですから今のご提案はお受けできません」

当然だろう。そもそも、なぜ凛が葉月と同居することを前提に話を進めているのか。

昨夜は流れ的に反抗しても無駄だと思ったから着いてきたけれど、それはそれ、これはこれだ。

「……そう。残念だね」

予想外の反応に驚いたのは凛の方だ。昨夜の様子から考えて、てっきり何か強引な手段を仕掛けてくると思っていたのだが。

きっと昨日は葉月も酔っていたのだろう。そう凛が安堵《あんど》したのも束の間、葉月は一笑した。

「なら、正社員の話はなしだ」

固まる凛に、葉月は嫣然《えんぜん》と笑む。

「どうして驚くの？　言っただろう、君をあんなところに住まわせておけないって。でも、すぐに引っ越し先を見つけるのは、骨が折れる。ならここに『仕事』として住み込めばいいと、俺は提案しているんだけど。それも嫌なら今の仕事も辞めてもらうしかない。俺の会社にイエスマンはいらないけど、全く言うことを聞かない部下はもっといらないからね」

「……自分がむちゃくちゃなことを言っている自覚、ありますか？　……なんて人なの」

「誉《ほ》め言葉として受け取っておくよ」

あっさり返す葉月に、今度こそ凛は返す言葉を失った。凛も昔はたいがい我儘《わがまま》だった自覚がある。だが目の前の人もなかなかのものだ。『俺様』という単語が、何度も頭を過《よぎ》った。

「『日中の仕事を辞めて家政婦をしろ』というのではなく、あくまで、会社の業務後に、この家の管理を……ということ？」

それでは一日中働き通しではないか。葉月の望む『住み込みの仕事』がどの程度のレベルを要求しているのかは分からないが、プライベートも何もあったものではない。

一方の葉月は、凛の考えなどお見通しとでも言うように、にこりと笑う。

「君にはゲストルームを用意するから、ある程度のプライバシーは保証するよ」

「……朝、ベッドに侵入してくる人の言葉が信用できるとでも？」

「あれは仕方ないさ。誘ってきたのは君だからね」

「私は誘ってなんかいません！」

「言葉のあやだよ」

これは新手の嫌がらせだろうか。――いや、そうに決まっている。

「さあ、どうするお嬢様？」

会社で働きながら葉月と同居するか、会社を辞めてあのアパートに戻るか。

前者を選べば精神的な負担はともかく、衣食住は保障される。後者を選べばマイナス面しかない。収入がなくなり、家賃も危うい。

「……最初から、選択肢なんてないじゃない」

鋭い目つきで葉月を見ても、彼は余裕たっぷりに凛の答えを待っている。

「『お嬢様』が使用人の真似事をするのを見るのは、そんなに楽しいですか？」

「ああ、とっても楽しいね」

この答えに、凛は心を決めた。彼が優しくしてくるのも、仕事を与えるのも、全て落ちぶれた凛の反応を楽しみたいから。本当に良い趣味をしている、と内心皮肉を零《こぼ》す。

その一方で、葉月が凛に関心を抱いているのは間違いなかった。無関心を貫《つらぬ》かれた昔とは、違う。

『別に、謝って欲しいわけじゃないよ』

昨日の葉月の発言に、凛は返す言葉を持たなかった。

『あなたが気になっていたから、素直になれなくて酷《ひど》い態度を取ってしまった。ごめんなさい』

今更そんな風には言えない。しかし、葉月は謝ることすら許してくれないのだ。この家で使用人として暮らすことが、葉月に対しての贖罪《しょくざい》になるのなら。

そして、凛に対する感情がどんなものであれ、それが無関心以外の何かであるならば。

（……分かった、分かったわよ）

凛は、覚悟を決めた。

「仕事内容は、家事全般でいいんですね？」

「ああ。もっと具体的なリクエストをすれば、『俺がリラックスできる環境を提供すること』。『俺の希望をできるだけ叶えること』。久しぶりの日本に、新社長就任と心休まる時間がなかなかなくてね。家にいる間くらいは、なんのストレスも感じずに過ごしたいんだ。一緒に生活をする上でのルールは特に設《もう》けないけど……そうだね。食事は極力一緒に食べよう。家事以外の時間はお互いにフリータイム。どう、悪い条件じゃないと思うけど？」

「私がいては、余計リラックスできないのでは？」

「なぜ？　君がいる以上に楽しいことなんて、俺にはないのに」

楽しい。その意味を深く追及したりは、しなかった。

「――分かりました」

スクランブルエッグを作っただけであんなにも驚かれたのだ。葉月の中で、凛の家事スキルはゼロどころかマイナス評価なのだろう。きっと、慣れない家事に困惑する凛を見て楽しもうという魂《こん》胆《たん》なのだ。

しかし、全て思い通りになってあげるつもりは全くない。

葉月がそういう考えなら、『何もできないお嬢様』への期待を裏切ってやろう。

「そのお話、お受けします」

部屋の隅に山になっている段ボールも、まだ片付けられていないという部屋も、纏《まと》めて綺麗にしてみせる。そう意気込んで答えると、凛がもっと抵抗することを予想していたのか、葉月は驚いたように目を丸くしていた。その表情に少しだけ溜飲《りゅういん》の下がった凛は、葉月の真似とばかりににっこり満面の笑みを浮かべた。

「それで、家ではあなたのことはなんとお呼びすればいいですか？　社長？　それとも、ご希望ならご主人様とでも呼びましょうか」

「葉月でいいよ。自分の家にいる時くらい、仕事のことはできるだけ忘れたいからね。あと、家の中で敬語はなしだ。これはぜひ、守ってほしいね」

「それは……」

葉月はあくまで雇用主だ。使用人としての最低限の態度は保っていた方がいいのでは、と凛が答えをしぶっていると、葉月は挑発するように「できないの？」とけしかけてくる。

「分かりまし……分かったわ」

「いいね、その調子」

微笑む葉月に、かつて言えなかった願いを、凛は告げた。

「……私のことも、名前で呼んでほしい」

長篠としてでも社長としてでもない葉月に、名前を呼んでほしい。

「――『凛』」

たった一言、名前を呼ばれただけ。それなのに、葉月の声は、一瞬にして凛の心に火を灯《とも》した。

「これから君は俺だけに仕えるんだ。家でも職場でも、俺だけのために」

「……そんなに強調しなくても約束は守るし、仕事も精いっぱい頑張るわ」

「そう。期待しているよ」

わずかに表情を硬くする凛の頬に、葉月はそっと右手を添える。手のひらを顔のラインに沿わせた彼の親指がそっと、唇に触れた。

「君がいると楽しいと言ったこと、本気だよ」

ふに、と唇を押される。うっかり彼の指をくわえこみそうになり、腹の底がじんと熱くなる。

「俺は、君のことを甘やかすよ。どうして、やめてと言われてもやめてなんかやらない。この家で二人きり、何も言えないくらいドロドロに甘やかして、俺のこと以外は考えられなくしてあげる」

自宅に住まわせるのも、『甘やかす』のもきっと凛の反応を楽しむため。

頭では理解しているのに、自分を見つめる葉月から目が離せない。

「よろしく、お嬢様？」

ぺろり、と赤い舌が形の良い唇の隙間から覗《のぞ》いた。

Ⅳ

――葉月との同居生活なんて、心臓が持たない。

しかしその問題はたった一日で解消された。

同居が決まった翌日からしばらく、葉月はイギリス本社に戻ることになったのだ。

「随分と慌《あわ》ただしいのね」

社長就任を翌月に控えたこの時期に、と暗《あん》に問うと葉月は肩をすくめた。

「上に報告しなくちゃいけないことがあってね。分からないことや、困ったことがあればコンシェルジュに言えばいい。大抵のことは解決してくれるはずだ。それ以外でも何かあれば、すぐに俺に連絡をするように。時間のことは気にしなくていい。九月一日には帰って来るから、一ヶ月間、家の管理を頼むよ」

葉月はそう言って、凛を連れ帰ったその日の午後に日本を発《た》ち、本国イギリスへと向かったのだ。

超高級マンションの合鍵とブラックカードを、凛に残して。

あれから二週間ほど経つけれど、今のところクレジットカードの出番は一度もない。

昔と違い、今では一般人以上に金銭管理に厳しい凛にとって、ブラックカードなんて持っているのも恐ろしい代物だ。買い物をする時は自分のお財布から出して、一応領収書ももらっている。

その買い物も食品や生活必需品がほとんどで、凛が自分のアパートに戻りさえすれば買う必要のないものもあった。そう、葉月がいないのなら、本来凛がマンションにいる必要はないのだ。

しかし凛がこの二週間葉月の家に留まっている理由。それは――

・一日一回は必ず葉月に連絡を入れること

・アパートに一人で帰らないこと

この二つを半ば強制的に約束させられたためだ。自分で同居に応じたからには、葉月のいない隙にアパートに戻ったりしない。そう反論する凛に、葉月は笑顔で言ったのだ。

「この約束を守れないと言うなら、二十四時間ボディーガードをつけようか？　それともGPS付スマホを持ち歩いてもらうか」

好きな方を選んでいいよ、と実に楽しげに言われたところで、凛に返す言葉は一つもなかった。

「奥平さん、書類のチェックをお願いします」

「ありがとう」

奥平は部署の仕事をこなす一方で、役員付きの秘書でもあった。その為、彼女の業務内容は多岐《たき》に亘《わた》る。毎日膨大《ぼうだい》な数のメールの仕分けにスケジュール管理、会議や打ち合わせ資料の作成と、一人でこなすにはなかなかハードな仕事量だ。凛の主な業務は、そんな奥平のサポートである。

LNグループは外資系企業のため、日常的に英語の資料やメールと向き合う必要があった。

幸いにして凛は、仕事に差し支えがない程度には語学力がある。今まで散々『無駄だ』『意味がない』と言われてきたものが、目に見えて仕事に活《い》きるのはやはり嬉しかった。

その他にも、電話応対や来客へのお茶出し等、簡単な雑用を上げればきりがない。

ミスをして注意されることもあるし、身体も疲れるけれど、『働く』ことが楽しいと思える毎日は充実していた。

「――うん、大丈夫そうね。籠宮さんは仕事が早いから助かるわ」

「たくさん教えて頂きましたから」

「あら、厳しくしすぎちゃったかしら？」

とても熱心にご指導頂きました、と凜は苦笑交じりに答えを濁《にご》す。

奥平は、感情交じりに怒るようなことは決してしない反面、はっきりと間違いを伝える指導は鋭く刺さることもある。けれどそれを辛く感じないのは、彼女の指示が常に的確だからだろう。

「あ、もう時間ね。今日はもう帰って大丈夫よ。――そうだ籠宮さん」

何か不備があっただろうかと気にする凜に、奥平は言った。

「昨日、葉月から連絡があったの。あの人、籠宮さんを随分と気にしていたわ」

「私を……？」

同居については自分たち以外誰も知らない。そのため凜は、次に続く言葉に自然と身構える。

「あなたのこと、随分気に入っているみたいね。馬鹿なことはしないだろうけど、何かあったら私にすぐ言うのよ？　平和的に、お説教しておくから」

にっこり微笑む姿は、とても頼もしい。凜は、「さすがは葉月の昔馴染《なじ》みだ」と妙に感心しながらも、ありがとうございます、と引きつった笑顔を返した。

――『何か』なんて数えきれないくらい起きています、とはさすがに言えなかった。


「籠宮様、おかえりなさいませ」

「ただいま戻りました」

コンシェルジュの女性に、ぺこりと頭を下げる。

「先ほど、長篠様からお電話がありました。折り返し連絡をしてほしいとのことです」

奥平に続いて、ここにも手を回していたか。こうまでされてしまっては、今日こそ電話しないとまずいだろう。

「分かりました、ありがとうございます」

一日に一回は葉月に連絡すること。今のところ、凛はその約束をきちんと守っている。

『お疲れ様です。今帰宅しました』

『おはようございます。今日も一日頑張りましょう』

平日も休日も、葉月のアドレスに欠かさずメールを入れていた。

文面が敬語になってしまうのは仕方ない。どんなテンションでメールすればいいのか散々悩んだ挙句《あげく》に行きついたのが、シンプル・イズ・ベストだったのだ。葉月はそれに対して、電話で連絡するように何度もメールを寄こしたり、着信を残したりしていたが、凛は一度も折り返していない。

（……怒っているかしら）

葉月が仕事中である可能性や時差についてはもちろん、何より電話することを考えただけで、無性に緊張してしまうのだ。そんな凜の態度に葉月も業《ごう》を煮やしたのだろう。何も奥平まで巻き込まなくても、と呆れる一方、なぜそこまで自分を気にするのか、疑問が尽きない。

「――ただいま」

葉月にもらった合鍵で玄関の扉を開けても、当然返って来る声はない。

立派な玄関も、大きくて広い部屋も、高価な調度品も、ふかふかのソファも。

一人暮らしを始めた当初は、全てが欲しくて堪《たま》らなかったものだ。しかし今は、それらに囲まれているのに、気分が全く上がらない。

しんと静まり返った空間にいると、自分が一人であることをいっそう強く自覚させられる。

綺麗に磨き上げたキッチン、埃《ほこり》一つ落ちていないフローリング。

部屋の隅に積み重なっていた段ボールの中身は移し替えも全て終わり、代わりに現れたのはまるで生活感のない、モデルルームのように綺麗な一室だ。

こうしていると、葉月と過ごした半日が夢だったのではと感じる瞬間がある。同じベッドで目覚めたことも、一緒に朝食を取ったことも、全て。

「……広い、な」

希望すれば美味しい料理を部屋まで運んでもらうこともできる。マンション内にあるプールやスポーツジムは、好きな時に好きなだけ使用していい。贅沢《ぜいたく》しようと思えばいくらでもできる環境は、かつて慣れ親しんだ生活のはずだ。しかし今の凜は、不思議とそうする気にはなれなかった。

葉月のマンションに来てからも変わらず自炊《じすい》しているし、会社へ持参するお弁当も自作している。

仕事から帰った直後は、デリバリーで済ませてしまおうか、と誘惑に負けそうになる瞬間もある。

しかし結局は、広い台所に立って一人分の食事を作るのだ。家主のいない部屋で、家主の食事を作るために存在する自分が、自分のためだけに料理をする。

――葉月が帰って来た時、少しでも美味しいと思ってもらえるように。

それが、凛の『仕事』だから。仕事のために、凛はここにいる。

(だからこれは、気のせいよ)

一人でいることが寂しい、だなんて。きっと、慣れない環境で感傷的《かんしょうてき》な気分になっているだけだ。

(……電話、しなきゃ)

時刻は現在午後八時。日本とイギリス――ロンドンの時差は八時間だから、向こうはちょうどお昼時だ。ソファに座って深呼吸したのち、電話をかける。忙しくて出られないだろうな、という予想は外れ、ワンコールもしないうちに通話に切り替わった。

『――hello?』

スマホを握る手にぎゅっと力が入る。久しぶりに聞く葉月の声に、ドクン、と心臓が大きく跳ねた。

『もしもし、お嬢様?』

「……お嬢様じゃ、ないわ」

電話越しに聞こえる吐息一つに動揺する自分がいることに、凛は気づいた。何を話したらいいのか分からず、つい可愛くないことを言ってしまう。そんな凛に、葉月は電話の奥でくすりと笑った。

『電話をしてくれるまで、随分と時間がかかったね？』

「……約束通り、連絡は毎日していたはずよ」

『業務連絡みたいなメールは、確かに来ていたかな』

声の調子に不機嫌な様子はない。しかし何かを試すような口調が気になった。

『特に変わりはない？』

「おかげさまで快適に過ごさせてもらっているわ。あなたの荷物整理もほとんど終わりました」

葉月は雇用主として使用人の生活を確認しているだけ。他意はないのだと言い聞かせながら、凛は「そうだ」と気になっていたことを口にした。

「一つだけお願いがあるの。ベッド、買ってもいいかしら」

凛は、今も葉月のベッドを使っている。新たに購入するつもりだったのだが、同居が決まった日のうちに葉月が日本を発《た》ったこと、彼自身に使っていいと言われたことでそのままになっていたのだ。

アパートから布団を持ち込む案は、即座に却下された。葉月のいない間に購入することも考えたのだが、大型家具ということもあり、さすがに家主の許可なしではと今まで保留していたのだ。

しかしそろそろ用意しなければ、ベッドよりも先に葉月が帰ってきてしまう。

『分かった、それについては俺が手配しておくよ』

「お願いします」

外出中なのだろうか、電話からは葉月以外の色々な人の声が雑音交じりに凛へと届く。

「今は、仕事中？」

『いや、ちょうどランチに出たところ。本社の近くに気に入っている店があるんだ。今度、一緒に行きたいね』

近所の洋食屋に誘うような気軽さに、そして何よりも、まるでこの先も凛が側にいるかのような口ぶりに、反応が一瞬遅れた。

（……深い意味なんてないわ、きっと）

凛は、いっそう速くなる鼓動をなんとか抑えようと、「機会があればね」と何でもない風を装《よそお》った。

同時にもう一つ、気になることがある。

「仕事、やっぱり忙しいの？」

『……どうして？』

「声が少し、変だから」

初めは機械越しの声だからかと思った。しかし会話を続けているとやはり、なんとなく声の雰囲気が違う。口調はいつも通り柔らかいのに、どこか掠《かす》れているように聞こえるのだ。

一拍置いたあとに返ってきたのは、『気のせいだよ』という、淡々《たんたん》とした答えだった。

『君の方こそ、体調には気を付けるように。あの寝相じゃすぐに風邪を引きそうだ』

「寝相……？」

寝相はいい方だと自覚している。それなのにどうして――

『あの露出癖《ろしゅつへき》はなんとかしないと。夏だからといって油断しない方がいいと思うけどね』

「なっ……！」

このマンションで初めて迎えた朝を思い出す。しかしあれはどう考えても不可抗力だ。

（バスローブなんて、もう何年も着ていなかったんだもの！）

それに、ローブを一層乱した張本人は、電話の奥で笑いをかみ殺している葉月ではないか。

『……っと、残念だけどそろそろタイムリミットだ』

凛の返事を待たずに葉月はそこで会話を止める。からかうためだけに電話をさせたのならもう十分目的を果たせただろう。電話をする直前までの緊張を返してほしい。凛が憮然《ぶぜん》とした表情で別れの言葉を言おうとした、その時だった。

『電話、ありがとう』

不意に、葉月は言った。

『仕事も頑張っていると裕子から聞いたよ。君も仕事で疲れているだろうから、早く休むように』

これは、部下を気遣う社長としての言葉だと凛にも分かっている。それなのに。

『さあ、そろそろ休んだ方がいい。電話は、君から切って？　レディファーストだ』

なんて、甘い声で囁《ささや》くのだろう。

（……気のせい？）

初恋の相手だから反射的に意識してしまうだけ。そう思い込むには、葉月の声は凛にとって刺激が強すぎる。ただの電話に、翻弄《ほんろう》される。それこそが彼の目的なのだとしたら、凛の敗北は決定的だ。

凛が今どんな顔をして電話をしているのか、葉月は分かっているのだろうか。

近くに鏡がなくて本当に良かった。葉月の声一つでこんなにもドキドキしている自分の顔なんて、とても直視できない。

『……凛？』

今までずっと『お嬢様』『君』と呼んでいたのに、こんなタイミングで名前を呼ぶなんて。

葉月には、凛の動揺なんて全てお見通しなのだろう。人生経験だけではない。恋愛経験においてもきっと、葉月は凛の何枚も上手だ。世間知らずの我儘《わがまま》な小娘と、二十代にして世界に名を馳《は》せる企業のトップに立つ葉月。その差が歴然であるのは分かっているけれど、少しだけ悔しい。

――何か、葉月を驚かせることはできないだろうか？

凛は、ふと思いついた質問を口にした。

「ねえ、好きな日本食は何？」

『何でも好きだけど、あえてあげるなら天ぷらかな？』

まさかの揚《あ》げ物に一瞬怯《ひる》みかけるが、同時にやる気が出た。

『いきなり、どうし――』

「作って、待ってる」

『え……？』

「あなたの好きなものを用意して、帰りを待っているわ。それじゃあ、おやすみなさい」

凛は早口で言い切ると電話を切った。

（葉月、驚いてた）

初めて耳にする、少しだけ気の抜けた葉月の声を思い出すと、自然と口元が緩《ゆる》みかける。しかしそれは、直後にかかってきた着信音によって叶わなかった。

「……もしもし？」

『一つ、言い忘れていたことがあったのを思い出してね』

そして、葉月は言った。

『おやすみ、お嬢様。――良い夢を』

ちゅっと甘いリップ音を残して切られた電話に脱力し、凛はソファに置かれたクッションに堪《たま》らず顔をうずめた。

「レディファーストって言ったの、葉月じゃない」

調子が狂う。仕返しをしたいなら、優しくなんてしなければいいのに。

葉月は一体何を考えているのか。

「……もう、分かんない……」

この夜、凛は明け方まで眠ることができなかった。やはり葉月は、一枚も二枚も上手《うわて》であると痛感した夜だった。

V

九月一日。新社長が正式に就任するその日、凛はいつも通り朝早くに家を出た。

新人である凛は、普段部署の中で一番に出勤している。他の社員が来る前にデスクの上を拭《ふ》いたり、花の水を替えたりと、簡単な清掃をするためだ。

まだ誰もいない静寂《せいじゃく》のひと時が、凛は好きだ。

社会人生活には大分慣れてきたものの、業務中は目の前の仕事をこなすのに精いっぱいで、まだ余裕にはほど遠い。だからこそ、このわずかな時間に身体を動かしながら、頭の中で一日の流れを考える。

仕事の効率化にも繋《つな》がり、作業スペースも綺麗になる。一石二鳥《いっせきにちょう》だ。

掃除の仕方は、最初のアルバイト先——嫌で堪《たま》らなかったファミリーレストランの接客で覚えた。

あの時は、効率の良い食器の片付け方やテーブルの整え方なんて覚えても仕方ない、この先なんの役にも立たない——生意気にもそんな風に思っていたけれど、今やあの時の体験が活《い》きている。

昔を思い返すと、恥ずかしさと情けなさでいたたまれなくなる時があった。

しかし過去には戻れない分、これからの仕事を丁寧にこなしていきたいと思う。

(少しは、成長できたのかな)

社会人としては未熟者。そして、『もう一つの仕事』に至っては未知数もいいところだ。

——今日、葉月が帰ってくる。

二週間前の電話を最後に、彼の声を聞いていない。葉月からは変わらず着信があったけれど、凛は電話せず、少しだけ砕けた口調のメールを返すことで見逃《みのが》してもらっていた。たった一度の電話であんなにも動揺してしまうのだ。それが毎日続くなんて、想像しただけで頭がパンクしそうだ。

そんな相手と、今日からは本格的に同居を始める。

（……私、耐えられるかしら）

色々な意味で不安は尽きなかった。

「おはよう、籠宮さん。いつも早いわね」

「おはようございます」

先輩に挨拶を返した凛は、ふと違和感を覚えた。いつもより大分出勤時間が早いような気がする。その後もぞくぞくと先輩社員が出勤してくるが、普段は始業開始時刻ギリギリに来ている人まで、今日は十分前には着席していた。しかし違和感は、それだけではない。

「――さすが、葉月効果ね」

凛もまた着席したその時、ちょうど出勤してきた奥平と目が合った。

おはようございます、と挨拶をしながら、彼女の言葉に「そうか」と凛は納得する。

普段より早い出勤時間。そして、いつも以上のばっちりメイクに華やかな服装。

（やっぱり、そうなるわよね）

二十九歳、独身、世界的に知られるグループ傘下の社長。これだけの条件に加えて、あの容姿だ。

普段は比較的クールなお姉さま方にとっても、葉月は別格なのだろう。

そうでなくても日本支社の役員は、皆四十代以上の男性陣だ。その環境に慣れている女性陣にとって、突如現れた若い新社長の存在に気合が入るのも無理はない。きっと中には、『あわよくば』と思っている人もいるだろう。

過去に因縁《いんねん》のある凛に対しても、本心はどうあれ、あれだけの優しさを見せる人だ。

きっと、女性社員には凛以上に紳士的に接するに違いない。先輩社員に囲まれる葉月の姿を想像すると、少しだけもやもやした気分になる。しかし今は、再会への緊張が勝《まさ》った。

(しっかりしなきゃ!)

ここは職場。ましてや今の凛は、同居人ではなく一社員。私情を持ち込んではいけないと気を引き締めたその時、始業のチャイムが鳴った。

秘書課では朝一番に朝礼を行い、必要事項の情報共有をし、役員を始めとした大まかなスケジュールを確認する。普段より女性社員が浮足立っている雰囲気の中、斉木室長を伴《ともな》い、彼は現れた。

きりりと表情を引き締めた彼は、堂々たる態度で皆の前に立つ。

葉月は、自分を出迎える社員をゆっくりと見渡した。たったそれだけで、女性たちは感嘆《かんたん》のため息を吐《つ》く。無理もない、と凛は思った。濃いネイビーのスーツを纏《まと》った葉月は、この場の誰よりも洗練されている。先輩社員の反応はそのまま、駅で葉月を見た時の凛と同じ反応だった。

その時、葉月の視線が凛を捉《とら》え――ふわりと、笑んだ。

「っ……!」

なんて顔を、するの。

目尻を下げて口元をわずかに緩《ゆる》ませただけ。たったそれだけで、葉月の纏《まと》っていた雰囲気は一変した。見る者の姿勢を自然と正すような存在感を残しながらも、どこか甘い空気を放つ微笑。

それが、誰に向けられたものなのか。さすがにこの時ばかりは、気のせいだと流すことができなかった。心臓が、痛い。

「本日より、日本支社社長に就任する長篠葉月です」

ベッドの中や電話越しに聞こえた甘い声ではない。凛としたそれは、人の上に立つ男のものだ。

「私から皆さんに期待することは一つ。——楽しく、仕事をしよう」

葉月は悠然《ゆうぜん》と微笑む。

「何事も楽しくないとね。もちろん、ふざけていいという意味ではないよ。仕事はしっかりとやってもらう。皆にはメリハリをつけた働き方を意識してほしい。そして時には上司と部下の垣根《かきね》を越えて、疑問があれば遠慮せず、はっきりと伝えるように。あなた方の仕事ぶりに期待しています。共に日本支社を盛り上げていきましょう」

葉月が挨拶を終えると、隣の斉木が続いた。

「社長の専属秘書は奥平さん、君にお願いする」

斉木の指示に、奥平は「承知しました」と頷《うなず》いた。室長は次《つ》いで、凛を見る。

「籠宮さんは、これまで通り奥平さんのサポートをするように」

「えっ……!?」

思わず声が裏返る。視線が一気に凛へと集中した。

「何か、問題がある？」

「い、いえ！　承知しました」

「よろしく頼むよ。打ち合わせをしたいから、奥平さんと籠宮さんはこの後社長室に来るように。――以上で、朝礼を終わりにする」

大きな拍手と共に迎えられた葉月の視線は、やはり凛に向けられたままだった。目を逸《そ》らしかけた凛は、彼が出て行く横顔に、ふと違和感を覚える。

(葉月……？)

秀麗な横顔は、心なしか青ざめているような気がした。

「奥平さん」

「どうしたの？」

「社長、体調悪そうじゃありませんでした……？」

電話越しの掠《かす》れた声を思い出す。あの時の葉月は「気のせいだ」と否定していたけれど、本当にそうなのだろうか。しかしそんな凛の指摘に、奥平は「気づかなかったわ」と目を瞬《しばた》かせた。

(気のせいなら、いいけれど)

勘違いならいい。そう思いながら、凛は奥平と共に社長室へと向かったのだった。

「前任の秘書の方からの引き継ぎは済んでいます。本日は社内の視察が終わり次第退社。今後の予定については、先ほど確認して頂いた通りでよろしいですね？」

「ああ、それでいい」

社長室での簡単な打ち合わせを終えると、葉月は椅子から立ち上がり、奥平へと手を差し出した。

「これからよろしく。期待しているよ、奥平さん」

「こちらこそ。精いっぱい務めさせて頂きますわ、長篠社長」

二人は握手を交わした後、凛を見た。

「籠宮さんも、よろしく」

差し出された手と葉月の顔を交互に見つめる。凛は、恐る恐る手を重ねた。触れていたのはほんの一瞬だ。しかし思いがけず強い力で握り返されたのは、気のせいではないだろう。

ぴくん、とわずかに肩を揺らす凛を見た葉月は、すっと目を細める。

握手をしただけなのに、過剰に反応してしまう自分が恥ずかしかった。

「しかし、こうして改まるとくすぐったいものがあるな。これからは、うっかり裕子って呼ばないように気を付けないと」

葉月は幾分リラックスした口調で言った。

「本当に気を付けてね。これ以上、女性社員のやっかみをうけるのはごめんだわ」

「そこは諦めて欲しい。裕子にはぜひ、俺の防波堤《ぼうはてい》になってもらわないと」

「相変わらず、モテている自覚はあるのね？」

「まあ、あれだけ熱い視線を浴びせられればね」

二人は旧友ならではの会話を交わす。それを聞いてなるほど、と凛は納得した。

葉月が奥平を専属秘書に選んだ理由。第一は奥平の仕事ぶりを認めているから。第二は、斉木という恋人がいる彼女が葉月を好きになることはありえないからだ。

「一応確認だけれど、籠宮さんは第二秘書にしなくていいのね？」

「君のサポート役だから、実質的には第二秘書のような立ち位置だけど、さすがに新入社員を正式に社長付きにはできないさ」

二人のやり取りを聞いていた凛は、危うく声を上げるところだった。

――いつか役員付きの秘書になって活躍したい。

奥平の話を聞きながら、凛は確かにそう思った。しかしそれは、あくまで『いつか』の話だ。

奥平のサポートとはいえ、これからの凛の役目は、実質的な第二秘書。

(頑張らなきゃ。……頑張りたい)

改めて、身が引き締まる思いがした。

「彼女には、君の下で実践的な仕事を覚えてもらいたい」

「承知しました。それで、社長。あなたは少し、隣室でお休みになった方がよろしいかと。次の予定までまだ時間がありますし、帰国したばかりでお疲れでしょう。私は、五分前になったら、またこちらに伺います」

「いや、俺は大丈夫――」

「さっきまでは痩《や》せ我慢されていたのでしょう？　一度、鏡をご覧になってください。なかなか素敵な顔色をされていますよ」

態度を仕事モードに切り替えた奥平は、葉月の言葉を遮《さえぎ》った後、感心したように凛の方を見た。

「よく気付いたわね。私も、近くで見なかったら分からなかったわ。籠宮さんには、このまま社長のお世話をお願いしていいかしら？　隣室が仮眠室としても使えるのは知っているわよね」

頷《うなず》くと、奥平は凜にだけ聞こえるよう耳元で言った。

「多少無理にでもいいから、少し寝かし付けて。顔が真っ青な新社長なんて、社員が不安がるわ」

「は、はい！」

「よろしくね。気づいてくれて、ありがとう。——それでは、私はこれで失礼します」

一礼した奥平が退室すると、社長室には凜と葉月の二人だけになる。

——そう、二人きり。今は仕事中、余計なことは考えないように。

凜はざわめく心をなんとか鎮《しず》めて葉月と向かい合う。朝礼に顔を出した時は彼も気を張っていたのだろう、退室時まではさほど気にならなかったが、改めて顔を見ると、青白いだけではなく、一ヶ月前と比べて頬のラインがシャープになっているような気がする。

「そんなにじっと見られると、照れるな。俺の顔に何かついてる？」

おどける仕草も心なしか元気がない。

「社長、痩《や》せましたね」

「……結構、忙しかったからね」

自覚があるのか、葉月はどこか気まずそうに肩をすくめる。

「久しぶりだね、お嬢様。電話でも聞いたけど、変わりはない？」

「今は仕事中ですよ」

「その社長が聞いているんだけど？」

この会話に乗らない限り、凜の話も聞いてくれそうにない。

「……ベッドが、まだ来ていないわ」

会社でするような話題ではないのは分かっている。しかし目の前の新社長は、プライベートな会話を希望しているようなので、凛は仕方なく話に乗ることにする。

「ああ、それなら俺の帰国に合わせて発注したから、今日の夜には届く予定。今日は六時過ぎには帰宅予定だから、俺が直接受け取るよ」

「それなら、良いけれど」

社長室でプライベートな会話をするのはやはり落ち着かない。ただでさえ、一ヶ月ぶりの再会で緊張していた。その上今日から本格的に同居生活が始まると考えると、どうあっても落ち着けそうにはなかった。そう、落ち着かないのだ。目の前に、葉月がいる。

たったそれだけで、凛は自分の立ち位置が分からなくなる。仕事用のスーツをきっちり着てメイクもしているのに、澄《す》んだ茶の瞳を前にすると自分が丸裸になったような心もとなさを覚える。

「……奥平さんも言っていましたが、少しお休みになって下さい」

最低限仕事とプライベートを分けるためにも、これ以上この場に留まるのはまずい。

凛はあえて何でもない風を装《よそお》って、淡々《たんたん》と続ける。

「ここにベッドはありませんが、隣に大きなソファがありますので」

「疲れているのは事実だけど、眠くないんだ」

「なら、疲れが和《やわ》らぐように紅茶をお淹《い》れします。眠れなくても、横になっているだけで大分違いますよ」

とにかく今は休ませなければと、隣室の扉を開けるべく彼に背を向けた、その時だった。

「――凛」

不意に後ろから抱き寄せられた。ふわり、と爽《さわ》やかな柑橘系《かんきつけい》の香りが鼻をくすぐる。一ヶ月ぶりの葉月の香り。何よりも背中から直接伝わる温もりに、凛の背中を甘い痺《しび》れが駆け抜けた。

『仕事中に何をするの、今すぐ放して』

本当はそう言って、腕を振り払わなければならない。しかし凛の身体は、金縛《かなしば》りにあったかのように動かなかった。葉月は、腰の前で絡ませていた腕をゆっくりと緩《ゆる》めると、片手を凛の背中に添え、そのまま凛の身体を正面に向かせる。

「顔、見せて」

長く形の良い指先が凛のおとがいに触れる。宝物にでも触れるような繊細《せんさい》な仕草に、凛はゆっくりと視線を上げる。上目遣いで葉月を見る凛を、彼もまたじっと見つめていた。

とろけるように甘くて綺麗なヘーゼルの瞳に吸い込まれそうになる。

「この一ヶ月、一度でもいいから俺のことを思い出したことはある？」

試すような甘い声に、とくんと胸がうずく。

『俺は、君のことを甘やかすよ。どうして、やめてと言われてもやめてなんかやらない。この家で二人きり、何も言えないくらいドロドロに甘やかして、俺のこと以外は考えられなくしてあげる』

あんな宣言をした直後にあえてこの期間を設《もう》けたのであれば、葉月はとんだ策士だ。

彼は、ずるい。そして、悔しいくらいに有言実行の男だ。この一ヶ月間、凛は表面上涼しい顔で働きながらも、頭の片隅にずっと葉月の存在があった。帰宅してからはもっと酷《ひど》い。家主のいない広いマンションに一人になると、そこにいない葉月の存在をいっそう強く感じてしまうのだ。

一度でもなんて、とんでもない。毎日何度も、凛は葉月のことを思い出していた。

——もうとっくに、葉月以外のことなんて考えられなくなっている。

しかし凛は、葉月の問いに答えるわけにはいかなかった。あなたのことだけを考えていました、だなんて、そんなこと。だから、代わりに言った。

「……あの家に一人は、広すぎるわ」

不器用ながらも今の凛に可能な限りの言葉で伝える。だが直後に、はっとした。今の言い方ではまるで、一人で寂しかったと告白しているようなものだと気づいたからだ。

「あの、今のはっ……!」

「——俺に、会いたかった?」

しかし、急いで言い訳を考える凛の瞳に飛び込んできたのは、とろりと微笑む葉月の姿だった。息を呑む凛に、葉月は言葉を重ねる。

「俺は、会いたかったよ。……『ずっと』、ね」

——私も。咄嗟《とっさ》にそう言いかけた自分に驚いたのは他ならない、凛自身だ。

(私、なんで……)

ずっと、葉月に会いたかった。それは彼に再会する前の話。

それなのに今この瞬間、凛の口をついて出そうになった言葉は、葉月と同じものだった。

凛の沈黙に呼応するように、ゆっくりと葉月の顔が近づいてくる。キスされるのだ、と分かった瞬間、凛は両手で自分の顔を覆《おお》った。間一髪、葉月の唇はちゅっ、と凛の手のひらに触れた。

「凛」

「……はい」

「この手、邪魔だよ」

「で、でもっ！　どかしたらキスをしようとするじゃない！」

凛のささやかな抵抗もむなしく、葉月は片手でいともたやすく凛の両手を掴《つか》む。次の瞬間、凛の身体は宙に浮いていた。葉月は凛を横抱きにすると、そのまま迷うことなく隣室の扉を開ける。

「ま、待って！　お願いだから、ねえってば！」

聞こえないフリをした葉月は、広いソファの上にそっと凛を下ろした。慌てて起き上がろうとするけれど、葉月はそんな凛の身体をぎゅっと抱き締めて、隣に横たわる。背後から抱き締められたままの状態に、凛の頭はもうパンク寸前だ。

「――このままで」

身体に回された両手に力がこもる。

「電話をもらった時、驚いた」

吐息交じりの声が耳元に降る。

「まさか声だけで気づかれるとは思わなかった。……君の言う通り、疲れがたまっているみたいだ。少し休むから、このままで」

数分しないうちに、真近ですうすうと安らかな寝息が聞こえてくる。眠りが深くなると、少しずつ腕の拘束《こうそく》が緩《ゆる》くなっていった。凛は、葉月を起こさないようにゆっくりと、身体の向きを変える。

正面から見る葉月の顔はやはりやつれていて、そして、苦しげに見えた。

(相当、疲れていたのね)

凛の気持ちをもてあそぶような、思わせぶりな態度にもやもやする。でもそれ以上に、悔しいけれど、葉月のことばかりを考えている自分を、凛は否定できなかった。

◇―＊◆＊―◇

就職してからは、『疲れたな』と思うことはあれど『会社に行きたくない』と思ったことは一度もない。しかし、今だけは思う。明日、会社に行くのが怖い。

「見つかったのが奥平さんたちで、本当に良かった……」

天ぷらの下準備を終えた凛は、キッチンで一人息をつく。

日中のことを思い出すと際限なくため息が零《こぼ》れそうだ。

――社長と共寝しているところを上司に見られた、だなんて。

正確には、部下を抱き締めたまま眠る社長と、そんな社長から必死に離れようともがく部下だ。

よほど疲れていたのか、あの後葉月は熟睡してしまい、凛が何度呼びかけても起きなかった。

それだけならまだいい。しかし寝ぼけた葉月は凛の身体をがっちりと捕まえ直した挙句《あげく》、ついには足まで絡ませてきた。首筋にかかる吐息、時折漏《も》れる妙に艶《つや》やかな声、何より服越しに伝わる葉月の体温。

（……心臓、止まるかと思った）

扉を開けて一瞬で事態を把握《はあく》した奥平は、自分一人では無理だと判断したのか、すぐに斉木を連れてきた。問答無用で葉月を引き離してくれた斉木には、感謝してもしきれない。

あの後葉月は、斉木に本気で叱られたらしい。自業自得よ、と凛は思った。

その後秘書室に戻った凛は、顔の火照《ほて》りを覚ますのに大変だったのだ。その後なんとか一日の仕事を終えた凛は、一足先に帰宅して、夕食の準備をしている。

電話で約束したメインの天ぷらの他に、副菜もいくつか用意した。

まだまだ夏の気配が色濃い今は野菜が美味しい時期だ。茄子《なす》に人参《にんじん》、椎茸《しいたけ》といった王道の物から、ゴーヤや獅子唐《ししとう》もある。下準備を終えた今、後は葉月の帰りを待って揚《あ》げるだけだ。

一息ついたその時、不意にインターフォンが鳴った。モニターを確認すると、やつれてなお麗《うるわ》しい葉月の顔が映し出されている。凛は、エプロン姿のまま玄関の扉を開けた。

「おかえりなさい。お仕事、お疲れ様でした」

葉月の持っていた鞄《かばん》を受け取ると、彼は靴を脱がずにぽかんと凛を見た。

「まだ、体調が良くないの？」

しかし、元より白い頬は薄《うす》ら《う》と朱が差していて、むしろ血色が良いように見える。

「疲れていたけど、今、元気になったよ」

「……？　変な人ね」

「凛」

リビングに向かおうとする凛の腕を葉月は軽く引く。そんな凛の様子に葉月はにっこりと余裕たっぷりの笑みを浮かべ、凛の頰に触れるだけのキスをした。

「――エプロン姿、最高に似合ってる」

「……え？」

予想外の誉《ほ》め言葉に一瞬、胸が跳ねる。

「お嬢様のそういう格好を見るのは、楽しいね」

「っ……だから、そういうことを簡単にしないで！」

――また、からかわれた。凛が片手で唇の触れた場所を押さえたその時、玄関に他の人もいることに気づいた。

「お邪魔致します。奥様、こちらは寝室にお運びしてもよろしいですか？」

「へ……？」

荷物。奥様。固まる凛の隣で葉月が爽《さわ》やかに微笑んだ。

「頼むよ。終わったら俺たちのどちらかに声をかけてくれると助かる」

「承知いたしました」

言って、凛の隣を大きな荷物を持った二人の男性が通り過ぎていく。荷物の中身はベッドだろう。

しかし、彼らに言われた言葉の意味をようやく認識した瞬間、凛は、リビングで上着を脱ごうとしていた葉月の手をぐいっと引いた。

「ねえ、今の、何」

「何って、何が？」

「……奥様とか言われたわ。どうして否定しないの？」

「わざわざ否定するのもおかしいだろう。それとも、『奥様じゃなくて使用人』とでも言えば良かった？　それこそ、色々と誤解されると思うけど」

「会社の部下とか、他にも言い方はいろいろあるでしょう？」

「ただの会社の部下は、普通、上司の家でそんな風に可愛いエプロン姿で待っていたりはしないものだよ」

使用人と言われたり、可愛いと言われたり、からかわれているのか褒められているのか分からない。理解できるのは口では葉月には敵《かな》わないということだけだ。

「……もう、いいわ。でも、一ついいかしら？」

「何かな、『奥様』」

「からかわないで下さい。――不用意に私に触るのは、やめて欲しいの。その、さっきみたいなキスとか……」

「あれはただの挨拶。キスのうちにも入らないよ。海外では基本だ」

「ここは、日本よ」

「世界展開する企業に勤める人間の言葉とは思えないね。自国のルールに囚《とら》われず、広い視野を持つことをお勧めするよ」

　ああ言えば、こう言う。悔しさ半分と諦め半分でため息を吐《つ》く凛の前で、葉月はネクタイをくいっと緩《ゆる》める。露《あら》わになる喉元、ネクタイを掴《つか》む長く形の良い指。何気ない仕草にも拘《かかわ》らず、葉月がするとその一つ一つが艶《つや》めいて見える。

「そんなに見られていると、脱ぎづらいな」

　からかい交じりの声に、凛は自分が無意識に見惚《みと》れていたことに気づいた。すぐに視線を逸《そ》らすが既《すで》に遅く、葉月はにやりと笑う。

「今からシャワーを浴びるけど、一緒に行く？」

　もっと見られても俺は構わないよ。色気たっぷりに囁《ささや》く葉月に、「結構です！」と返すと、彼は小さく笑いながらバスルームへと向かったのだった。


「……これ、本当に君が作ったの？」

　バスローブを羽織《はお》り、タオルで頭を拭《ふ》きながらキッチンに入ってきた葉月は、ダイニングに並んだ夕食を見て開口一番そう言った。はだけた胸元からは引き締まった胸板がちらりと覗《のぞ》く。そこに浮かぶ雫《しずく》が下へゆっくりと伝っていく様《さま》はやけに扇情的で、凛はすぐに視線を逸《そ》らした。

「電話で言ったでしょう？　あなたの好きなものを作るって」

　覚えていないのと冷静を装《よそお》って問うと、葉月は「もちろん覚えているけど」と返しつつ、料理を眺めたままどこか呆気《あっけ》に取られたように続ける。

「まさか、こんなに本格的なものが出てくるとは思わなかったから」

夏野菜の天ぷらにお吸い物、筑前煮《ちくぜんに》に和風サラダ、他にも副菜が数品。二人で食べるには少し多すぎたかもしれないけど、と前置きをすると、葉月は「残ったら全部俺が食べるよ」と言い切った。

「ご飯をよそっておくから、着替えてきたら？　そのままでいるとまた体調を崩すわよ」

「分かった、すぐ戻る」

足早に寝室へと向かう葉月の後ろ姿に、ほっとする。

(葉月の、あの顔)

驚いて目を瞬《しばたた》かせる姿は、まるで子供のようにあどけなくて、思い出すと自然と笑みが零《こぼ》れた。

今まで驚かされてばかりだったことを思うと少しだけ溜飲《りゅういん》が下がるような気がする。

「何を笑ってるの？」

部屋着に着替えた葉月が、いつの間にか凛の後ろに回り込んでいた。お茶碗が二つ載ったお盆を片手でさりげなく取ると、彼はもう片手を凛の腰にそっと添えて、ダイニングテーブルへと誘《いざな》った。

「頂きます」

葉月の上品な箸《はし》使いを、凛はドキドキしながら見つめる。

「……美味しい」

「本当に？　揚《あ》げ加減は大丈夫？」

「本当。すごく、美味しい」

葉月は顔を綻《ほころ》ばせる。その笑顔と飾り気のない感想は、すっと凛の心に溶け込んだ。

同時に、自分が緊張していたことに気づく。人に料理を振る舞うのはこれが初めてだったのだ。

それを聞いた葉月は、いっそう表情を和《やわ》らげると「君の初めてをもらってしまったね」と含みのある言い方をして、凛の反応を楽しんでいた。

自分の手料理を食べて喜んでくれる人がいる。それは凛にとって、とても不思議な感覚だった。

かつては、料理を作ってもらうのは当たり前で、それに感謝したこともなかった。そんな状態で否応《いやおう》なしに一人暮らしが始まって、自分の為だけに質素な食事を作る。料理の腕は必然的に向上したけれど、思えば人に振る舞いたいと考えたことなど一度もなかったような気がする。でも今の凛は、自分の料理を喜んで食べる葉月を見て、自然と『嬉しい』と感じられた。

（……ダメ）

これは仕事よ、と今一度、浮かれかけた己に言い聞かせる。

葉月が優しく接してくるのは、慌てる凛の反応を楽しむため。そう、遠回しに彼は言っていた。だから、嬉しいと思ったその気持ちがたとえ本心だとしても、素直に喜ぶのは危険だ。

「得意料理は、和食？」

「えっ……あ、ううん、洋食を作るのも好きよ。あなたの口に合うかは、分からないけど」

「少なくとも、今日のは最高に美味しかったよ。他の料理も、期待してる」

それなのに、こんな風に手放しで褒められてしまえば、やはり嬉しい。

葉月の態度には、裏がある。そんな風に疑う自分がいる一方、彼の一挙一動に反応する自分がいる。もやもやして、ドキドキして。葉月と再会してからの凛は、自分の感情に戸惑ってばかりだ。

「ごちそうさま。洗い物は俺がするからいいよ」

箸《はし》を置いた葉月は、すぐに食器を纏《まと》め始める。凜は慌てて立ち上がった。

「駄目よ、それは私の仕事だわ」

「いいから、君はお風呂に入っておいで。お湯は新しく張ってあるよ」

でも、と食い下がる凜に、葉月はとどめの一言を放った。

「雇用主命令だ。良い子だから言うことを聞いて温まっておいで」

頭を撫《な》でられ固まる凜に葉月はくすりと笑うと、腕まくりをしてキッチンへと向かった。

（……本当にこの人は、もう）

わざとか素なのか判断がつかないから、困る。撫《な》でられた頭が、やけに熱い。

食事を終えたあとはお互い自由時間。凜は言われた通りお風呂に入り、のんびりとしたバスタイムを楽しんだ。

「――もう、出た？」

「な、なに？」

ドライヤーに手を伸ばしたその時、バスルームのドアがノックされた。凜が身を固くした途端、

「入るよ」とドアが開く。葉月は、ドライヤー片手に硬直する凜を見て、にっこり笑った。

「それ、貸して。髪、乾かしてあげる」

そして凜の手からドライヤーを抜き取ると、端《はし》に置いてあった椅子に凜を座らせた。

「待って、そんなことしなくていいわ！」

すぐに立ち上がろうとするけれど、「ほら、動かないで」と軽く押し留められてしまう。

葉月は、そのまま凛の髪の毛に手を入れると、腰まで伸びた凛の長い黒髪を簡単に整える。次いで全体に簡単に風を当てて、慣れた手つきで乾かし始めた。

(……気持ちいい)

初めこそ緊張で強張っていた凛だが、時間が進むにつれて少しずつ肩の力が抜けていく。途中、一度だけ鏡越しに葉月と目が合った。その時の彼があまりにも優しい笑顔でこちらを見つめていたものだから、凛はそれからずっと瞼《まぶた》を閉じていた。そうでもしないと恥ずかしさで頭が沸騰《ふっとう》しそうだったのだ。

サイドの髪を葉月はそっと耳の後ろに流す。襟足《えりあし》を乾かす際、不意に指先が凛の項《うなじ》に触れた。

「っ……」

肩を揺らす凛に気づいたのか、そうでないのか。葉月はその後も不意に、首筋に、耳の後ろに、そっと触れていった。髪を乾かしているだけ。それなのに、歓迎会の夜の記憶が蘇《よみがえ》りそうで――素肌に触れた葉月の熱を思い出して、耳の後ろが薄《うっす》らと赤く染まる。

それを、笑顔を消した葉月がじっと見つめていたことに、目を閉じた凛は気づかなかった。

「――子供の時、何度もこの髪に触れたいと思っていた」

ドライヤーの音は、葉月の呟《つぶや》きをいともたやすく掻《か》き消した。

「絹みたいに綺麗で、滑《なめ》らかで……君の髪を結ぶ母を、いつも羨《うらや》ましいと思っていたよ」

囁《ささや》きが凛に届くことはない。分かっているからこそ、葉月は言った。

「……本当に、俺だけのものになってしまえばいいのに」

耳の後ろを何度も優しく撫《な》でる。

「──葉月？　何か言った？」

凛の瞼《まぶた》が開くと同時に、葉月はドライヤーの電源を切る。

凛が鏡を見た時、そこにはいつも通り、余裕のある笑みを浮かべる葉月がいた。

「何も？　さあ、終わったよ」

葉月は凛を立たせると、さりげなくリビングへのソファへと誘《いざな》う。テーブルの上には、ティーポットとティーカップが用意されていた。言われるがままソファに腰かけた凛は、まさかと思って隣を見る。葉月は微笑みながら、慣れた手つきでポットの中身をカップへと注いだ。

「さあ、どうぞ。ホットミルクティだよ。カフェインレスのものだから寝る前に飲んでも大丈夫だ」

「どうして、ここまでしてくれるの……？」

私のことを、面白く思っていないはずの、あなたが。

葉月は、答えない。代わりに捉《とら》えどころのない微笑を浮かべて、「ほら、冷めちゃうよ」と促《うなが》した。凛は、ミルクティにそっと口を付ける。微《かす》かな茶葉の香りと優しい味にほっとした。

「……同じ味だわ」

「ん？」

「昔、あなたのお母さまが淹《い》れてくれた紅茶と、同じ味がする」

懐かしさと、寂しさと。心の奥に無理矢理押し込めて忘れかけていた感情が、少しずつ溶け始める。凛はふと、ずっと気になっていた質問を口にした。

「お母さまは、お元気にしているの？」

「もちろん。長篠の父とも仲良くやっているよ」

「……そう。なら、いいの」

隣に座る葉月に視線を向ける。今の彼は、とてもリラックスしているように見えた。凛は、カップをテーブルの上に置く。今なら答えてくれるだろうか。

「葉月は、どうして何も言わずにうちを出ていったの？」

ぎゅっと拳《こぶし》を握って葉月と向き合う。彼もまた、凛を真っ向から見据《みす》えた。

「大切な人がいた。その人が苦しんでいた。あのまま籠宮家にいたら、俺には守ることができなかった。……だから、屋敷を出た。何も言わずに出たのは、それがあの時最善だと思ったからだ」

それらは全て過去形で語られた。

——大切な人。予感は、していた。寝起きの葉月が囁《ささや》いた『My Sweet Darling』という甘い言葉。やはりあれは、その人に対して向けられた物なのだろうか。

（……そんなの、私には関係ない）

関係ないのに、胸が痛い。その原因を掘り下げることは、今の凛にはできなかった。

「そう、なの。……でも、やっぱり一言くらいあっても良かったと思うわ」

責めるつもりも資格も凛にはないのに、その言葉はどこか恨めしく響く。俯《うつむ》いたまま凛は続けた。

「家の者も心配していたわ。父は、特に」

ある朝起きたら葉月親子が姿を消していた。事前に相談を受けた者はもちろん、書き置きなどの知らせもない。親子が自《みずか》らの意志で出ていったのは、状況を見ても明らかだった。

特に取り乱したのは父で、屋敷の人間にあまり興味がないように感じていた分、意外に思ったのを今でも覚えている。警察沙汰《ざた》にはならなかったけれど、その一歩手前まで行っていたのは事実だ。

「へえ、旦那様が？　まあ、そうだろうね」

葉月は乱暴にカップを置く。ガチャン、と大きな音がリビングに響いた。

「……葉月？」

初めて見せる葉月の荒々しさに驚いていると、彼はすぐに「何でもないよ」と笑みを浮かべた。

凛が一目《ひとめ》でそれと分かる、作り笑顔を。

「旦那様にはお世話になったからね。いつか、改めて挨拶に伺うよ。さあ、そろそろ寝よう。カップは明日の朝に洗えばいい」

先ほどの一瞬の変化が嘘であったかのように、葉月は完璧な笑顔で凛と向かい合う。これ以上はきっと立ち入らせない。凛には、それが分かった。立ち上がり、共に廊下へと向かう。

「それじゃあ、おやすみなさい。……紅茶、ありがとう」

言って、ゲストルームのドアノブに手をかけようとした凛を、なぜか葉月は引き留めた。

「どこに行くの？　寝室は、そこじゃないよ」

葉月は凛の手を引くと、自室の扉を開ける。そこは彼がいない間、凛が一ヶ月間を過ごした部屋だ。

入ってすぐに、凛は昨日までとの違いに気づいた。部屋の中央に新品のキングサイズのベッドが置かれている。今まで使用していたダブルベッドはどこにもない。

戸惑う凛の視線には応えず、彼は凛の身体を軽々と抱き上げると、有無を言わさずベッドへと横たわらせた。慌てて起き上がろうとする凛の身体を、そのままぎゅっと抱き締める形で自《みずか》らも横になる。

「うん、やっぱり最高の抱き心地」

「抱きっ……葉月、ふざけていないで放して！」

「今放しても、これ以外にベッドはないよ。以前の物は処分してしまったからね。……それにこれも、君の仕事の一つだ」

「これのどこが、仕事なの!?」

「『俺がリラックスできる環境を提供すること』」

葉月は凛の身体を正面から抱き込んだまま、耳元でそっと呟《つぶや》く。低く艶《つや》っぽい声にぞくりとした。

「この一ヶ月、俺はろくに眠れていない。でも今日君を抱き締めた時、自分でも驚くほどよく眠れたんだ。だから、俺はこれから君を抱いて眠ることにした」

「勝手に決めないで！　それに、プライバシーは保証するって約束したじゃない！」

「もちろん、ゲストルームは君の好きに使っていい」

「そういうことじゃっ……！」

葉月の胸元から顔を上げて、すぐに後悔した。どちらかが動けば唇が触れ合う距離に葉月の顔がある。あまりの近さに、凛は一瞬呼吸をすることを忘れた。

「おやすみのキスをして、君を抱き締めて眠る。朝はおはようのキスをして起きる……それだけで俺はきっと、その日一日頑張れる。もちろん、それ以上のことを許してくれるなら、いつでもその準備はできているけどね」

先ほどまでぎゅっと抱き締めてきた腕の力は、既《すで》に軽く添えられる程度になっていた。凛が本気で抵抗すれば逃げられるだろう優しい拘束《こうそく》に、反応を試されているような気分になる。

「……『それだけ』なんて、簡単に言わないで」

凛は、囁《ささや》くように言った。

「挨拶のキスも、一緒に眠るのも、あなたにとっては何でもないことなのかもしれないけど……私にとってはそうじゃないの」

身体の芯が熱くなるような深い口づけも、濡れた髪に触れられることも、こうして一つのベッドに横になることも。全部、葉月が初めての相手だ。彼にとっては何気ない言動や仕草も、凛にとってはとても重いもの。しかしこれらの行為を葉月があくまで仕事として求めているならば、凛が断ることはない。

幼い頃の葉月への恋心を彼が気づいていたのか、凛には分からない。気持ちを伝えたことは一度もなく、むしろ正反対の態度を取ってばかりだった。しかし聡《さと》い彼のことだ、知っていても不思議ではないと、今なら思う。

ドロドロに甘やかす。葉月以外の何も考えられないようにしてみせる。

それが葉月なりの仕返しのつもりならば、全ては、葉月の思惑通りだ。

「こういうことは、恋人以外にするものではないわ」

自然と恨《うら》み節《ぶし》が出てしまうが、これくらいは許してほしかった。

「『恋人』。ね。君は、恋人がいたことはあるの？」

「分かっていることを聞かないで。あなたはどうなの？」

「……大切な人ならいるよ」

それなのに、こうして私に触れるの？　喉元まで出かけた言葉をぐっと呑み込む。

今、それを聞いたところで何にもならない。

予期せぬ再会をした初恋の人。この気持ちが過去に引きずられているだけなのか、まだ判断できないが、それでも葉月の思惑通り、今の凛は彼のことばかり考えてしまう。一挙一動に、翻弄《ほんろう》される。

表情を失《な》くした凛を見つめる葉月はやはり、穏やかな眼差しをしていた。

宝物を扱うようにそっと抱き締められて、そんな眼差しを向けられたら勘違いしてしまいそうになる。

彼の大切な人がもしかしたら自分なのではないか、と。

（そんなこと、ありえないのに）

しかしほんの一瞬でも、そう錯覚するほどに、葉月の優しさは、瞳は、凛の心を優しく縛る。

「君は、可愛いね」

「……人の話、聞いてるの？」

「もちろん。お嬢様の大切な言葉だ。一つも聞き逃《のが》したりなんてしないよ」

葉月は凛の額《ひたい》に触れるだけのキスを落とした。

「全部、俺が初めて。そうだよね？」

頷《うなず》く以外にいったい何ができただろう。葉月の腕に凛が自《みずか》らの手を重ねることはなかったが、逃げ出すこともまた、しなかった。

「おやすみ、お嬢様。——良い夢を」

電話越しではない、直接耳に降った声色《こわいろ》はとろけるように甘かった。

一緒になんて眠れるはずがない。そう思っていたのは初めだけで、その晩、凛は自分でも驚くほどにぐっすりと眠ることができた。広いベッドの中、二人は寄り添って眠る。葉月は一晩中凛に腕枕をしてくれた。その温もりは、羽毛《うもう》にも負けないくらいに温かかった。

## Ⅵ

「有休？」

朝食後、ソファで新聞を読んでいた葉月が視線を上げる。食器を洗っていた凛は、その自然な上目遣いに内心ドキドキしながらも、あくまで平静を装《よそお》い「そう、有休」と重ねて言った。

「少し前に話したでしょう？　斉木室長に一日でもいいから取るように言われたって」

「ああ、そう言えば聞いたような気がする。今日だったのか」

葉月は、読書や新聞、書類を読む時だけ眼鏡《めがね》をかけている。そのことは同居を始めてすぐに知ったけれど、正直、一ヶ月以上経った今でもあまり慣れない。視線を落としてじっと文章を追う彼の顔に柔らかな栗色の髪がかかって、わずかな影を作る。

（……男の人なのにこんなに色っぽいなんて、反則だわ）

バランスの整った体躯《たいく》も相まって、葉月の行動は、日常生活のどこを切り取っても絵になった。

「せっかくの休みだ、ゆっくりするといい。夕食の準備も、今日は気にしないでいいよ」

「それは、大丈夫。あなたを見送った後で私も出かけるけど、夕方までには戻ります」

「出かけるの？」

再び新聞に視線を落としていた葉月が、不意に顔を上げた。「ええ」と頷《うなず》く凛に、葉月はわざとらしくにっこり微笑む。

「デート？」

「……違います」

そんな相手がいたら今、凛はここにいない。知っているのに聞いてくるなんて、冗談にしても意地が悪い。

「私は、あなたみたいにモテませんから」

本気で怒っている訳ではないけれど、少しだけ意趣返《いしゅがえ》しをするつもりで、あえて敬語で答えた。

「君がモテないって、なんの冗談？　少なくとも、俺にはモテてるけど」

「……お世辞でも嬉しいわ、ありがとう」

あくまで冷静を装《よそお》って答える。真面目に反応したら葉月の思うつぼだということは、この短い同居生活でも充分学んできた。案の定、葉月はくすくすと笑いを噛み殺している。

「けっこう、本気で言ったのに」

「はいはい、ありがとうございます」

「俺のあしらい方もすっかり上手になったね」

「そうじゃないと、あなたと同居なんてできませんから」

精神的にも物理的にも、色々な意味で身が持たない。

「一応言わせてもらうと、俺がデートなんてしていないことは、君が一番よく知っていると思うけど？」

「それは……そうだけど」

「だろ？」

今をときめく新社長の人気ぶりは、凛の予想を遥かに超えていた。比較的クールだと思っていた秘書課の女性先輩社員たちは、葉月が就任してからというもの、化粧や服装にいっそう気合が入っているのが目に見えて分かる。その余波を最も食らっているのが、奥平と凛だろう。

社長専属秘書とそのサポート役の二人は当然ながら、他の社員よりも多く葉月と接触している。それもあって、二人に対する『社長リサーチ』は日を増すごとに加熱していった。

好きな食べ物、趣味、果ては好みの異性のタイプまで、最近では昼休みになるたびに質問攻めだ。噂では、葉月に直接アプローチして、食事に誘った社員もいるという。

しかし葉月がその誘いに乗ったことは、一度もなかった。少なくとも、凛の知るところでは。

彼は、よほどのことがない限り夕食も自宅で食べている。

『……毎日こんなにまっすぐ帰ってきたら、恋人、できないわよ？』

過度なスキンシップが常態化しつつある中、凛はそう言ったことがある。本当は自分の料理を美味しそうに食べてくれるのが嬉しいくせに、可愛げもなく言う凛に対して、彼は余裕の態度でこう答えた。

『俺にはお嬢様がいるからね』、と。

その夜、ドキドキしてしばらく眠れなかったのは、凛だけの秘密だ。

「——さて、と。そろそろ行くよ」

眼鏡《めがね》を外した葉月が新聞を畳んで立ち上がる。ちょうど洗い物を終えた凛は、見送りのため共に玄関へと向かう。

「今日は、会社で君の顔が見られないのか。つまらないな」

「家で散々見ているじゃない」

「仕事中でも君を見ていたいんだよ、お嬢様。君がいると、自分でも驚くくらい仕事が捗《はかど》るんだ」

葉月はにっこり笑う。

「からかう相手がいると、息抜きになるからね」

「っ……！　遅刻するわよ、行ってらっしゃい！」

葉月はむくれる凛の額《ひたい》に軽く唇を落とすと、「行ってきます」と出かけて行ったのだった。

◇—＊◆＊—◇

その後、凛は一人暮らしをしていたおんぼろアパートへと向かった。

生活の拠点はすっかり葉月のマンションに移っているものの、葉月の帰国後は、週に一度のペースで帰っては簡単な掃除をしている。なんとか説得した葉月はあまりいい顔をしなかったけれど、『必ずマンションに戻る』という条件のもと、見逃《みのが》してもらえることになった。

一度は解約することも考えた。しかしあのアパートは、父が唯一、娘に残したものだ。解約したが最後、父との縁が切れてしまう気がして、踏み切れなかったのだ。

（あれ……？）

凛はいつものように、電車とバスを乗り継いでアパートへと向かう。その時、一人の男性がアパートから出てくるのが見えた。男性はすぐに角を曲がり、凛の視界から消える。

「お父さま……？」

ほんの一瞬見えた横顔は、もう何年も見ていない父・籠宮伊佐緒に似ていた気がした。

凛は男性の消えた方向へと急いで走る。しかし角を曲がった先に、既《すで》に人影はなかった。

（まさか、ね）

様子を見に来てくれたのだろうかと頭に浮かんだ考えを、凛は即座に否定した。

身だしなみに人一倍厳しかった父が、あんな風によれた皺《しわ》だらけのシャツを着ているはずがない。

父が現在どんな生活をしているか知らないけれど、今更凛を訪ねてくるとはとても思えなかった。凛は、もう何年も父親と連絡を取っていない。会社倒産直後に顔を合わせて以来、それきりだ。その後凛から電話をしても通じたことは一度もなく、いつしか連絡を取ること自体諦めた。

一人困窮《こんきゅう》した生活を送る娘に対してなんのアクションもない両親。――それが、答えなのだと思う。

嫌われていたとは、思わない。彼らが凛を育ててくれ、欲しいものを何でも買い与えてくれたのは事実だ。でも、愛されていたとはっきり思えるほどの自信もなかった。

だからこそかつての凛は、葉月と彼の母親の関係に憧《あこが》れを抱いたのかもしれなかった。

その後は、アパートの部屋中の窓を開けて空気の入れ替えをすると、台所と畳の部屋に掃除機をかける。六畳一間《ろくじょうひとま》のアパートの掃除はあっという間に終わった。

鍵をかけてアパートを出た時点で、午後一時。葉月が帰宅する時間まで大分余裕がある。まっすぐ帰ってもいいけれど、その後凛が向かったのはマンションではなく、かつて自分が暮らしていた、籠宮家の屋敷だった。

父のことを思い出したからだろうか、久しぶりに見たくなったのだ。

電車とバスを乗り継いでしばらく、凛は『元』我が家の前に立つ。立派な門扉《もんぴ》は今、固く閉ざされている。あれから買い手がついたのだろう。かつて『籠宮』の表札があった場所には、別の名字が掲《かか》げられている。

一人暮らしも始めた頃は、戻りたくて仕方なかった場所。

アパートでの生活に慣れてからも、『昔の家に帰りたい』と考えてしまうのが嫌で、あえて近寄ろうとはしなかった。今、久しぶりに帰ってきて、凛は自分の気持ちの変化に気づいた。

懐かしいとは思う。でもなぜかここに帰ってきたいとは思わない。同時に、凛は理解した。

『いってらっしゃい』

『ただいま』

毎日葉月と交わされる何気ない挨拶。

今の凛の『帰る』場所は、屋敷でもアパートでもない。

──葉月と暮らすあのマンションになっていたのだ、と。

(葉月のいる場所が、私の帰る場所……?)

その考えは不思議と凛の心を温かくしてくれる。その一方で、微《かす》かな焦りも感じた。

一体いつまで、凛はあのマンションにいられるのだろう? 葉月が飽きるまで? それとも──

「うちに、何か?」

背後からかけられた声に、はっと振り返る。真っ赤なスポーツカーを背に、サングラスをかけた男性が、眉根を寄せて立っていた。『うち』という表現からして、きっと現在の住人だ。

「ごめんなさい!」

自分の家の前に見知らぬ女が立っていたら、誰だって不審に思うだろう。

凛は慌てて頭を下げて立ち去ろうとしたが、男性は「待って!」と凛を呼び止めた。

「君……もしかして、凛ちゃん?」

サングラスの下から現れた顔に、凛は「あ!」と思わず声を上げた。

「浩太《こうた》さん……？」

目を大きく見開く凛に、男性は笑顔で頷《うなず》いたのだった。

高野《たかの》浩太。凛より十歳年上の彼は、日本でも有数の旅行会社の御曹司だ。

そして、かつて凛の内定を取り消した『おじさま』の一人息子でもある。

籠宮家と家族ぐるみの付き合いをしていた彼は、凛もよく知る人物だった。

「お久しぶりです、浩太さん」

応接間に通された凛は、かつては迎える側だったなと過去に思いを馳《は》せつつ、対面のソファに座る高野を見る。

「ああ。本当に久しぶりだな、凛ちゃん」

高野は、不審な女の正体が凛だと分かるなりすぐに屋敷へと通してくれた。そんなつもりのなかった凛は当然断ったものの、高野は「遠慮するな」と譲《ゆず》らなかった。

「今日は、どうしてうちに？」

「特にこれと言った理由は……少し懐かしくなって、寄ってみただけです」

高野はそう、と鷹揚《おうよう》に言うと、薄く笑う。

「できれば、敬語もやめて欲しいな。寂しいじゃないか、俺と凛ちゃんの仲だろう？」

そう言って高野は、テーブル越しに凛の手をそっと取る。

「分かりま……分かったわ」

凛は引きつりそうになる口角《こうかく》をなんとか上げて答えると、さりげなく手を引いた。

少々強引なところは今も変わらないのだな、と凛は笑顔の裏側でこっそりと思う。

凛と高野は、確かにかつては親しい間柄だったが、幼馴染《おさななじみ》と言うほど気安い関係でもなかった。兄のように慕っていたわけでもなく、例えるならば、親戚のお兄さんのような感覚だ。高野のことは、決して嫌いではない。しかし昔から何かとスキンシップが激しくて、少しだけ苦手だった。

(悪い人では、ないのよね)

歓迎してくれる高野には申し訳ないが、適当なところで切り上げようと凛は決めた。

「でも、驚いたわ。この家にあなたが住んでいるとは思わなかった」

「ここは、俺にとっても思い出のある家だから。他の奴に買われるくらいなら、と思って。……君からしたら、あまり面白くない話だろうけど」

「どうして？　私は気にしないわ」

屋敷を出た直後ならば、『どうしてあなたが』と嫉妬し、怒りもしたかもしれない。しかし今の自分にとっての『家』がどこか分かった今、そんな気持ちは微塵《みじん》もなかった。

しかし高野は、凛の言葉を強がりと捉《とら》えたのだろう。気遣うような表情を浮かべている。

「……今は、何をしているんだ？」

ＬＮグループ日本支社で秘書として働いていることを伝えると、高野は大げさなくらいに驚いた。

「働いてるって……凛ちゃんが、ただの会社員として⁉」

「そんなに驚くことかしら？」

「そりゃあね。君が普通に働いているなんて、昔を知っている人間からしたら想像もできない」

我儘《わがまま》で傲慢《ごうまん》な凛を覚えているがゆえの言葉に、「働かないと生活できないもの」と苦笑する。

「内定の話も流れてしまったし、あの後、なかなか仕事が見つからなくて……ようやく就職できたのが、今の会社よ」

「……内定取り消しの件は、本当に申し訳ないと思ってる。あの時の俺は、父の決定を覆《くつがえ》せなかった」

「気にしないで。浩太さんのせいじゃないし、それに私、今の仕事が好きだから」

今となっては、高野や彼の父に恨みはない。あの取り消しがあったからこそ、また葉月と会うことができたのだから。

「……凛ちゃん、変わったな」

不意に高野が真剣な顔で凛を見据《みす》えた。距離の近さと、彼の醸《かも》し出すなんだか妙な雰囲気に動揺しながらも、凛は「今日、おじさまは？」と何とか話題を変える。

「この屋敷にはいないよ、会社にもね。父には引退してもらった。今の社長は俺だ。だから、今度こそ君を助けることができる。――凛ちゃん、俺の会社に来ないか？」

「え……？」

「秘書の仕事がしたいなら、俺の秘書になればいい。我慢してまでＬＮグループで働くことはないだろう？　俺も今度こそ君を守ってあげられる、なんの苦労もさせない」

「ちょ、ちょっと待って！　私は我慢なんてしていないわ」

何だか妙な方向に話が進んでいる。凛は慌てて否定するが、高野の目にはそれが遠慮と映ったのか、どこか憐《あわ》れむように凛を見た。

「LNグループの新社長……長篠葉月、とか言ったか。会ったことはないが、話はよく聞く。確かにやり手で有名だし、あの若さで凄いとも思う。でも異性関係では、派手なことで有名な男だ」

「……私には、そうは見えないけれど」

「俺も人づてに聞いた程度だけど」

彼はおもむろにスマホを手に取ると、ある画像を凛へと見せた。

「一番最近のものだと、八月のこの記事かな。日本に来る前に羽を伸ばしたんだろう」

『婚約間近！　今度のお相手は、ホテル王の娘？』

画像には英語でそう、大々的に書かれていた。パーティーの様子だろうか。エメラルドグリーンのドレスを着て、ブルネットの髪を背中に流した美女が、濃紺《のうこん》のスーツ姿の男性に腕を絡めている。

（葉月……？）

見つめ合って微笑む二人は、映画に出てくる恋人のようにお似合いだった。画像の右下には、掲載元が記載されている。日本でも時折紹介される有名なゴシップ雑誌だ。流行《はや》りネタを面白おかしく書き散らすことでも有名なその雑誌の内容の信憑性《しんぴょうせい》は決して高くないことを凛は知っている。しかし、理性と心は別物だった。

葉月が、目の覚めるような美女と絡み合っている。ただそれだけで、こんなにも胸がざわめく。

写真の日付は、八月中旬。葉月がイギリス本社に戻っていた、あの一ヶ月だ。

ご愛読誠にありがとうございます。

# 読者カード

●ご購入作品名

●この本をどこでお知りになりましたか？

年齢　　歳　　　　性別　　男・女

ご職業　1.学生(大・高・中・小・その他)　2.会社員　3.公務員　4.教員　5.会社経営　6.自営業　7.主婦　8.その他(　　　)

●ご意見、ご感想などありましたら、是非お聞かせ下さい。

●ご感想を広告等、書籍のPRに使わせていただいてもよろしいですか？

※ご使用させて頂く場合は、文章を省略・編集させて頂くことがございます。

(実名で可・匿名で可・不可)

●ご協力ありがとうございました。今後の参考にさせていただきます。

郵　便　は　が　き

1 5 0 8 7 0 1

料金受取人払郵便

渋谷局承認

9400

0 3 9

差出有効期間
平成30年10月
14日まで

東京都渋谷区恵比寿4−20−3
恵比寿ガーデンプレイスタワー5F
恵比寿ガーデンプレイス郵便局
私書箱第5057号

株式会社アルファポリス
編集部 行

| | |
|---|---|
| お名前 | |
| ご住所　〒　TEL | |

※ご記入頂いた個人情報は上記編集部からのお知らせ及びアンケートの集計目的以外には使用いたしません。

アルファポリス　http://www.alphapolis.co.jp

「大丈夫か？　真っ青な顔をしてる」

汗で額《ひたい》に張り付いた凛の黒髪をよけるように、高野は指先を伸ばしてくる。しかし触れられる直前、凛は反射的に身を引いた。

「あっ……何でもないの。少し驚いただけだから、大丈夫」

たったその一瞬で葉月と比べた訳ではない。しかし凛の身体は、他の異性に触れられることを自然と拒否していた。咄嗟《とっさ》に謝る凛に気分を害した様子もなく、高野はすぐに手を引いた。

「――やっぱり、今の会社は辞めた方がいい。そんな状態で働くのは、君だって辛いはずだ」

「そんな、ことは……」

「目の前でこれだけ動揺されれば誰でも気づくよ。……彼が好きなんだろう？」

高野の目に今の凛がどんな風に映っているのか、凛には手に取るように分かった。

『社長に対して報われない思いを抱いている可哀想な女』。

だから彼は、凛に会社を辞めて自分のところに来ないかと誘っている。きっとそれは、彼なりの善意なのだろう。しかし凛はそれに頷《うなず》くことができなかった。

（好き……？）

昔の葉月ではなく、今の葉月を――？　凛は、答えなかった。写真を見た瞬間に感じた胸の痛みも、高野の問いに対する動揺も押し殺して、「何を言っているの」と言わんばかりに、笑顔を作る。

「浩太さん、長篠社長は、あの葉月よ？」

「もちろん、彼の名前くらい知っているさ」

「そうではなくて、昔、籠宮家にいた『葉月』。覚えていない？」

一瞬怪訝《けげん》そうに眉をひそめた直後、彼は「まさか」と目を見開いた。

「そのまさか、よ」

数年ぶりに凛は『お嬢様』の仮面をかぶると、余裕たっぷりに笑って見せる。

高野と葉月は特別言葉を交わす仲ではなかったが、面識はあるはずだ。そして高野は、凛が『葉月』という少年にどんな態度を取っていたのかも、恐らく知っている。

そんな凛が『葉月を好き』なんてありえない。そう思わせたくて、凛は嫣然《えんぜん》と笑む。

——これ以上、動揺する姿を高野に見せたくなかった。

自分でも把握《はあく》できていない感情を、心の中を——葉月に対する気持ちを、暴《あば》かれたくはない。

「……君は、彼が父親の恩を仇《あだ》で返した男と分かった上で、彼の下で働いているのか？」

急に屋敷から消えたことを指しているのだろう。そこだけを切り取れば、その言葉はある意味正しい。しかし凛は、聞いてしまった。

『大切な人がいた。その人が苦しんでいた。あのまま籠宮家にいたら、俺には守ることができなかった。……だから、屋敷を出た。何も言わずに出たのは、それがあの時最善だと思ったからだ』

大切な人が一体誰で、その人がなぜ苦しんでいたのかまでは、分からなかったけれど、あの時の葉月の表情、声を知って、糾弾《きゅうだん》するなんて凛にはできない。するつもりも、なかった。

「……私が、決めたの。働く場所をくれて、長篠社長には本当に感謝してるわ」

これ以上葉月の批判を聞きたくないと、凛はやんわり伝える。一方の高野は、驚いた表情をした後、意味ありげに唇の端《はし》を上げた。

「――色々と、面白いことになっているみたいだな」

「……何か知っているの？」

高野は、答える代わりに胸元から名刺を取り出すと、凛に差し出した。それを受け取ろうとした凛の手を取り、両手で包み込む。

「いつでも連絡しなさい。凛ちゃんなら、歓迎する。今度ゆっくり食事でもしよう」

振り払うことは許さないとばかりにぎゅっと握り締め、高野はにんまりと笑った。

◇―＊◆＊―◇

その日の晩も、葉月はまっすぐ凛のいるマンションへと帰宅した。おかえりのハグをして、凛は葉月と共に夕食を食べる。その日あった他愛のない話をして、時々葉月が凛をからかう。

初めは困惑してばかりだった。葉月の意図が分からないせいで、わだかまりやもやもやが終始付き纏《まと》う。その感覚は、やはり今も変わらない。それなのに、そんな毎日を『楽しくて大切だ』と感じる自分を、凛は既《すで》に認めていた。

心が休まる時はほとんどなかったけれど、葉月の仕草や表情を見るのは、純粋に好きだった。

食事の時も、読書をしている時も、働いている時も、葉月の仕草はいつも流れるように美しい。

意図せず視線が吸い込まれてしまうのは、とても自然なことだった。

葉月もまた、そんな凜を見つめていた。ある時は微笑ましく、またある時は、その瞳に熱を込めて。

「今日の休暇は、あまり楽しくなかったのかな」

そう葉月が切り出したのは、就寝間近のことだった。今夜もまた、凜は葉月の腕の中で眠る。腕枕に頭を乗せて、腰を抱き寄せられた。この瞬間感じるドキドキに、凜はとても眠れる気がしないと思っているのに、気づけば朝を迎えているのだ。食事をして、お風呂に入って、葉月の淹《い》れてくれた紅茶を飲んで、一緒に眠る。いつもと同じ一日の終わり方。

今も後ろから抱き締められていて、その温かさと首筋にかかる熱い吐息に鼓動は高鳴っている。

しかし凜の心は今、平静を装《よそお》うので必死だった。

「どうして？　アパートの掃除もできたし、充実した一日だったわよ」

シーツに視線を落として何でもないように返す。何も後ろめたくないのに、高野と会った件はどうしても言えなかった。代わりに、父によく似た人を見かけたことを伝える。

凜の髪を撫《な》でていた葉月の指先がぴたりとやんだ。

「その人と、何か話した？」

「いいえ、見かけたのはほんの一瞬だったから」

「……そう。君が沈んでいるように見えるのは、父親に似た人を見かけたから？」

「別に、沈んでなんか……」

「君は、嘘をつくのが下手だね」

呆れたようにため息を吐《つ》いているのに、その声色《こわいろ》はとても優しくて。なぜだか分からない。分からないけれど、涙腺《るいせん》が緩《ゆる》んだ。凛がわずかに身を固くしたことに気づいた葉月は、腰をすくって、くるりと自分の方を向かせる。

「……凛。こっちを向いて」

なおも自分を見ようとはしない凛の瞼《まぶた》に、葉月はそっと口づける。

「My lady.――俺の、お嬢様」

今、そんな風に優しく呼ぶのは、ずるい。

「俺には言えないこと？」

分からない。何が言いたいのか、何を言いたくないのか、凛は自分自身でも分からなかった。

『彼が好きなんだろう？』

頭に浮かぶのは、高野のあの言葉。そして、写真の女性だ。

「……イギリスに行っていた一ヶ月間、何をしていたの？」

突然の質問に葉月は目を瞬《しばた》かせる。しかしすぐに、「仕事だよ」と答える。

「……本当に？」

「もちろん」

「今、お付き合いしている人は？」

「恋人がいるのに他の女性と暮らすほど、俺は節操《せっそう》なしじゃないつもりだよ」

じゃあ、あの女性は、誰？

(最低だ、私)

こんな風に疑って、問い詰めるようなことをして。そんな資格、凛にはないのに。

「変なこと聞いて、ごめんなさい。本当に何でもないの」

「凛」

瞼《まぶた》を伏せる凛のおとがいに葉月は手を添える。そして優しく、自分の方に振り向かせた。

「謝る必要なんてない。俺に心を閉ざさないで。他の何より、その方が俺は辛い」

「……あなたの考えていることが、分からないの」

同じくらい自分の気持ちも、分からない。

「……君は、俺といるのが辛い？」

凛は答えられなかった。辛いけれどそれだけじゃない。自分の居場所がここだと思えるくらい、葉月と過ごす毎日は凛に新鮮な驚きを与えてくれる。

「ごめん」

突然の謝罪に、凛はビクンと身体を震わせる。同居を解消されるのかと、そう思う。

しかし葉月は、こう言った。

「たとえそうでも、俺はやっぱり君を離してあげられない」

離さないで。そう返しそうになる自分に、凛は気づいた。

「不安にさせているのは、分かってる。でももう少し、時間が欲しいんだ」

葉月は言葉通り、離さないとばかりに凛を強く抱き締める。

「君に話したいことがある。聞いてほしいことも、たくさん」

そう言って葉月は、凛の唇に口づけした。キスは、紅茶の味がした。

## Ⅶ

ようやく秋めいてきた十月中旬。凛は、変わらず葉月のマンションで暮らしていた。

通勤も、葉月はもちろん運転手付きの専用車で、凛は電車だ。幾度となく『どうせ同じ場所に行くのだから』と、共に車で行くことを提案されたが、これぱかりは断固として拒否をした。

──葉月は、自身の存在感をもっと認識した方がいい。

入社当時に持っていた、『秘書室＝女性のドロドロ』というイメージはすぐに覆《くつがえ》されたが、今ではあのイメージが現実になりつつある。

視線や仕草、服装や化粧。先輩社員たちがありとあらゆる手段で葉月にアピールしているのだ。

それなのに当の本人は一向になびかず、最近ではそのやっかみが主に奥平に向かいつつあった。

もちろん、仮にも一流企業の秘書課メンバーだ。絵に描いたような陰口やいじめはないけれど、雰囲気の端々に羨《うらや》みや嫉妬を感じるのは、多分気のせいではないだろう。

「籠宮さん、電話出て！」

「は、はい！」

凛が化粧室から戻ってくるなり、先輩社員の一人から檄《げき》が飛ぶ。彼女が出た方が早いのは明らかだったが、凛は急いでデスクに向かうと、ギリギリ三コール目で電話を取った。

「はい、秘書室の籠宮です」

『受付の佐々木《ささき》です』

受付は秘書課とはまた違った会社の華で顔だ。受付嬢の佐々木といえば、社内でも指折りの綺麗どころである。彼女の笑顔や明瞭《めいりょう》明快な受け答えは、凛も見習いたいと思っているほどだ。

『長篠社長宛に、お約束のないお客様がいらっしゃっているのですが……』

しかし今、珍しく彼女の歯切れが悪い。凛はすぐに葉月の予定を確認するが、午後の来客予定など確かになかったはずだ。

「少しお待ちください。――奥平さん、今日この後、社長に来客の予定はありませんよね？」

「ないはずよ」

「ありがとうございます。……お待たせしました。やはり来客の予定はありません。お客様のお名前を教えて頂けますか？」

『それが、大分興奮していらして……あ、お客様おやめくださいっ！』

佐々木の慌てた声の直後、『hello』と、鈴の音《ね》のように軽やかな声が凛の耳を打った。

『ハヅキを出して。アリサが来たと伝えてくれれば分かるはずよ』

内線はそこでぶつりと切れた。凛がすぐにかけ直すと、佐々木は戸惑いながらも『お客さまはロビーでお待ちです』と教えてくれた。

「籠宮さん、どうしたの？」

「それが……」

凛が事情を説明すると、奥平はすぐに葉月へ確認の連絡を入れる。

「――はい、承知しました。籠宮さん、お客様をお迎えに行きましょう」

「は、はい！」

アポイントメントなしに社長に取り次《つ》いでくれ、という来訪者は、実は少なくない。しかしその大抵がそのままお引き取り頂くか、別の社員によって対応されていた。

葉月のスケジュールは一瞬の隙間もないほど埋まっていると言っても過言ではない。今は会議が一つあるだけだから、比較的余裕があるものの、それでもこんな事態は凛の知る限り初めてだ。加えて、凛の気のせいでなければ、アリサと名乗った彼女は、綺麗なクイーンズ・イングリッシュを話していた。ハヅキ、と親しそうに名前を呼ぶ女性。それだけで、胸がざわめく。

『時間が欲しい』。

そう言ったあの夜から今日まで、凛と葉月の関係はあまり変わらない。

上司と部下、雇用主と同居人。軽く触れ合うキスとハグ。

しかし一つだけ、変わったことがあるのに凛は気づいていた。時折葉月が何か言いたげに凛を見ているのだ。しかし凛が『何？』と問うても、その度に『何でもないよ』とはぐらかされてしまう。

（『話したいこと』って、何……？）

今の状態では答えが得られないと分かっているだけに、やるせなかった。

「……社長が来てから、奥平さん変わったわよね」

奥平と共に秘書室を出ようとしたその時、不意にそんな囁《ささや》きが聞こえてきた。

「本当。前はあんなに偉そうじゃなかったのに。社長の友達だから、かしらね」

「社長と室長。どっちもなんて、ねえ？」

嘲笑《ちょうしょう》交じりのそれに堪《たま》らず足を止めそうになる凛を、奥平は「籠宮さん」と冷静な声で呼ぶと、一度も振り返ることなく部屋を出た。エレベーターに二人きりになると、隣から深いため息が聞こえてくる。

「奥平さん」

大丈夫ですか、と聞くのはかえって失礼な気がした。それでも心配せずにはいられない。

それくらい、最近の奥平は辛そうだ。元々シャープな顔立ちはいっそうほっそりし、顔にも化粧では隠し切れない疲れが滲《にじ》んでいる。しかし彼女がそんな姿を見せるのは、ほんの一瞬だ。

きっと、エレベーターを降りたら、いつもの完璧な笑顔で来客を出迎えるのだろう。

仕事に徹する彼女の姿勢はとても立派だと思う。しかし今の奥平は無理をしているようにしか見えなかった。

「奥平さん。差し出がましいとは思いますが、せめて一日だけでもお休みを……」

「大丈夫よ」

凛の言葉を、奥平はやんわりと笑顔で遮《さえぎ》る。

「ごめんなさいね、みっともないところを見せて。……あの子たちにも困ったものね。社長に憧《あこが》れる気持ちは、分からないわけではないけれど」

私と葉月がどうかなるなんて、ありえないのにね。そう肩をすくめる姿は、とても儚《はかな》く見えた。奥平と斉木、そして葉月の三人が旧友であることはすでに皆が知っている。問題ないと思ったのだろう、葉月も奥平に対して気安い態度を隠さない。

(でも、あくまで部下に対しての接し方なのに)

葉月は、間違っても奥平に触れたりしない。凛に接するように、挨拶としてキスをするなんて論外だ。それなのに奥平は、『社長と斉木室長の両方に良い顔をしている』と、注目の的になってしまっている。今はまだ、ああして陰口を叩かれる程度だ。しかしこれからいっそう、酷《ひど》くなったら？

考えただけで、ぞっとした。

「あの方ね」

ロビーのソファには、豊かな黒髪の女性が優雅に足を組んで座っていた。凛と奥平に気づいた彼女は、さっと立ち上がると、ふわりと笑む。

「お迎えの方かしら？」

電話以上に透明感のある声が耳を打つ。凛は、目の前に立つ人物の存在感に圧倒されていた。

背中まで伸びたブルネットの髪は豊かな波を打っている。エメラルドグリーンの瞳も、扇形《おうぎがた》に弧《こ》を描く眉も、ふっくらと官能的に色づく唇も、全てが女優かモデルのような美しさだ。

「大変お待たせいたしました。秘書の奥平と申します」

奥平は、一拍置いた後に英語で名前を名乗る。凛も慌ててそれに続いた。

「籠宮と申します」

名乗った途端エメラルドの瞳が見開かれた。しかし彼女はすぐに驚きの色を消すと、悠然《ゆうぜん》と笑む。

「アリサよ。突然ごめんなさい。でも、ああしないと取り次《つ》いでもらえそうになかったから」

「いいえ、こちらこそ失礼いたしました。社長室へご案内いたします」

案内している間、アリサの視線はずっと凛に注がれていた。何か、失礼なことをしてしまっただろうか。しかし凛は名乗っただけだ。特に興味を持たれることをした覚えはない。

(どこかで会った……?)

こんなとびっきりの美人に会ったら、絶対に覚えているはずなのだけど。

「ねえ」

奥平が社長室の扉をノックしたその時、アリサは突然凛に話しかけてきた。

「あなた、もしかして……リン?」

突然下の名前を呼ばれて驚きながらも、凛は「はい」と素直に答える。その瞬間、アリサの表情が変わった。彼女は凛の頭のてっぺんからつま先まで品定めでもするように眺めると、不意に耳元に顔を寄せて、凛にだけ聞こえるように囁《ささや》いた。

「――あなたにハヅキは、渡さないわ」

表情を凍《こお》らせて固まる凛とは対照的に、アリサは悠然《ゆうぜん》と笑む。

そして開かれた扉の先に葉月を見つけた瞬間、彼女は軽やかに地を蹴った。

「ハヅキ!」

「アリサ?」

「会いたかったわ！」

——そうだ。彼女は、高野に見せられた画像に写っていた女性だ。確かホテル王の娘だとか……

その時、凜は見た。

「本当に、会いたかったんだから！」

頬を薔薇色《ばらいろ》に染めて彼に抱きつくアリサと、そんな彼女をしっかりと抱き留める、葉月の姿を。

◇—＊◆＊—◇

アリサの父が会長を務めるエアリーホテルの運営グループは、ＬＮグループと同じく英国に本社を構えている。主に欧州を中心に展開していたが、この度日本にもホテルをオープンすることになった。外資系ということもあり、一般のビジネスホテルに比べて平均価格は高く設定されている。

その一方で、ラグジュアリーホテルというほど『超高級』でもないことから、少し贅沢《ぜいたく》気分を味わいたい層から人気を得て、オープンを目前に控えた今、頻繁《ひんぱん》にニュースに取り上げられていた。

その来週のホテルオープンを記念したパーティーに葉月が呼ばれていることは、当然凜も知っていた。しかし、その社長令嬢と葉月の関係なんて——突然押しかけ、抱きついてきた彼女を受け止めるくらい親しい間柄とは、知らなかった。

「アリサ、君が来るのは来週だったと記憶しているけど……」

「少しでも早くあなたに会いたくて、一人で先に来ちゃった。お父さまにはさっき電話したから大丈夫よ？　すごーく怒っていたからうるさくて途中で切ってしまったけど」

豊かな胸を押し付けてぎゅっと抱き着くアリサに、葉月は眉を下げる。戸惑いながらも怒っている様子はない。知人との久しぶりの再会と言うには二人の距離は、あまりに近かった。

「ハヅキ、あなたに会いたかった。本当よ」

誘うように葉月を見つめていたアリサの視線が、一瞬凛の方に向けられる。唇に妖艶《ようえん》な弧《こ》を描く彼女は、まるで自分と葉月の関係を見せつけるかのごとく、葉月に回した両手に力を込めた。

それ以上見ていられなくて、凛はわずかに視線を逸《そ》らす。

何故かは分からない。しかしとても惨《みじ》めで、『負けた』ような気がしたのだ。

――ハヅキは渡さない。あの言葉が、耳から離れない。

「ねえ、お仕事が終わったら、一緒にディナーに行きましょう！」

葉月は、視界の端《はし》に俯《うつむ》く凛を認めつつ、奥平に午後の予定を確認する。

それが日程変更可能な案件だと判断すると、苦笑しながらアリサの誘いを了承した。

「久しぶりにあなたとゆっくり話せるなんて、嬉しいわ。そうだ、今夜はハヅキの家に泊めてくれる？　空港に着いたその足で来たから、まだホテルも取ってないの」

凛ははっと顔を上げる。

――あの家に、彼女が泊まる。葉月と凛が暮らす、マンションに。

（……私に、何かを言う権利なんてない）

凛は、居候《いそうろう》だ。もし家主である葉月がアリサの宿泊を許可したなら、凛は、今日にでも出て行かざるを得ない。たとえ葉月自身がいいと言っても、三人で一晩過ごすなんて、凛は耐えられそうになかった。

親しげに名前を呼び合い、抱擁《ほうよう》を交わす。それだけでこんなにも、胸が痛いのだから。

「ねえ、いいでしょハヅキ？」

断られることなど全く想像していないだろう甘い声色《こわいろ》に、凛は思った。

彼女が、葉月の『大切な人』なのかもしれない、と。

「――それは、できないな」

葉月は笑みを湛《たた》えたまま、しかしはっきりと答えた。

「君が泊まるのは、俺の家じゃなくて、自分のホテルだよ」

葉月はさり気なく抱擁《ほうよう》を解く。

「それに俺は一人暮らしだから。君のお父様に怒られてしまう」

「どうして？　私は、あなたとなら――」

「アリサ、俺の言うことを聞いて」

「……そうやって子ども扱いされるのは、好きじゃないわ」

アリサは葉月の腕を振り払うと、いっそう距離を詰める。

「なら、キスして。そうしたら言うことを聞いてあげる」

葉月がそうすることを微塵《みじん》も疑わず、アリサは瞼《まぶた》を閉じる。伸びやかな四肢《しし》を持つ彼女と葉月が向かい合うと、それだけで絵になった。凛の目の前で、葉月はアリサを無言で見下ろす。葉月が、キスをする。凛以外の、他の女性に。

（いや……）

止《や》めて。お願い、そんなことしないで――。凛がぎゅっと拳《こぶし》を握って耐える前で、葉月は動いた。

「んっ……ハヅキ？」

葉月はキスを待つアリサの頭をぽん、とひと撫《な》ですると奥平の方を見た。

「隣で次の会議の確認をしたい。奥平さん、彼女を頼むよ」

「承知しました」

「ハヅキっ！」

「そんなに時間はかからない。全部終わったらディナーに行こう。だから、良い子で待っていて」

納得いかない様子のアリサを葉月は笑顔一つでたしなめると、凛の方を見た。

「籠宮さん、会議の資料で確認したい点がある。いい？」

「は、はい！」

先に隣室へと向かった葉月に続く。その様子をアリサはじっと見ていた。

「……アリサさんの側にいなくていいのですか、社長？」

資料の確認が口実であることくらい、凛にも分かる。

後ろ手で扉を閉めたまま俯《うつむ》く凛の頬に、葉月の指先が触れた。

「……大切な人なんでしょう？」

「大切、といえば大切だね」

「っ……なら」

「彼女は、妹みたいなものだから」

「妹……？」

葉月は指の裏で凛の頬をなぞる。そのまま髪を耳の後ろに流すように撫《な》でた。

「俺とアリサの父親同士が親しくて、昔から家族ぐるみで付き合っていたんだ。君にも、似たような人がいたと思うけど」

「私に？」

「高野浩太。昔よく、屋敷に来ていた男だよ」

不意に葉月の口から高野の名前が出て、ドキリとする。結局、高野と会ったことはまだ言えていない。凛が一瞬見せた動揺を葉月は見逃《みのが》さなかった。何かを言いかけるが、彼はすぐに口を閉ざす。

また、だ。言いたいことがあるなら、言えばいいのに。

「とにかく、俺にとってあの子は妹、あるいは幼馴染《おさななじみ》。大切には違いないけれど、それ以上でも以下でもないよ」

こうして会話している間もずっと、葉月は凛に触れていた。頬、髪、あるいは目元。触れ合いは絶え間なく、ゆっくりと続く。凛はそれをじっと受け止めながら、口を開いた。

「……奥平さんのことで、一つだけいいかしら」

「なに？」

「最近、あまり体調が良くないみたいなの。休みもほとんど取っていないし、少し気にかけてあげてほしい。これは社長ではなく、奥平さんの友人としてのあなたへのお願い」

奥平には『余計なことを』と怒られてしまうかもしれない。しかし、彼女が倒れてしまう方が、ずっと嫌だ。

「……分かった。でも、普段とあまり変わりないように見えたけど」

「奥平さんは、辛いところを表に出そうとはしないから」

「それは、君もだね」

「え……？」

「さっき一瞬、泣きそうな顔をしていたけど、すぐに隠した。それは、どうして？」

言葉に詰まる。それは、凛自身、まだ答えの出ない感情だったからだ。

「——あんな顔をされると、勘違いをしそうになる」

「葉月……？」

「君が、嫉妬してくれたんじゃないかって」

嫉妬。

（私が、あの人に？）

その言葉は、凛の胸にすとんと落ちてきた。

（……アリサさんにだけじゃない）

歓迎会の時、気心が知れたように葉月と言葉を交わしていた奥平。寝起きの葉月が甘い言葉を囁《ささや》いた、顔も知らないその相手。そして無邪気に葉月に甘えるアリサ。

凛が彼らに対して抱いていた、形のない苛立《いらだ》ち、あるいは焦りは全て、嫉妬から来るものだった。

「――冗談だよ、そんなに困った顔をしないで、もしそうなら嬉しいなと思っただけだから」

「葉月……？」

「今日の夜は、遅くなる。でも、なるべく早く帰るから待っていて欲しい。君に、頼みたいことがあるんだ」

凛はこの瞬間、はっきりと自覚した。

(私は、葉月のことが好き)

子どもの頃も、そして再会した今も。彼のことが、好きなのだ。

◇―＊◆＊―◇

仕事を終えて帰宅すると、凛はシャワーを浴びてキッチンへと向かう。

今日の夕食はカレーにしようと昨日から決めていた。共に暮らし始めて知ったことだが、好き嫌いのない葉月は、手の込んだ料理はもちろん、それこそカレーやシチューといったお手軽なものも普通に食べた。さらには当初、日々の献立《こんだて》に悩んでいた凛を見て、彼は『君の作る物はなんでも美味しいよ』とあっさり言ったのだ。

料理は仕事の一環だと気構えていた凛は、いつしか楽しみながら作っている自分に気づいた。

野菜を切っている時、煮込んでいる時、炒めている時。

頭の中には、完成した料理を食べて『美味しい』と微笑む葉月の笑顔がある。

一人の人を想って料理をする、その意味。

(もうとっくに、好きになっていたんだ)

過去、彼に対して最低な行為をしてしまったのが後ろめたくて、認められなかった。

でも、葉月が凛を好きになることなどないと思っていたのに、大人になった葉月は、無関心以外の感情を——時に執着ともとれる言動を見せる。

凛は、戸惑い、困惑しながらも、『葉月が自分に関心を持っている』現状に心のどこかで安堵《あんど》していた。もしかしたら、喜んでさえいたかもしれない。

ドロドロに甘やかす。自分以外の何も考えなくなればいい。そう、葉月は言った。

宣言通り、彼は凛に対して甘く、とろけるような言葉を、触れ合いをしてきた。

戸惑う凛の反応を楽しむために。分かっている。けれど初恋の人にそんなことをされて、好きにならないはずがなかったのだ。

今もそう。今夜は一人だと分かっているのに、無意識に凛は二人分の量を作ろうとしていた。

カレーはともかく、サラダなどは作っても無駄になってしまうのに。

凛は、広いダイニングで一人食事を終え、手早く後片付けを済ませる。

その後シャワーを浴びると冷蔵庫で冷やしていた缶ビールを取り出し、グラスへと注いだ。

きっと今頃、葉月はアリサと楽しく食事をしているのだろう。

久しぶりの再会に話が弾《はず》んで、もしかしたら、今夜は帰ってこないかもしれない。

（頼みたいことって、何かな）

ここを出て行けと言われるのかもしれない。そんなことばかり考えてしまう。

好きなはずのお酒も、まるで美味しく感じられなかった。

一ヶ月間の出張の後、葉月の泊まりがけの仕事は一度だけ。食事もほとんど家で食べていた。もちろん、帰宅が深夜に及ぶことはある。そんな時は、凛は必ず起きて待っていた。先に寝ていていいのに、と苦笑する葉月に、凛は『これが私の仕事だもの』なんて可愛げなく返す。

本当は顔が見たくて起きていたのに、それを伝えるのは恥ずかしすぎてできなかったのだ。

どんなに帰りが遅くなっても、葉月は凛と同じベッドで寝た。凛が何度抗議しても、葉月はベッドの購入を断固として拒否したからだ。かといって凛がソファで寝ることは許さない。

葉月は毎夜、凛を抱き締めて眠る。しかし、『抱き締める』だけだ。歓迎会の夜のように素肌を重ねたことは、一度もない。最初こそよく寝付けなかった凛だが、一度その温もりや背中越しに聞こえる鼓動の心地よさを知ってしまうと、もうやめられそうになかった。

それは一人のベッドが寂しい、と感じてしまうほどに。

葉月は、凛をただの抱き枕として扱う。それは歓迎すべきことなのに、次第に落ち着かない気持ちになる。

ずっと、深く考えないようにしていた。でも、葉月への気持ちを自覚した今なら分かる。

――凛は、『女』として求められないことが、悲しかったのだ。

抱き枕以上の役割を求めない葉月。普段は凛が戸惑うくらいのスキンシップをしてくるのに、ベッドの中の彼は紳士だった。簡単に触らないで。距離が近い。そう言ったのは、他ならない自分なのに。今、アリサといる葉月を想像するだけで、胸が痛い。

(私、なんて勝手なんだろう)

我儘《わがまま》な性格が変わっていないように感じ、そんな自分が嫌になる。

グラスを片手に凛は、自分とアリサを比較する。

アリサ・エアリー。

大企業の社長令嬢で、誰もが目を惹《ひ》かれる豪奢《ごうしゃ》な美人。そして、葉月に近しい女性。

スマホで彼女の名前を検索すると、すぐにヒットした。

やはり彼女は英国でも名の知れたセレブらしい。画面の中には、豪奢《ごうしゃ》なドレスを纏《まと》って堂々と歩く姿や、反対にカジュアルな服装で微笑む姿もある。そのいずれにも共通しているのは、画面越しにも分かるほど、彼女が自信に満ち溢《あふ》れているということだ。

他者が自分に合わせることを当然と思い、それを許される、生まれながらのお嬢様。

しかし凛とは大きく違うところがある。それは国籍でも、髪や瞳の色でもない。

——彼女はきっと、葉月に酷《ひど》いことを言ったりしない。

アリサは、全身で葉月への好意を表していた。家に泊めて、キスして。そんな我儘《わがまま》も、彼女が言うと可愛らしく感じられた。葉月と写ったあの画像を思い出す。

今もし、二人がこんな風に身を寄せ合っていたら?

その時、玄関の鍵が開く音がした。葉月が帰って来たのだ。凛は急いで立ち上がる。ドアを開こうとすると同時に、向こう側から扉が開かれた。

「あ……おかえりなさい」

「ただいま」

葉月は慣れた仕草で両腕を広げて凛を抱き締める。いつもなら凛も彼の背中に軽く手を回して、頬に触れるだけのキスを受ける。しかし今日は、手を広げる代わりに、そっと葉月の胸を押した。

「凛？」

「……香りが、強くて」

葉月が普段使っている香水ではない。甘く官能的なその香りは恐らく、アリサのものだ。香りが移るほど二人は近くにいた。その事実に、凛は反射的に葉月を拒絶してしまった。

「――ごめん、すぐにシャワーを浴びてくる」

葉月は一切の言い訳をすることなく、すぐにバスルームへと消えた。だが、本当に浴びただけなのか、十分もしないうちにバスローブ姿のままリビングへと戻ってくる。

彼はキッチンに立つ凛の正面に向かい、やり直しとばかりに凛の身体を抱き締めた。

「すまない、マナー違反だったね」

「謝る必要はないわ。おかえりなさい。お水、入れるわね」

凛は軽く抱擁《ほうよう》を返すとするりと腕から抜け出し、冷蔵庫の扉を開ける。そこで目の前に葉月のために作ってしまったサラダを見つけ、慌てて扉を閉めようとしたが、遅かった。

「……これ、俺の分？」

「あの、これはっ！」

外食してくると知っているのに作ってしまったなんて、押しつけがましいと思われかねない。しかし、慌てる凛の前で葉月はサラダを取り出すと、それを持ってダイニングテーブルへと向かった。

「良い匂いがする。カレーを作ったの？　もし俺の分もあるなら、食べたいな」

「でも、食べて来たんでしょう？」

「軽くね。でも、君の料理は別腹だから」

カレーが別腹なんて聞いたことがない。しかしその言葉は嬉しくて、凛はすぐにカレーを温め直すと、葉月の前に置いた。「いただきます」と嬉しそうに食べ始める姿に、凛は改めて思う。

葉月の優しさは、例えるならば、真綿のようだ。決して押しつけがましくない、包み込むような、温かな優しさ。

――ああ。やっぱり、この人が好き。

好きだから、嫉妬する。女性の存在に、香りに、その距離感に。

「遅くまで待たせてごめん。少し話があるんだ、いい？」

「もちろん」

葉月は、凛に紅茶の入ったマグカップを渡すと、一人分の距離を空けて隣に座った。

就寝前に葉月が紅茶を入れるのは、既《すで》に習慣となっていた。それに普段は多少なりとも遠慮を感じているけれど、今は素直に甘えてみる。葉月の淹《い》れてくれる紅茶は美味しくて、温かい。

「まずは、裕子について。――ありがとう。君に指摘してもらえてよかった。結論から言うと、裕子には明日から一週間休みを取らせることにした」

「本当に⁉」

ソファから立ち上がりかけると、葉月は「落ち着いて」と苦笑する。

「あの後よく観察してみたら、確かに顔色が悪いし、ほんの一瞬だけどよろめいた時もあった。裕子も最初は『大丈夫です』の一点張りだったけどね。『そんな状態で働かれてもむしろ迷惑だ』って徹に一喝《いっかつ》されて、しぶしぶだけど休みを了承していたよ。確かに、あの状態で働かせるのは上司としても友人としてもできない」

葉月は続けた。

「裕子が休んでいる間、彼女の業務は徹に任せることになった。でも、彼も裕子以上に忙しい男だからね。君にもサポートを頼みたいと言っていたから、そのつもりでいて欲しい」

「分かりました」

凛はすぐに頷《うなず》いた。凛に奥平の代役は務まらないけれど、斉木のサポート程度ならば可能なはずだ。普段奥平に世話になっているからこそ、彼女に恥じないように、努めたい。

しかし、不安は残る。奥平が復帰後も今の状態が続くようでは、意味がない。

凛の懸念《けねん》に、葉月は「それに関しては、もう大丈夫」と意味深に答えたのだった。

「頼みたいことは、もう一つある。来週のエアリーグループのパーティーに、俺のパートナーとして同行してほしいんだ」

一体何を言われるのか。身構えていた凛は、予想外の内容に目を丸くする。

「……それは、もちろん。でも、私でいいの？」

葉月も知っての通り、秘書としての凛はまだまだ新米だ。社長のパートナーには相応《ふさわ》しくない。

しかし葉月は「構わない」と言い切った。

「それに、アリサも君ともっと話したいと言っていたからね」

「……彼女が？」

「ああ」

年も近いし、友人になれるかもしれないね、と葉月は苦笑しながら言った。

彼は本気で言っているのだろうか。そうだとしたら、妙なところで鈍《にぶ》い人だ。

凛を見るアリサの視線は、友人に向けるものとはおよそほど遠いものだったというのに。

アリサは一体凛と何を話したいのか。葉月に対する牽制《けんせい》、それとも――？

「……でも、さすがに情けなくて嫌になるな」

話が一段落したことに気が抜けたのか、葉月は深くため息を吐《つ》く。

「裕子の体調のことだけじゃない。……あんなことになっていたと気づかないなんて」

それが何を指すのか、凛は十分すぎるくらい分かっていた。ただでさえ忙《せわ》しなく働いている日々の中、仲間からの嫉妬、それも勘違いからくるやっかみは、奥平にとって相当なストレスだったはずだ。責任感のある彼女は、年下の凛には決して愚痴《ぐち》を零《こぼ》さなかったが。

「防波堤《ぼうはてい》になって、なんて言っていたのに？」

「冗談のつもりだった。多少の反応はあっても、実際に陰でアレコレ言ったり、あからさまな態度をする人間がいるとまでは思わなかったんだ。プライベートならともかく、仮にも職場でとはね」

「……女の嫉妬は、怖いのよ」

凛の呟《つぶや》きに、葉月はすっと表情を改める。

「君も、誰かに嫉妬をするの？」

先輩たちの奥平への言動はやはり、許せない。しかし一人の女性として、今の凛には彼女たちの気持ちが少なからず理解できた。好きな男の側に自分以外の女がいる。別の女性を大切に想っている。それは胸が痛くなるほど辛くて、痛くて、もどかしい。

「――するわ」

一拍の間を置いて、凛は答えた。

「勘違いなんかじゃない。あなたの言ったことは、正しかった」

「……凛？」

「私は今日、アリサさんに嫉妬した」

葉月の隣にいてもなんら見劣りのしない彼女に。抱き締めて、抱き締められるアリサの存在に。

「あなたが彼女にキスするのかと思ったら、とてもじゃないけど、見ていられなかった」

お願い、止《や》めて。そう、心が叫んでいた。

(私は、あなたのことが、好き)

言いたい。でもまだ、言えない。凛は俯《うつむ》いたまま唇をきつく噛む。この後に及んでも、まだ恐れていた。今もしここで葉月に告白をしたら、この先の関係がどう変わるのか、分からなかったから。

「凛」

静かな呼びかけにゆっくりと顔を上げる。目の前に、葉月の顔があった。

彼は瞳に確かな欲を宿して凛を見る。その視線の強さに凛は囚《とら》われた。葉月の顔が徐々に近づいてくる。ちゅっと触れるだけのキスをした後、彼は凛の耳元で囁《ささや》いた。

「——嫌なら、拒《こば》んで」

大好きな人が、自分だけを映している。抱き枕としてしか凛を見ていなかっただろう人が、今、一人の男として凛を求めている。凛は、動けなかった。動けるはずがなかったのだ。

噛みつくような葉月のキスは、嵐の前触れだった。

◇—＊◆＊—◇

子供の頃、恋愛小説や少女漫画のキスシーンにドキドキした。

見つめ合った二人の距離がゆっくりと近づいて行き、静かに唇と唇が重なり合う。

頬を赤く染める主人公を見る度に、凛は好きな人とするキスはどんなに素敵なのだろうと憧《あこが》れたものだ。

そして今、凛は、『好きな人』とキスをしている。憧《あこが》れを現実にしている。

再会した直後のキスは、突然のことに頭も身体もついて行かなくて、呼吸をするのに精一杯だった。

葉月が寝ぼけていた時もそう。

凛から望んだ訳ではないキスに、「逃げなければ」と思う頭の中とは裏腹に、身体は葉月の熱に抗《あらが》えなかった。

——でも、今は違う。

嫌なら拒絶していいと、逃げていいのだと葉月は言った。その上で凛はその場に留まった。

葉月のことが好きだと気づいてしまったから。

嫉妬し、この人が欲しいと望んでしまったから。

「んっ……」

葉月は、角度を変えて凛の唇を何度も食《は》む。

「ふ、ぁ……」

右手で凛の後頭部を支えた彼は、彼女が呼吸を求めて開いたわずかな隙間から舌を差し込んだ。歯列をなぞり、舌裏をしっとりと舐《な》める。

そこに、普段の余裕のある姿は微塵《みじん》もなかった。

葉月は一心に、凛を求めていた。戯《たわむ》れの触れ合いとはまるで違う、明らかな欲をはらんだ口づけに凛の熱も高まっていく。

口内を動き回る葉月の舌にそっと、凛は自《みずか》らの舌を絡める。

さらに唇を軽く舐《な》めると、途端に葉月の動きが止まった。

唇を離した彼は、まるで信じられないものを見るような表情をしている。

「は、づき?」

どうして止めてしまうの。

「私、何か違った……？」

「ちがっ——！」

葉月は焦った様子で凛の頬に触れると、空いた方の手で額《ひたい》にかかった髪を乱暴にかき上げた。

「……君からキスされるとは、思わなかった」

余裕のない葉月の姿に、凛は一瞬の間の後、くすりと笑う。

（こんな葉月、初めて見た）

こんなことを言ったら怒られてしまうかもしれないけれど、そんな彼が可愛いと思ってしまったのだ。案の定、葉月は面白くなさそうに眉をわずかに上げる。

「随分余裕だね、お嬢様」

「……余裕なんてないわ。少し、安心はしたけど」

「安心？」

「私、何か変なことしちゃったのかなって。その、キスの仕方とか分からないから……変だったらどうしようと思ったの」

だから急に葉月が離れて不安になったのだと、凛は正直に告げる。

真っ黒な瞳を潤《うる》ませたまま、頬を紅潮させて小さく微笑むその姿に、葉月は一瞬虚を突かれたように真顔になった後——唇の端《はし》を上げて、微笑んだ。

「君は、煽《あお》るのが上手だね」

「……煽《あお》ってなんか」

呼吸をするのもやっとな凛にそんな余裕があるはずない。慌てて否定しようとするも、遅かった。

「そんな風に可愛いことを言って、説得力がないよ」

葉月は、親指で凛の下唇をゆっくりと撫《な》でる。

「ん……」

指でなぞられているだけなのに、その仕草も、すっと目を細めて凛を見据《みす》える瞳も酷《ひど》く官能的で、見惚《みと》れてしまう。

「凛」

「は、づき……？」

葉月はゆっくりと顔を近づけると、凛の耳元に甘く囁《ささや》いた。

「——分からないなら、教えてあげる」

「っ……！」

吐息がかかったと思った次の瞬間、葉月は凛の耳たぶを甘噛《あまが》みした。

ソファに座ったままぴくん、と震えた凛の後頭部を右手で支えたまま、葉月は何度も凛の耳を攻め立てる。舌先は耳たぶを舐《な》めて、輪郭《りんかく》をなぞる。

「やぁっ！」

くすぐったい。くすぐったいのに、身体中に広がる甘い痺《しび》れはそれだけではなくて、凛は堪《たま》らずソファの背もたれに身を任せた。

はあはあと息を乱す凛の姿に、耳元で葉月がくすりと笑ったのが分かる。彼は、右手で凛の頬をゆっくりと撫《な》でた。

その度にぴくん、と身体を震わせる凛の耳元で、彼は囁《ささや》いた。

「そういえば耳、弱かったね」

「そこで、話さないでっ……！」

低く掠《かす》れた甘い声色《こわいろ》と、乱れた吐息がダイレクトに耳に響く。

きゅっと唇を噛む凛に、葉月は「噛んじゃダメだよ」と優しく唇に指を当てた。

「力を抜いて。俺の指を、唇だけを感じればいい」

そんなこと無理――と思ったのは一瞬だった。

葉月は声、指、そして唇で、凛の身体も思考もトロトロに溶かしてゆく。

彼は、ぐったりとソファに身を預ける凛の脇の下に両手を差し込むと、軽々と持ち上げ、自分の膝の上へと乗せる。

正面から向き合う形となった凛は、身の置き場が分からず、潤《うる》んだ瞳で葉月を見下ろした。

「葉月、あの……」

「なに？」

「……この格好、恥ずかしいわ」

葉月の足をまたぐ形になっている今、凛の太ももは葉月と密着している。

バスローブしか着ていない葉月の下半身の熱をダイレクトに感じた。

——セックスの時、男性が『そう』なるのは、知識としては知っている。

しかしいざその場に自分が遭遇すると、羞恥《しゅうち》と驚きとで身の置き場が分からず、凛は視線を彷徨《さまよ》わせて俯《うつむ》くことしかできない。

「——可愛い」

耳まで真っ赤に染めて微《かす》かに震える凛を、葉月はとろけるような視線で見下ろしていた。

可愛くて堪《たま》らない。ドロドロに溶かしてしまいたい。

葉月の瞳に表れた明らかな欲に、下を向いた凛が気づくことはなかった。

葉月の両手がそっと凛の両頬を包む。

「顔、上げて」

葉月に促《うなが》されて顔を上げると、目の前に彼の唇があった。

凛を誘うように、蠱惑的《こわくてき》な唇がゆっくりと開く。隙間からは赤い舌がちらりと覗《のぞ》いた。

——この唇が、舌が凛に触れた。

その事実に、凛の背筋にぞくりと何かが走り抜ける。

葉月の親指が、ふっくらと色づく凛の唇をなぞる。

輪郭《りんかく》を、感触を確かめるように、何度も。

「あ……」

ゆっくりと顔を近づけてくる葉月から、凛が逃げることはなかった。

ちゅっとリップ音を立てて、葉月は触れるだけのキスを落とす。

小鳥が餌を啄《ついば》むようなそれに先ほどまでの荒々しさはなく、もどかしいほどに甘く、優しい。ぽおっと頬を紅潮させる凛に、葉月は囁《ささや》くように言った。

「口を開いて」

言われるがまま、凛は微《かす》かに唇を開ける。葉月はその隙間から舌先をそっと差し入れた。唇を食《は》みながら、舌先は撫《な》でるように凛の口内を探る。やがて怯《おび》えて奥に引っ込んでいた凛の舌に軽く触れた。

「……舌を絡めて。撫《な》でるように、ゆっくりと」

甘やかな指示に凛は素直に従った。恐る恐る舌裏を舐《な》めると、その誘いを受けるように葉月もまた舌を絡めてくる。

角度を変えて何度も交わされるディープキスは、次第に激しさを増していった。

「んっ……は、ぁ……」

「鼻で息をして。――そう上手だよ、お嬢様」

『教える』スタンスを崩さない葉月に対して、凛は付いていくので精いっぱいだ。

触れているのは両頬と唇だけなのに、葉月の熱を感じる箇所から全体に向かって、痺《しび》れが緩《ゆる》やかに広がっていく。

葉月は凛の唇から漏《も》れた唾液をぺろりと舐《な》めると、もう一度唇を塞《ふさ》いだ。

「ふっ……っぁ……！」

二人きりのリビングには二人の乱れた息と、ちゅっ、ちゅっ、とリップ音が響いていた。

その中に息も絶《た》え絶《だ》えな自分の声が混じると、どうしようもなくいやらしいことをしている気分になる。それなのに声を完全に止めることはできなくて、何とか我慢しようとする凛の口からは、ん、んと切なげな吐息が漏《も》れる。

葉月は、そんな凛の唇を軽く食《は》むと、囁《ささや》くように言った。

「声、我慢しないで」

「だって、恥ずかしいっ……！」

「恥ずかしくなんてない。可愛い声、聞かせて？」

必死に声を押し殺していた凛の口から絶え間なく漏《も》れる吐息さえも愛おしむように、葉月はキスの雨を降らせる。

「――っ！」

両頬に触れていた片手が不意に、凛の背筋をなぞる。首の裏から腰のあたりまでをつう……と滑《すべ》る指先に、葉月の膝の上で凛は大きく跳ねた。

「それ、やっ……」

「どうして？」

服の上からなぞられているだけなのに、まるで素肌に触れられているような感覚に、身体が震える。

歓迎会の夜と同じ、自分の意識が一瞬飛んでしまいそうな、その感覚。

「変な気持ちになるからっ……！」

無意識に距離を取ろうとする凛の腰を、葉月は簡単にくいっと引き寄せる。

大きな手のひらが腰に添えられた――たったそれだけの行為も、今の凛には刺激が強すぎた。

「――ぞくぞくするね」

「は、づき……？」

「何も知らない君の身体に、反応に、声に……頭がおかしくなりそうだ」

言って、葉月は凛の唇を塞《ふさ》いだ。しかし今度は、それだけに留まらなかった。

背中を撫《な》でていた手がするりと服の中に入り込む。熱を持った手は凛の腹部を撫《な》でたあと、ゆっくりと上へと向かっていく。そして指先が胸の頂《いただき》を掠《かす》った瞬間、凛の身体は大きく跳ねた。

「そこ、だめっ……！」

葉月の手は凛の胸をもてあそぶ。

「凛のここ、固くなってる」

初めは片手だったのに、今では両手を服の中に入れて、親指でなぞり、そして軽く摘《つま》んでは凛の頬にキスを落とす。

「本当に君は、可愛いね」

可愛くなんてない。

そう言いたいのに、口から漏《も》れるのは、耳を塞《ふさ》ぎたくなるほどの嬌声《きょうせい》ばかりだ。

息も絶《た》え絶《だ》えの凛の服を葉月はするすると脱がしていく。ワンピース型の寝巻は、いともたやすくはぎ取られた。

凛はいやいやと子供のように首を横に振り、両手で自分の胸元を隠そうとするけれど、葉月はそんな凛になだめるようなキスを落として、その手を優しくほどいた。

——リビングの照明に照らされ、凛の真っ白な肌が浮かび上がる。

下着をつけなくてもふっくらとした形を保つ胸の頂《いただき》は、触れられたからか、ツンと上を向いている。胸から下はなだらかな曲線を描き、細く括《くび》れた腰へと続いた。

羞恥《しゅうち》から頬を桃色に染めて、葉月の愛撫《あいぶ》を必死に我慢しようときゅっと唇を噛む、その姿。

「見、ないで……？」

たとえ社長と部下、同居人の関係を演じたところで、凛の気の強さまでは隠し切れていなかった。

そんな彼女が今、潤《うる》んだ瞳で葉月を見つめる姿がどれほどの高揚感を、甘い嗜虐心《しぎゃくしん》を煽《あお》るのか、凛は知らない。

「無理だよ、凛」

恥ずかしいの。お願い、見ないで。

か細い声で懇願《こんがん》する凛の声を、葉月は口で塞《ふさ》いだ。

「んっ……！」

口内を容赦《ようしゃ》なく蹂躙《じゅうりん》しながら、葉月の手は凛の乳房に触れた。

下からすくいあげては先端を摘《つま》み、やわやわと揉《も》みしだく。

やがて唇を放すと、彼は凛の首筋にそっと舌を這《は》わせた。

首から肩、そして胸へとちゅっちゅと触れるだけの口づけを落としていた彼は、身もだえする凛の腰を固く抱き、桃色の先端を口に含む。

「ひゃっ……待って、そんなところ、舐《な》めないでっ……！」

嬌声《きょうせい》交じりの凜の制止などおかまいなしに、葉月は口の中で乳首をもてあそぶ。

コロコロと舌で舐《な》めたと思えば、軽く甘噛《あまが》みをして、その度に凜の身体は大げさなくらいに跳ねた。

「気持ちいい？」

「わ、かんなっ……！」

「本当に？　――ここ、もうこんなに湿っているけど」

「っゃ……！」

葉月の指が、下着越しに凜の中心に触れる。

――触れられている間中、ずっとそこが、熱かった。

キスされ、舐《な》められる度に身体の中心がじんじんと疼《うず》いて、熱くて仕方なかった。

今そこは、葉月の手によってくちゅくちゅといやらしい音を立てている。

「そ、こはっ……だめ、はづき、こわいっ……」

「大丈夫。怖くないよ。力を抜いて、俺を感じて」

声は優しいのに、葉月は容赦《ようしゃ》なく凜のそこを追い立てる。

自分の喘《あえ》ぎ声《ごえ》と、下から聞こえる淫《みだ》らな音に――何よりも、葉月から与えられる絶え間ない愛撫《あいぶ》に、凜はもうどうにかなってしまいそうだ。

下着の中が濡れているのが分かる。

恥ずかしくてこれ以上は触らないでと思うのに、布越しに与えられる愛撫《あいぶ》がもどかしい。

気持ちいいか、なんて聞かれても凛には分からない。

「——っ」

その時、鎖骨《さこつ》のあたりに小さな痛みが走った。

「な、に……?」

凛の白い肌に、赤い花が咲く。

葉月は小さな欝血痕《うっけつこん》を愛おしむように舌で舐《な》めると、言った。

「印だよ」

「し、るし……?」

「君は、俺だけのお嬢様だという印」

そんなことをしなくても、凛の身も心も既《すで》に葉月に囚《とら》われている。

子供の頃は、葉月が欲しくて堪《たま》らなかった。自分だけを見てほしいとずっと思っていた。

でも、本当は違ったのだと、今なら分かる。そう。今も昔も——子供の時からずっと、凛は、葉月のものだ。葉月のものに、なりたかったのだ。

そんな彼が今、一切の反論は許さないとばかりに、凛に所有印を刻んでいる。

甘い痛みに、喜びに、凛の目から涙が一筋頬を伝った。

その涙に葉月ははっと息を呑む。しかし彼は、凛への愛撫《あいぶ》を止めることはなかった。

凛の中心に触れていた指が下着の間から差し込まれる。しっとりと濡れたそこを直接触れられた瞬間、未《いま》だに一度も感じたことのない大きな痺《しび》れが、凛を襲った。

「んっ……やっ、ぁ……！」

凛が初めてだと知っている葉月は、無理矢理割って入ることはしない。

しかしその代わりとばかりに、彼は陰核《いんかく》を何度も擦《こす》る。

緩急《かんきゅう》をつけたその動きに、凛の震えはいっそう激しくなっていく。

親指で花芯《かしん》を撫《な》で、その部分を何度も上下する。凛の秘部から止めどなく溢《あふ》れる愛液を指に纏《まと》わせ、与えられる愛撫《あいぶ》に耐え切れず身体を引こうとすると、許さないとばかりに、葉月は凛の腰を抱いた。

「ごめん。君が嫌だと言っても、俺はもう君を離してあげられない」

葉月は反論を許さないとばかりに、「君は俺のものだ」と再度囁《ささや》く。

堪《たま》らず、凛は言った。

「はなさ、ないで」

「……凛？」

「お願い、葉月。離したりしないで、もうどこにも、行かないで……？」

ある日突然いなくなるなんて、あんな経験はもう二度としたくない。

昔のことを許せないのなら、何度でも謝る。

謝罪を受け入れてもらえないのなら、会社でも家でも、仕事を精いっぱい頑張る。

だからお願い、もう私の側を離れないで。

「君は、どうしてっ……！」

頬を濡らして懇願《こんがん》する凛に、葉月は耐えきれないとばかりに噛みつくようなキスをする。そして凛の下着をはぎ取ると、凛の秘部を激しく、しかし優しく責め立てた。

「んっ……あ、あっ……！」

愛液を纏《まと》った指先が、ゆっくりと凛の内側へと滑《すべ》り込んでいく。つぷ、と音を立てた一瞬、ずきんと鈍《にぶ》い痛みが走った。凛は一瞬、身を強張らせる。すぐに気づいた葉月は、それ以上無理に進むことなく、代わりに膣《ちつ》の浅い部分を何度も、緩《ゆる》やかに行き来する。

「あっ、や、そこっ……は、づき……！」

「……痛い？」

艶《つや》交じりの問いかけに、凛は必死に首を横に振る。痛みは、ない。

（気持ち、いいっ……！）

浅い挿入《そうにゅう》。しかし、じらすように緩《ゆる》やかな動きは、指の感触をいっそう凛に意識させる。親指で陰核《いんかく》を押しつぶされて、内壁を擦《こす》られて、喉の奥から漏《も》れる嬌声《きょうせい》を、我慢できない。

目の前がちかちかする。身体の中心から熱が広がって——弾ける。

「あっ——！」

「っ……凛……！」

意識を飛ばす寸前、凛は「好きだ」という葉月の囁《ささや》きを聞いた気がした。

◇—＊◆＊—◇

「……ん、凛」

遠くで名前を呼ぶ声がする。髪の毛を優しく撫《な》でられる感触が心地よい。うっとりしながらゆっくりと目を開けると、淡い茶色の瞳と目が合った。葉月、と名前を呼ぼうとして、思い出す。

自分でも触れたことのない中心を責め立てた葉月の指。鎖骨《さこつ》に刻まれたキスマーク、意識がもうろうとするほどの甘く激しい口づけ――

瞬時に頬を染める凛の額《ひたい》に、葉月は「可愛い」と唇を落とす。

いっそう赤くなった凛は、自分にかけられていたシーツを顔が半分隠れるまで引き上げた。

凛は今、ベッドにいた。ソファで気を飛ばしてしまったところを、葉月が運んでくれたのだろう。しかし今も下着一枚身に着けていない。恐る恐る服のありかを聞けば、葉月は凛の髪を梳《す》いたまま、「ランドリーに入れたよ」と微笑んだ。

「……ごめんなさい」

葉月に下着を洗わせてしまったことも、運ばせたことも、色んな意味で恥ずかしくて申し訳ない。しかし小さな声で謝る凛を、葉月は「どうして謝るの？」とシーツごと抱き締めた。

「私、また途中で……その」

イッちゃった、と自分の口で言うのは憚《はばか》られる。再会した夜、同じように耳への愛撫《あいぶ》だけで気を飛ばした凛を、葉月はからかった。今度もまた何か揶揄《やゆ》されるのだろうか。

しかしそれは杞憂《きゆう》に過ぎなかった。

「すごく、可愛かった。俺の手で顔を赤くして、可愛い声をあげて――思い出しただけで、顔がにやける」

「……もう、にやけてるわよ？」

「本心だからね」

凛を見つめる葉月の瞳は、欲の代わりに温かさを宿している。

これから寝入る子供をあやすような手つきからも、先ほどまでリビングに立ち籠めていた大人の気配は感じられなかった。凛は、そんな現状にほっとしている自分に気づく。葉月が欲しかった。アリサにも他の誰にも渡したくないと思って、彼に抱かれることを望んだ。

その気持ちに嘘はないけれど、いざそうなってみると、恋愛経験ゼロの凛のキャパシティーは一気にオーバーしてしまったようだ。今は、こうしてシーツ越しに葉月の温もりを感じるだけで恥ずかしくて、目線をどこにやればいいのか分からない有様《ありさま》だ。

「聞いてもいい？」

「なに？」

「――どうして、拒《こば》まなかったの？」

不意に葉月は言った。

「アリサに嫉妬したって。それは、なぜ？」

嫉妬の理由。女性の扱いに慣れている葉月なら分かりそうなものだけれど、凛に問いかける葉月の表情にからかいの色はない。

「それは――」

あなたのことが好きだから。口にしようとした台詞《せりふ》はしかし、言葉にならなかった。

『大切な人』。それが、頭を過《よぎ》ったのだ。もしもそれが凛のことだったなら、どんなに嬉しかっただろう。きっと凛は、認めたばかりの自分の気持ちを素直に伝えていたに違いない。

（でもそれは、私じゃない）

葉月には、想う人がいる。その事実は息が詰まるくらいに痛くて、辛い。

しかし葉月はこうも言ったのだ。凛を離さない、俺のものだ、と。

無関心の反対とも言えるその感情の名前を、凛は知らない。その一方で、肌を重ねて確かに感じたこともある。葉月の中には、凛の存在が確かに刻み込まれている。今は、それだけで十分だった。

「――ごめん。君に言わせようとするのは、ずるかったね」

凛の沈黙をどう捉《とら》えたのか、葉月は目元を和《やわ》らげる。

「今は、聞かないでおくよ」

「……今は？」

「そう。俺も、君にまだ言えないことがたくさんあるから」

でも、と葉月は続けた。

「さっき言ったことは全部本当だ。俺はもう、君を離さない。君は、俺のものだ」

「葉月……？」

「聞いて、凛」

熱い吐息が耳に触れる。

「――次は、抱くよ」

「っ……！」

「それだけは、覚えておいて」

色気溢《あふ》れる声に「おやすみ」と言ってもう一度抱き締められたけれど、その後眠気は一向に訪れなかった。

◇―＊◆＊―◇

「申し訳ないけど、しばらくは一緒に夕食を取れそうにない。でも、パーティーが終わればそれも落ち着くはずだ」

その言葉通り、パーティーまでの一週間の葉月は怒涛《どとう》の忙しさだった。

仕事上、会社で会話することはあれど、マンションでは顔を合わせない日もあったほどだ。葉月は凛よりも早く起きて出勤し、凛よりも遅くに帰宅する。同じマンションに暮らしているというのにあんまりなすれ違いぶりに、凛は一度、寝ずに起きていたことがある。

しかし、明け方にソファで船を漕いでいるところを見つかって以来、それも固く禁じられた。

そんな葉月のいないある夕方、凛は奥平の家にお見舞いに向かった。余計なおせっかいを焼いてしまった自覚のある凛を、奥平は怒ることなく笑顔で出迎えてくれた。

「『大丈夫』なんて言っておきながら、心配かけてしまったわね。本当に大したことないの。でも、この際だから休ませてもらうわ。籠宮さんには負担をかけちゃって、ごめんね」

謝る奥平に、凛は「謝るのは私の方です」と静かに返した。

「……私、奥平さんに隠していたことがあったんです」

そして凛は、以前話した初恋の相手が葉月であること、現在同居していることを告げた。

嫉妬に晒《さら》される奥平を見て考えていたことがある。本当はそれらの妬《ねた》みを受けるべきなのは、奥平ではなく凛なのではないか、と。

「ずっと黙っていて、ごめんなさい」

この同居のきっかけは凛が自《みず》ら望んだものではない。しかし葉月への気持ちを自覚した今、奥平に黙っているのは、とても悪いことをしているように思えたのだ。そして奥平に話すと言った凛を、葉月は止めなかった。

「どうしてあなたが謝るの？　むしろ、おめでとうって言わせてちょうだい」

「え……？」

「確かに驚いたけど、葉月の様子を見てれば納得もいくわ。籠宮さんの前だと、すごく自然な顔をしているもの。あなたのことが大切なのね、きっと」

違う、ともそうだ、とも言えない凛に、奥平は続ける。

「それにね、籠宮さんが謝る必要なんて一つもないの。葉月と同居している。あなたがそれを楯《たて》に自慢をしたり、偉ぶったことはある？　少なくとも私は、そうは思わない」

胸を張りなさい、と奥平は言った。

「籠宮さんには期待しているの。しっかりなさい、元お嬢様。現お嬢様になんて負けちゃだめよ？」

頑張りなさい。憧《あこが》れの先輩は、そう言ってからかうようにウィンクしたのだった。

◇―＊◆＊―◇

現お嬢様、アリサ・エアリー。

凛と多忙を極める葉月がすれ違いの生活を送る一方、凛とアリサの接触は日増しに増えていった。

「はい、秘書室の籠宮です」

『ハーイ、私よ。アリサ。ハヅキ、いる？』

受付からの内線を取って聞こえて来たのは、軽やかな声。

――また、だ。

ここ数日、連続してこんなことが続いている。もともとアリサは、葉月のプライベートの番号に連絡をしていたらしいが、仕事中の彼は電話に出られないことが多い。ならば直接会社を訪ねればいい。どんな相手も自分を追い返すことはできないはずだ――それが、お嬢様たるアリサの持論《じろん》である。

初めは慌てて受付まで向かった凛だが、葉月が不在と知るや、『次から来なくていいわよ、私が見たいのはあなたじゃなくてハヅキの顔だから』と一刀両断されてしまった。

「……長篠は現在、会議のため席を外しております」

以来、彼女の来社時はこうして電話口で対応している。

『本当？　私に会わせたくないからって、嘘をついてないわよね？』

そんな子供みたいな真似を誰がするものか。しかしここで感情的になったらアリサの思うつぼだ。

凛は頬を引きつらせながらも、冷静にアリサの問いを否定した。

『ふうん。なら、「今夜もいつもの部屋で待ってる」と彼に伝えてくれる？　それだけ伝えてくれれば分かるはずよ』

電話の奥からはくすり、と満足そうな声が零《こぼ》れた。アリサが凛と葉月の同居について知っているかは分からない。しかし彼女はよほど凛の存在が面白くないようだ。声だけでも十分、その感情が伝わってくる。

『そうだ、リン。あなた、今度のパーティーにハヅキと一緒に参加するのよね？』

「……はい、その予定です」

『そう。あなたに会えるのも楽しみにしてるわ。話したいこともあるの。……色々と、ね』

そう言って電話は切れた。凛もまた表面上は何もなかったフリをして受話器を置く。

しかし、ため息が漏《も》れるのは堪《こら》えられなかった。

連日の電話に、秘書課でも「またか」といった雰囲気が流れている。凛個人としても受付としても戸惑わざるを得ないアリサの来社だが、それによって『奥平の二股説《ふたまた》』は少しずつ払拭されている。何せ相手は、一般人が逆立ちしても敵《かな》わないほどの美女。加えてホテル王のお嬢様だ。

それだけではない。後に斉木から聞いた話だが、奥平が休みを取ることになったあの日、葉月は秘書課の女性社員に直接宣言したらしい。

『俺は、確かに「楽しく仕事をしよう」とは言ったが、それははめを外せという意味で言ったんじゃない。いい加減、ティーンのような恋愛を仕事に持ち込むのはやめてくれないか？　初日に言った通り、君たちには期待している。その期待を裏切らないで欲しい。俺自身も、そのつもりだよ』

普段の温和な雰囲気を打ち消して淡々《たんたん》と告げる姿は、あいつを子供の頃から知ってる俺でも怖かった、と斉木は言った。それが効いたのか、以来凛は、奥平の陰口を聞いたことは、一度もない。

「会議室に行ってきます。お茶の片付けもありますし、社長に報告してきますね」

先輩社員に断って席を立った凛は、誰もいなくなった会議室の後片付けを終えると、社長室へと向かった。

「籠宮です、失礼いたします」

椅子に座って手元の書類に目を通していた葉月は、顔を上げると、凛を見るなりほっと息をつく。家でリラックスしている時と同じ表情に、いつもなら凛も表情を和《やわ》らげたはずだ。しかし今は、そんな何気ないことができそうにない。

――凛がアリサに敵《かな》うものは、何もない。容姿も、財力も、立場も、皆。

「社長。先ほど、アリサ・エアリー様からご連絡がありました」

「アリサから？」

「……『今夜もいつもの部屋で待ってる』、と」

『いつもの』。連日、葉月とアリサが共に夕食を取っていることは知っていた。

アリサの父が来日するのはパーティー当日。それまで一人なのは寂しい、日中仕事で相手ができないと言うのなら、せめて夕食くらいは一緒に取って欲しい――葉月はそれを了承して、仕事の合間を縫《ぬ》ってアリサの相手をしている。でも、彼らがどの店で何を食べたかなんて、凛は知らない。

それを聞く時間も今の二人にはなかったし、凛もあえて聞こうともしなかった。

「……一応伝えておくけど、あの子の言っている部屋は料亭の個室のことだよ」

随分と日本食が気に入ったみたいだからね、と葉月は肩をすくめる。

「――凛、おいで」

いつもなら、『仕事中です』ときっぱり言って、名字で呼ぶことを求めていた。本当なら今もそうするべきなのだろう。でも、できなかった。同じように自《みずか》ら葉月に近づくこともまた。

「……まったく、強情なお嬢様だ。そういうところ、嫌いじゃないけどね」

凛が躊躇《ためら》っている時、葉月はどんどん距離を詰めてくる。それは、物理的な距離ではない。時に強引に、時に優しく凛の頑《かたく》なな心を開かせるのだ。葉月の指が、凛の前髪をそっと後ろに流す。

「君に頼みたいことがある。今日、家に荷物が届く。君が帰る頃には届いているはずだから、受け取って、中身を確認して欲しいんだ」

「分かりました」

「あと、もう一つ。昨日も、遅くまで待っていたね？」

親指がそっと凛の目元をなぞった。

「あっ……！」

「今は化粧で分からないから大丈夫。でも、朝方見たら、うっすら隈《くま》ができていたから。今日はいつもよりは早く帰るつもりだけど、俺を待たずに先に休んでいるように。いいね？」

凛は、静かに頷《うなず》いた。

帰宅後、凛はコンシェルジュから荷物を受け取った。しかし宛名を見てすぐに、違和感を覚える。なんとそこには『籠宮凛様』と書いてあったのだ。凛がここに住んでいることを知っている人物は、限られる。

差出人は、葉月に服を贈ってもらった時の高級ブティックだった。

凛があそこで買い物をしたのは、あの日が最後だ。それなのに、なぜ？

リビングのソファに座って、荷物の封を解く。

箱を開けて現れたのは、光沢の綺麗なドレスと、一枚のカード。

『これを着た君と一緒にパーティーに行くのを、楽しみにしているよ。葉月』

シンプルなブルーのカードに記された文面に、凛は堪《たま》らずドレスを抱き締めた。

Ⅷ

『大切な人』。それは、凛ではない。

『愛しい人』。それは、凛のこと？

（分からない）

パーティー会場のエアリーホテルへと向かう車内。凛は、隣に座る葉月をちらりと視線をやる。片手にスマホを持って通話をする彼は、手元のタブレットを真剣な顔つきで見ている。

新社長就任からしばらく、公私ともに葉月の側にいた凛は、彼の多忙ぶりをずっと見てきた。

こうして隣に座ると改めて思う。今の葉月は、自宅で凛に見せるどの顔とも違う、働く男の顔だ。

「――分かった。その件は君に任せる」

「それじゃあダメだ、早急に改善点を纏《まと》めて報告するように。ああ、期待しているよ」

時折厳しい口調で、しかし褒める点はしっかりと褒める。電話からでもその仕事ぶりが窺《うかが》えた。

あの晩凛はドレスのお礼が言いたくて葉月の帰りを待っていたが、いつの間にかソファで眠ってしまった。目が覚めたのは、寝室へと運ばれる最中だ。夢を見ているのかと思ったが、葉月の囁《ささや》きと、唇の感触に一気に覚醒した。

『おやすみ。……my《マイ》 sweet《スウィート》 darling《ダーリン》.』

（……あれは、私のことを言っていたの？）

『俺の可愛い人』。初めて聞いた時は、別の誰かのことだとばかり思っていた。

あれが凛のことを指していたのだとしたら。勘違いかもしれない。淡い期待なのかもしれない。

――でも、もしもそうならば、こんなにも嬉しいことはない。

昔からあなたのことが好きだったのだと、凛は伝えてもいいのだろうか。その上であの言葉の意味を、葉月の凛に対しての率直な気持ちを、聞かせてほしい。

元使用人。社長、そして同居人。葉月には色んな顔がある。しかし凛は、どの顔の彼も好きだと、素直に思った。

「パーティーに行くのが怖い？　お嬢様の君が」

通話を終えた葉月は、凛の視線に気づいたのか、からかうように問う。

「『元』だと何度も言いましたよね？　パーティーは久しぶりだから、緊張しているだけです」

葉月のノリに乗っかってわざと何でもないように言ってみせると、彼は、「それでこそ俺のお嬢様だ」と満足そうに微笑んだ。『俺のお嬢様』。もしもその言葉の裏に、凛と同じ好意があるのならば。

「葉月」

凛は、あえて役職ではなく名前で呼んだ。

「今日のパーティーが終わったら少しでいい、時間をもらえる？　聞きたいことがあるの。……話したいことも、たくさん」

初めての凛からのお願いに葉月は驚いた表情をしながらも、「もちろん」と微笑んだ。

ドレスのお礼を改めてしたあと、自分の気持ちと向かい合って、葉月に伝えたい。

――あなたのことが好きなのだ、と。


「さあ、行こう」

車から降りた葉月は、凛をエスコートするために手を差し伸べる。凛は一瞬躊躇《ためら》いながらも手を重ねた。エントランスを抜けると途端に華やかな空間が凛を迎えた。

雰囲気に呑まれないようにと無意識に深呼吸をする凛の腰に、葉月はそっと手を添える。

「胸を張って」

ハッとして隣を見上げると、まっすぐ凛を見つめる葉月の顔がそこにあった。

「一つ、予言をしてあげる。的中率百パーセントの絶対に外れない予言だ」

わざと真面目な顔を作る葉月に、自然と笑みが零《こぼ》れた。

「なあに、それ？」

「今日この会場で一番綺麗なのは君だよ、お嬢様」

「え……？」

「そのドレスを選んで正解だったね。本当によく似合ってる」

葉月は笑う。自信に満ちたその笑みに視線を奪われた。

「だから、自信を持って。俯《うつむ》かずに胸を張るんだ。今日の君は、俺のパートナーなんだから」

俺の隣に並ぶのであれば、みっともない真似は許さない。そう言われている気がした。

その言葉に、自然と背筋が伸びる。今日の彼は、そう語るのも当然と思えるほどの出で立ちだった。すらりと伸びた長い手足にチャコールグレーのスーツはとてもよく似合う。

会場で一番と言うなら間違いなく、葉月のことだろう。そしてその彼のパートナーは。——凛だ。

葉月と凛は招待客側であるため、他の参加者全てを把握《はあく》しているわけではない。

しかし、世界に名を馳《は》せるエアリーグループの開業記念パーティーだ。きっと葉月のように、そうそうたるメンツが出席しているだろう。以前は、籠宮伊佐緒もその中に名を連ねていた。

凛自身、父に伴《ともな》われてこういった場に何度も顔を出したことがある。

（きっと、ここには知り合いもいるはず）

籠宮家の娘としてではない、葉月のパートナーとしてこの場にいることを、どんな目で見られるのか、おおよその想像はつく。今までの凛ならばきっと、じっと俯《うつむ》いて恥ずかしく思うことしかできなかっただろう。でも今は、違う。

葉月の隣に立つ以上、たとえそれがどんな関係であったとしても、俯《うつむ》いてなんていられない。

「――いいね。強気なその顔、大好きだよ」

毅然《きぜん》と前を向いて葉月の横に並ぶと、彼は実に満足そうに微笑んだのだった。


パーティーはアリサの父、グループ会長の挨拶と共に始まった。

アリサは葉月を見つけるなり、駆け寄ってくる。

「ハヅキ！」

「アリサ、危ないよ」

「ハヅキが悪いのよ？　ずーっと待っていたのにぜんぜん私のところに来てくれないんだもの」

アリサは、葉月のスーツの袖をきゅっと握り、可愛らしく小首を傾《かし》げる。

今宵のアリサは、まさにパーティーの華だった。大きく胸元の開いた深紅《しんく》のイブニングドレスは、彼女の妖艶《ようえん》さを一層引き立てる。アリサは、豊かな胸を恥ずかしげもなく葉月の腕に押し付ける。しかし葉月はさりげなくアリサの腕を外した。アリサは途端に眉をきゅっと吊《つ》り上げる。しかし次に凛を見つけると、わざとらしいほどににこやかな笑みを浮かべた。

「あら、ごきげんよう、リン。楽しんでる?」

ドレスと同じ深紅《しんく》のルージュで彩《いろど》った唇が妖艶《ようえん》な弧《こ》を描く。まるで今気づいたとばかりの態度に、凛は内心呆れながらも、「はい」と冷静に返した。そんな凛の態度が気に障《さわ》ったのだろう。アリサは、「それなら良かったわ」と完璧な笑みを貼り付けると、葉月と向かい合う。

「ハヅキ、まだパパに挨拶していないでしょう? 行ってきたらいいわ。リンの相手は私がするわよ」

これに驚いたのは凛の方だ。てっきり葉月を連れ出しに来たのかと思ったのだが、違うのだろうか。

「彼女とゆっくり話がしたいって、言ったでしょう? こういう機会がないと、なかなか話せないもの」

「アリサが彼女にそこまで興味を持つとは、正直、意外だね」

「女同士話したいこともあるのよ。——色々と、ね」

アリサはちらりと凛の方に視線をやった。

「……彼女のドレス、葉月が選んだの?」

「そうだよ。素敵だろう?」

葉月は、アリサの目の前で堂々と凛を褒めた。彼女はやはり完璧な笑みを浮かべたまま、「そうね」と鷹揚《おうよう》に笑んだ。

「こんなに素敵なんだもの、一人にしたらすぐに男の人に声をかけられちゃうわ。だから、あなたがパパと話している間は、私が側にいてあげる。それならハヅキも安心でしょ？」

凛が口を挟む隙などなかった。その提案は葉月にとっても都合が良かったのか、彼は「すぐに戻るよ」と凛に告げると、会長のもとへと行ってしまった。その背を見送った凛は、改めてアリサと向かい合う。彼女は完璧な笑みを湛《たた》えて凛をじっと見つめた。しかしエメラルドグリーンの瞳は微塵《みじん》も笑っていない。凛は、頭のてっぺんからつま先まで品定めするような視線を受け止めた。

「そんなに身構えなくていいのよ？　意地悪なんてしないわ。そんな価値、あなたにはないもの」

――来た。飛びっきりの美女が笑顔で毒を吐く姿はなかなかの迫力だ。

「あ、さっきの言葉は本当よ？　着ている本人はともかく、そのドレスはとっても素敵だわ。さすがは、葉月が選んだだけあるわね」

正面切って喧嘩を売られるのは、これが初めてだ。しかし、威圧感はあるものの、はっきりしている分よほどマシだ、と凛は思った。同僚たちの悪口よりも、アリサの方がよほど分かりやすい。

（でも、その理由は？）

彼女が凛のことを快《こころよ》く思っていないのは、初対面の時に十分肌で感じていた。

初めは、葉月の近くに女性の部下がいるのが面白くないのかと思った。しかし次第に、それだけではないことに気づいた。現に彼女は、凛よりも葉月の近くにいる奥平に対しては、とても友好的だったのだ。

「私、ハヅキが好きなの」

その声は、ざわめく会場の中、まっすぐ凛の耳に届いた。

「初めて彼と会ったのは、パパの誕生日パーティーの時だった。その時のハヅキは、まだあまり英語が上手に話せなかったんでしょうね。会場の端《はし》で一人つまらなそうに立っていたわ」

せっかくの父の誕生日に辛気臭《しんきくさ》い顔をしている年上の男。頭に来たアリサは、『嫌なら出て行きなさい！』と初対面のハヅキに言い放ったという。

「私、怒ったのよ。それなのにハヅキは、笑ったの。『自分の知り合いと似ている』『その人も君みたいに、黒髪の綺麗なお嬢様だった』って。別の女性と比べるなんて失礼なのに……私は、その笑顔に釘付けになったわ。多分、一目《ひとめ》惚れだった」

当時のことを思い出しているのか、葉月を想って言葉を紡《つむ》ぐアリサは、同性でも見惚《みと》れるくらいに美しかった。

「何回も告白したわ。でも、同じ数だけ断られた。さすがに何年も同じことを繰り返していれば、ハヅキが私を見ることがないのは分かったわ。でもね、諦める前に自分の目で確かめたかったの。全てを捨てて日本に行こうとハヅキに思わせた女性を。そうすれば、諦められると思った」

アリサは、まっすぐ凛を見据《みす》えた。

「回りくどいのは嫌いなの。だから、イエスかノーで答えて。あなたは、ハヅキのことが好き？　もちろん、男として」

イエス・オア・ノー？　好きか、否《いな》か。葉月本人にもまだ直接伝えていない、その答え。

「――好きです」

しかし、凛は、はっきり「イエス」と言えた。ここで『上司として好き』なんて、ごまかしてはいけない。そう、強く思った。

「……そう」

アリサの表情から初めて笑顔が消えた。彼女は眉間に皺《しわ》を寄せると、不快感も露《あら》わに凛を睨《にら》む。

「なら、話は早いわ。以前言ったわね。ハヅキは渡さないわ。あなたは彼に相応《ふさわ》しくない。実際にあなたを見て、はっきりそう分かった」

どうしてそこまで言われなければならないのか。口を開きかけた凛に、彼女はなおも言葉を重ねる。

「理解できたのならすぐにお遊びの仕事なんてやめて、ハヅキの前から消えることね。あなたの存在自体が、ハヅキにとっては迷惑でしかないの。私が言いたいのは、それだけよ」

麗《うるわ》しい容姿には到底似つかわしくないスラングを交えてアリサは吐き捨てる。

確かに、彼女の言葉の全てを否定することは、凛にはできない。

社長と秘書。雇用主と使用人。そして、昔散々彼をいじめた意地悪な女。

どこをどう切り取っても自分が葉月に相応《ふさわ》しいとは、とても言えない。しかしアリサは違う。見た目も立場も、彼女はあらゆる点においてお似合いだ。凛なんて、逆立ちしても敵《かな》わないほどに。

(分かってる、でも)

アリサに言われずとも、凛は自分の立場を十分すぎるくらいに理解しているつもりだ。しかし一つだけ、凛にも引けないところがある。

「私は、この仕事を辞めるつもりはありません。社長としての葉月が本当に『いらない』と判断しない限り、続けるつもりです。私は、遊びで働いている訳ではありませんから」

きっぱりと凛は言い切った。今の仕事が好きだ。たとえアリサの目にはお遊びに映ったのだとしても、それだけははっきりと言える。

「……そう。でも、あなたが本気でも遊びでも、私には関係ないの」

凛が言い返すはずがないと思っていたのか、アリサは一瞬言葉に詰まりながらもそう言った。

「肝心なのは、あなたの存在が葉月にとって迷惑でしかないということよ。邪魔なのよ、あなたは」

「たとえそうだとしても、それを決めるのは、彼です」

「驚いた。よくそんなことが言えるわね。……ああ、それともあなた、彼の事情を知らないの？」

これには、何も返せなかった。葉月について知らないことなんて、数え始めたらきりがない。むしろ、知っていることの方が少ないだろう。凛と葉月が共にあったのは子供の頃の数年と、再会してからの数ヶ月だけだ。奥平や斉木——そしてアリサの方が、よほど彼について知っている。悲しいけれど、それが事実だ。

（でも、葉月は言ったもの）

凛を離さない、と。それが本当のところどんな感情から来るものか、凛には分からない。でも凛はその言葉を信じる。信じたい——そう、思っていた。

「だったら、教えてあげる。本当ならハヅキは、日本支社の社長になんかなる予定はなかったの」

「え……？」

「近い将来、ＬＮグループ本社で重要なポストに就くことが決まっていたのよ。でもハヅキは突然、日本支社への転属希望を出した。それだけじゃない。日本に行けないなら会社を辞めるとまで言ったらしいわ。もしそんなことになったら、会社にとっては大きな損失になる。たくさん揉《も》めた結果、ハヅキの希望は叶ったわ。今後ハヅキが、彼のお父様から受け継ぐはずの財産を放棄することを、条件に。——彼が突然日本に行くと言ったのは、あなたの父親の会社が倒産したという情報が流れて、すぐのことだった」

アリサは鋭い視線を凛に向ける。

「ねえ。あなたはいったい、どうやってハヅキを脅《おど》したの？」

「脅《おど》す……？」

「ハヅキを日本から追い出しておいて、今度は秘書として側にいる。いったいどこまで彼を振り回せば気が済むの？　勝手にもほどがあるわ、恥ずかしくないの？」

「待って！　……待ってください、おっしゃっている意味が分かりません！」

アリサの口から語られた全てが凛にとっては初めて耳にすることばかりで、理解が追い付かない。

何よりも凛が葉月を追い出したなんて、絶対にありえないことだ。

ある日突然、籠宮家から消えたのは他ならない、葉月の方なのだから。

「……本当に、おめでたい人ね、あなた。それとも、知らないふり？　だとしたらすごいわね。大人しそうな見た目をして、怖い人」

動揺を隠しきれない凛を、アリサは一笑に付す。

「だから、何を言って——」

「ハヅキと彼のお母さまがあなたの家を出なければならなかった原因は、イサオ・カゴミヤ。あなたの、父親なのに」

一瞬、言葉の意味が分からなかった。父が——籠宮伊佐緒が、葉月ら親子を追い出した……？

「葉月が、そう言ったのですか……？」

「私が知る限り、ハヅキがあなたやあなたの父親を悪く言うのは、聞いたことがないわ。でもそれは、彼が優しいからよ。私は、ハヅキがなぜカゴミヤ家を出ることになったのか、その理由を知っている。優しい彼は、ただ『そういうことがあった』と事実を話しただけだけれどね」

アリサは凛を鼻で嗤《わら》う。

「どういうつもりか知らないけれど、ハヅキを脅《おど》すのも、彼の優しさに付け込んで纏《まと》わりつくのもいい加減やめることね」

脅《おど》してなんかいない。纏《まと》わりついているつもりもない。そう言いたいのに、声が出ない。

「とにかく、そういうことだから」

固まる凛と対照的に、アリサは話は終わったとばかりにふっと微笑んだ。凛を憐《あわ》れむような視線は、睨《にら》まれるよりもずっと胸に突き刺さる。

「私は、これで失礼するわ。そろそろお父様とハヅキのところにいかないと。あなたもどうぞ残りの時間を楽しんで。それじゃあ、ごきげんよう」

きゅっと引き締まったお尻を揺らしてモデル歩きで去っていくアリサの背を、凛は引き留めなかった。彼女から語られた事実に、言葉が出なかったのだ。

視線の先では、父親と合流したアリサが、葉月と楽しそうに歓談している。遠巻きにも、やはり彼女は人目を引いた。ただそこにいるだけで他者の注目を一身に浴びる彼女は、薔薇《ばら》のような女性だ。

ふと、葉月が凛の方を見た。彼は一瞬目を丸くした後、目元を優しく和《やわ》らげる。いつもならその笑顔をずっと見ていたいと思うはずなのに、この時凛は咄嗟《とっさ》に目を逸《そ》らしてしまった。

——どんな顔をして葉月の顔を見ればいいのか、分からない。

色々な情報が一気に流れ込んできて、頭の整理が追い付かない。葉月は、必要な人物との挨拶はほとんど済ませたらしく、アリサが彼の隣にいる現在、パートナーである凛の役目もなくなった。

ほんの少し、十分ほどでいい。今は、一人で冷静になる時間が欲しい。

視線を足元に向ける凛は、葉月が射《い》るような視線で自分を見ていることに気づかず、人目を縫《ぬ》ってロビーへと向かう。会場に比べて格段に人気《ひとけ》のないことにほっとし、壁際の目立たないソファに座る。腰を下ろした瞬間、どっと疲れが押し寄せてきたような気がした。

——父、籠宮伊佐緒が、葉月たち親子を追い出した。

（……そんなの、ありえない）

葉月と彼の母親が消えた時、父は凛が幼心《おさなごころ》に衝撃を受けるほど取り乱していた。

アリサの言う通り父が自《みずか》ら追い出したのならば、あんなにも動揺するはずはない。

「——そうだ、あの時」

ふと、凛は思い出す。父も心配していたと伝えた直後、葉月はほんの一瞬、感情を露《あら》わにした。

荒々しくカップを置く手、かつてよく見た、まるで仮面のような作り笑顔。

（本当に、父が……？）

凛はスマホを取り出し、数年ぶりに父への連絡を試《こころ》みる。しかし返って来たのはやはり、応答不可を告げる無機質な機械音声だった。嫌な想像ばかりが頭を過《よぎ》る。

(……こんなこと、考えちゃダメ)

凛は、両こぶしをぎゅっと握って、なんとか冷静になろうとした。アリサの言葉を全て真に受けたら、彼女の思うつぼだ。今、凛が信じるべきは誰なのか見誤ってはいけない。

分からないなら聞けばいい、不安ならば葉月にそう伝えればいい。

そう、頭では分かっている。でも、やはり、怖いと思う気持ちを抑えきれない。

もしも、アリサの言葉が本当だと言われてしまったら。それが真実だとして、何も話してくれなかったら。

パーティーが終わったあと葉月に告白しようと決めた。彼の言葉を信じると決めた、その上で彼に凛への想いを改めて教えて欲しいと思った。

しかし今は、葉月の言葉を聞くのが怖い。知りたいのに、知りたくない。

(葉月)

今すぐ葉月に会いたい。アリサではなく、凛のもとに来てほしい。それなのに、会うのが怖い。

自分の中の相反する感情に揺さぶられて、身動きが取れない。

「——凛ちゃん?」

頭上から声が降る。顔を上げた視線の先にいたのは、頭に描いていた人ではなかった。

「……浩太さん」

招待客として参加していたのだろう。高野は凛を見て一瞬驚いた様子を見せたが、すぐに心配そうな表情で、その場にそっとかがみこむ。

「顔色があまり良くないな。気分が悪いのか？」

「……何でもないの、少し人に酔ってしまっただけだから、大丈夫」

高野は会場から水の入ったグラスを持ってくると、凛に差し出した。

「隣に座っても？」

「どうぞ」

グラスを受け取った凛が答えると、高野は凛のすぐ隣に座る。膝と膝が触れ合うほどの近さに驚くが、高野に特に変わった様子はない。気を遣って水を持ってきてくれた相手に、『近いから離れて』と言うのはやはり失礼な気がして、凛はぐっと言葉を呑み込んだ。

「長篠社長が招待されているのは知っていたけど、まさかパートナーが君だったとはね。付き合っているのか？」

「……まさか」

今、この手の話をしたくない。そっけなく返す凛に、高野は「だろうな」と薄《うっす》ら笑う。

「今日の様子を見る限り、彼の本命はエアリーグループのご令嬢か。彼女を最後の相手に決めたんだろう。見た目がいい男はいいな。それだけで、あんなにも上等な相手が釣れるんだから」

高野は嫌味を隠さない。咄嗟《とっさ》に反論しかけるも、凛は、ぐっと堪《こら》えた。他人の口から葉月の悪口を聞くのは、気持ちのいいものではなかったが、ここで言い返して話を長引かせるのは得策ではない。そんな凛を、高野は観察するようにじっと見つめた。

「俺の会社に来るって話、考えてくれた？」

「……あの時も言ったけど、そのつもりはないわ」

迷わず答えた凛に、高野は「残念だな」と大げさなくらいに肩をすくめてみせた。

「俺は君のお父さんにずいぶんと可愛がってもらったからね。今度は、俺が君たち親子を助けようと思っていたのに。凛ちゃん、お父さんに会いたくはないか？」

会いたい。会って、過去に葉月と何があったのかを知りたい。そんな凛の内心を読み取ったかのように、高野はにんまりと笑って言ったのだ。

「おじさんは、俺のところにいる」

「……どういうこと？」

高野は、揚々《ようよう》と語る。

倒産後行方の知れなかった父・籠宮伊佐緒。彼は、しばらくは愛人のもとに身を寄せていたというが、今年に入って別れてしまったらしい。仕事も家も失った彼は、かつての自分の屋敷を高野が購入したことを聞きつけ、高野を頼ったのだ、と。

「俺のところに来れば、おじさんにも会わせてあげるし、もちろん君に仕事も与えてあげる。おじさんに融資《ゆうし》をして、新しく事業を始める手伝いをしてもいい」

「……どうして、そこまで私にこだわるの？」

「決まってる。昔からずっと、君のことが好きだからだ」

まるで挨拶を交わすように、高野は軽々と言い放つ。

(浩太さんが、私を好き?)

お嬢様時代に異性から告白されたことは何度もあるが、そのどれにも凜の心が揺れることはなかった。

幼い子供の恋愛とは違う。今の凜は、人を好きになるとはどういうことか身をもって知っている。

その人の瞳に映りたい。他の異性ではなく、私だけを見てほしい。

憧憬《どうけい》、嫉妬、独占欲。人間の、決して美しくない部分が意図せず現れてしまう、そんな気持ちだ。

高野がそうでないのは、言葉や態度から分かる。彼の視線はまるで、新しい玩具《おもちゃ》を見つけたかのようだ。父には会いたい。話したい。だからと言って、仕事を辞める気にもまた、なれなかった。

「――俺じゃダメなのか? それとも、好きな男以外とは話もしたくもない?」

無言の凜に痺《しび》れを切らしたのか、高野はすっと目を細める。

「やっぱり、長篠葉月が好きなんだな」

「そんなこと……」

「ごまかさなくていい。あれから色々と調べさせてもらった。あいつと一緒に住んでいるんだろう?」

「――っ」

「独身の男女が同居している。それ自体はありふれたことだし、何も悪くなんてない。でも、君たちの場合はどうだろう? 愛人を自宅に住まわせて、その上秘書として自分の側に置いている。新社長に就任したばかりで、あまりいい話題ではないな」

愛人。その言葉に頭にかっと血が上った。

「私たちはそんな関係じゃないわ！」

「だからと言って周囲はそうは思わないことくらい、お嬢様の君でも分かるだろう？　まあ、君とあの男が恋人じゃないっていうのは、俺にとっては嬉しい答えだけどな」

高野は凛の肩を抱き寄せて、耳元で囁《ささや》いた。

「君にはもう一度だけ、チャンスをあげよう。また連絡する。良い答えを待っているよ。……残念ながら今日はタイムリミットだ」

「――彼女の手を離して頂きたい」

急に響いた声に振り返ると、高野を鋭く見据《みす》える葉月がそこにいた。驚いて立ち上がる凛とは対照的に、高野は余裕のある笑みを浮かべたまま、葉月に見せつけるように凛の手の甲をさらりと撫《な》でて、手を離す。

指先の感触に、背筋にぞくりと悪寒《おかん》が走った。葉月は立ち上がる高野と入れ替わるように、その背に凛を隠す。まるでこれ以上、一秒たりとも高野に凛の姿を見せたくないとばかりに。

「……帰るよ、凛」

葉月は凛の腰を引き寄せると、自分の胸に凛の顔をくっつける。

声だけで分かる。彼は今、怒っている。しかし今の凛は、その表情を知ることはできない。

「久しぶりじゃないか、葉月。ただの使用人の息子が随分と偉くなったものだな」

凛を片手に抱いたまま歩き始める葉月を、高野の嘲笑《ちょうしょう》が止めた。

「母親は籠宮社長、息子は凛。異性に取り入るのは、親子の血か？」

「いったい、何を……」

「君は黙って、凛」

振り返りそうになる凛を葉月は短く制止すると、視線だけを高野に向けた。

「言っている意味が分からないが、言葉には気を付けた方がいい。いい年をして、そんなことも『お父様』は教えてくれなかったのかな？　それとももう一つ、気安く人の名前を呼ばないで欲しいな。俺は、あなたにそれを許した覚えはない」

「……なんだと？　あの葉月が、誰に向かって――」

「あいにく、どうでもいい男の名前を覚えていられるほど、記憶力は良くないんだ」

悪かったね、と大げさなくらいに肩をすくめて葉月は凛を伴《ともな》い歩き出す。車に乗り込みマンションに着くまでの間、彼が口を開くことは、一度もなかった。

◇―＊◆＊―◇

沈黙が、怖い。ホテルからマンションのエレベーターを降りるまで、彼は凛の手をずっと握ったままだ。名前を呼んでも視線一つ返してくれないのが不安で堪《たま》らない。

葉月は無言で玄関の扉を開く。

「あの、葉月――」

後ろ手に扉が閉められた瞬間、それは来た。

「んっ……！」

名前を呼ぶ間もなく唇を奪われる。あまりに突然のことに逃げようとするが、許さないとばかりに、葉月は凛の後頭部を右手で抱え込んだ。葉月の舌が凛の唇の間を割って入り込んでくる。咄嗟《とっさ》に顔を逸《そ》らそうとするも、凛の舌を捕らえた葉月がそうさせない。

どうして今、葉月は凛にキスをしている？　帰りからずっとそんな雰囲気は微塵《みじん》もなかった。言葉一つない、呼びかけにも答えてもらえない。そんな中、強引なキスはまるで葉月の怒りを直接ぶつけられているようだ。凛は、その原因すら分からないのに。葉月が凛に触れる時、彼はいつだって優しかった。それなのに今は、凛の気持ちなんて関係ないとばかりに凛の口内を蹂躙《じゅうりん》する。

――こんなのは、いや！

葉月が一瞬唇を放した瞬間、凛は思い切り彼の身体を突き飛ばそうと――したはずだった。

「葉月⁉」

しかし葉月はその手さえも簡単に捕まえてしまう。

「待って、葉月！　ねえってば！」

葉月は凛の制止も無視して、手を掴《つか》んだまま寝室の扉を開く。そのままベッドの上に凛を乗せると、その上に覆《おお》いかぶさった。両腕を頭の上でひと纏《まと》めにされ、上に乗られた凛は身動き一つとれず、ただいやいやと首を横に振る。

怖い。今初めて、葉月に、そう感じた。

「――どこを、触られた？」

「え……？」

「あの男にどこを触られたのかと、聞いている」

一瞬、理解が遅れた。これではまるで、彼が高野に嫉妬しているようではないか。

「答えて、凛」

高野には手を握られた。確かに距離は近かったかもしれないが、それだけだ。

「会場のどこにもいないと思ったら、まさかあんなところにいるとはね。――それも、あんな男と」

苛立《いらだ》ちも露《あら》わに葉月は舌打ちをする。こんな風に負の感情を表す彼は初めてで、咄嗟《とっさ》に返す言葉が出てこない。

「……どうして何も言わないの？　それとも、言えないようなところを触られた？」

「ちがっ！」

否定をするも、遅かった。一度は止んだ葉月の口づけが、再び始まる。

触れるだけのキスなどではない。凛の全てを制圧せんとばかりに強引なそれを、気持ちは否定しているのに、葉月に慣らされた身体は、その熱をはっきりと覚えていた。

「……待っ……！」

高野に触れられた時とは違う甘い痺《しび》れが、背筋を駆け抜けた。身体の内側から熱が湧き上がるような感覚がする。同時に葉月の熱もまた、唇を伝って身体全体に広がっていくようだ。

「高野浩太。相変わらず、いい性格をしていたね。久しぶりに会えて嬉しかった？　ああ、それとも久しぶりじゃないのかな。ずいぶんと距離が近かった。俺の知らないところで、ずっと連絡を取り合っていたの？」

違う。そんなことはしていない。

「んっ……や、は、づき……」

しかし凛の口から洩れるのは、耳を塞《ふさ》ぎたくなるような喘《あえ》ぎ声《ごえ》だけだ。

「何を話していたの？　仕事を辞めて自分の会社に来るようにとでも誘われた？」

凛は、大きく目を見開いた。

「――図星《ずぼし》、か」

「あっ……！」

葉月の右手がドレスの裾《すそ》をまくりあげる。太ももに彼の手のひらが直《じか》に触れた瞬間、身体が跳ねた。

葉月の手はまるで焦《じ》らすように凛の足をなぞっていく。太ももの裏側、側面、そして内側へ。その間も彼は絶えずキスの雨を降らし続けた。

「それで君は、なんて答えたのかな。まさかイエス、と言った？」

答えを確信しているような問いに、凛は自分でも驚くくらいショックを受けた。

そんなこと、ありえないのに。アリサに何を言われても、高野に誘われても、凛は微塵《みじん》も迷わなかった。今の仕事が好きだから、葉月の側にいたいから、断ることになんのためらいもなかったのだ。

――それなのに、他ならない葉月が、疑うの？

痛い。一番信じてほしい人に信じてもらえないのは、痛くて、辛い。

指先が太ももの付け根に触れようとした時、葉月の手は止まった。

気づけば凛は、泣いていた。無意識に目元から零《こぼ》れた涙は、ひとたび気づくと止まらなかった。次から次へと溢《あふ》れるそれは、静かにシーツを濡らしていく。

――どうして、こんなことになってしまったのだろう。

パーティーが終わったら自分の気持ちを伝えようと思っていた。彼の気持ちを聞きたかった。でも、こんな状況ではもう無理だ。初めから凛を疑う葉月の心を知る勇気が、今はない。

「――高野さんとは、さっき偶然会っただけよ」

涙で視界が滲《にじ》んで、葉月の顔がよく見えない。腕の拘束《こうそく》はいつの間にか解かれていた。凛は両掌《りょうてのひら》で自分の顔を覆《おお》う。涙でぐちゃぐちゃの顔を見られたくなかったのだ。

「……アリサさんに言われた言葉の意味を考えたくて、静かな場所に行きたかった。その時、高野さんに声をかけられたの。確かに彼の会社には誘われたけど……すぐに、断ったわ」

言葉にすればたったこれだけ。改めて考えても、どこに葉月を怒らせる要素があったのか分からない。葉月に黙ってロビーに行ったから？　高野との距離が近かったから？

前者は、分かる。でも後者についてはやはり、分からない。本当に、分からないのだ。

「……アリサに、何を聞いた？」

身体の上から重さが消えた。葉月はベッドの縁《ふち》に腰かける。片手を額《ひたい》に当てた彼は、項垂《うなだ》れたまま力なく凛に問う。

「私の父が……籠宮伊佐緒が、あなたとあなたのお母さまを屋敷から追い出した、って」

葉月の背中が大きく震えた。しかし、自《みずか》ら顔を覆《おお》った凛はそれに気づかない。

「本当は、本社の重要なポストに就くはずのあなたが日本支社の社長になったのも、私のせいだって。私のせいで、あなたは相続権も放棄することになった、って……！」

「違う！　君のせいなんかじゃない、俺が自分で決めたことだ！」

「じゃあ、父のことは？」

「それはっ……」

葉月は、否定も肯定《こうてい》もしなかった。それは、凛には話すつもりがないということだ。

「凛、俺は――」

「ごめんなさい」

「え……？」

「勝手に会場を離れたことは、謝ります。だからお願い、一人にして」

葉月は、今度は何も言わなかった。

「――頭、冷やしてくるよ」

ごめん、凛。

葉月はそう言って顔を隠す凛の頭をそっと撫《な》でると、寝室を出て行った。その後すぐ、玄関の扉が閉まる音が聞こえてきたのだった。

## Ⅸ

『俺のことを、信じて』。

たった一言で良い。パーティーのあの夜、葉月がそう答えてくれたなら、きっと凛は信じて待つことができただろう。人間誰しも人に知られたくないことの一つや二つ存在するものだ。いくら相手のことが好きだからといって、全てを曝《さら》け出して欲しいと望むことはできない。

しかしあの瞬間だけは、言葉が必要だった。

葉月と籠宮伊佐緒の間に一体何があったのか。葉月はどうあっても、凛にそれを教えるつもりはないようだった。たとえ、二人の間に流れる雰囲気がどれほど険悪なものになったとしても。

「……ごちそうさまでした」

一人朝食を終えた凛は、力なく箸《はし》を置く。いつもなら同じ言葉が対面から返ってくる。しかし凛は、それをもう随分と聞いていない。パーティーの日から二週間。葉月は明らかに凛を避けていた。

手つかずの食事。眠った痕跡の残るソファ。気配を殺すように微《かす》かに聞こえる、玄関の音。

初め、凛は寝ずに待っていた。しかし明け方帰って来た葉月は、リビングで待つ凛を見た瞬間、明らかに表情を凍《こお》らせたのだ。あまりの反応に言葉を失う凛を見て、葉月はすぐに作り笑顔を――

それだけは見たくなかった、上辺だけの笑みを浮かべて、凛に言った。

これから帰りが遅くなる日が続く。朝も早く出ることが多いから、食事の準備はしなくていい。起こすと悪いし、俺はしばらくはソファで眠る。君は自由に過ごしていいよ、と。

さすがに仕事中は目に見えて避けるようなこともなく、あくまで社長と秘書として過ごした。でも、葉月が『普通』を装《よそお》えば装《よそお》うほど、共に過ごした数ヶ月が音を立てて崩れ去るような気がした。

(どうしてそんな、見え透いた嘘をつくの?)

(料理もいらない、自由にしていい。なら私は、なんのためにここにいるの?)

なぜ凛を避けるのか、聞きたかった。父のこともアリサの言っていたことも、教えてほしかった。しかしあの笑顔を見てしまった凛には、何も言えなかったのだ。嫌いならそう言ってほしかった。ダメなところはダメと、直してほしいところがあるならば、いくらだって直すのに。

今の凛は、それを聞くこともできない。

食器を洗っている間も、それが一人分であることに、無性に寂しさを感じた。

『洗うの、手伝うよ』

『いつも言ってるでしょ、これは私の仕事よ。あなたは早く出勤の準備をしなきゃ』

『了解、奥さん。いつも美味しい朝食をありがとう』

『……だから、奥さんじゃないですから。ほら、早く!』

食器を洗う凛の邪魔をするように耳元で囁《ささや》く声。葉月は凛を後ろからそっと抱き締めて、その首元に顔をうずめる。呼吸がくすぐったくて、それなのに甘くて、ただ食器を片付けるだけなのに、毎朝凛の心臓は大忙しだった。そんな当たり前の日常は今、二人の間に存在しない。

その時、玄関が開く微《かす》かな音が聞こえた。

時刻は、午前五時半。凛がリビングにいたらきっと、また葉月を困らせる。

避けられているのが分かっている今の状況で正面からぶつかるのは、怖い。しかしいつまでもこの状態が続くのは、もっと嫌だった。仕事中、まるで何事もなかったと言わんばかりの葉月の笑顔を見るたび、凛は大切なものが一つずつ手のひらから零《こぼ》れ落ちていくような感覚を覚えた。

何もできずに終わりを迎えた、愚かな子供の時と同じ過《あやま》ちは、もう二度としたくない。

リビングの、扉が開く。

「っ……」

ああ。

「……おはよう。眠れなかったの？　随分、起きるのが早いね」

やはりあなたは、笑うのね。

葉月は、凛を一瞬見ただけで視線を逸《そ》らす。そして、「忘れ物を取りに来ただけだから、またすぐに出かけるよ」と言い訳のように続けた。

「……私はもう、ここにいない方がいい？」

言葉は、ぽろりと零《こぼ》れた。ばっと振り返る葉月は、なぜか真っ青な顔をしている。それが疲れのせいか、それとも自分のせいなのか、凛にはもう分からない。

「……どうして、そんなことを聞くのか、分からない」

「分からない？　私には、葉月の方が分からないわ。私に出て行ってほしいのなら、そう言って。……すぐにでも、荷物を纏《まと》めます」

「許さない！」

その時初めて、葉月は凛に声を荒らげた。びくん、と肩を震わせる凛にはっとしたのか、気まずそうに視線を逸《そ》らす。

「……大声を出して、ごめん。でも、ここを出て行くなんて、そんな話は聞きたくない」

葉月は凛を見ずに続けた。

「有休申請を出していたのは、今日だったね。久しぶりの休みだ、俺のことは気にしないで羽を伸ばすといい」

そのまま葉月はリビングを出て行った。呼び止めることは、できなかった。

バタン、と玄関の扉が閉まる音。ソファに背中を預けた凛は、天井を仰ぎ見た。

「……葉月の、ばか」

凛を避けるくせに、出て行くのは許さないと言う。もう、わけが分からなかった。

今日凛が仕事を休むということを彼は知っていた。以前はその上で『デート？』なんてからかってきたのに、それもなかった。

ただの一社員の休暇予定を社長が気に留めるはずがない。そんなの当たり前なのに、凛の予定に一切触れられないのが、辛かった。

涙目の凛は、自室として使っているゲストルームに向かうとスマホを取り、通知を確認する。予想通り、メールが一通来ていた。

『約束の時間に待っているよ。——高野浩太』

メールを確認した凛は、堪《たま》らずスマホをぎゅっと握り、その場に座り込む。

——本当なら、葉月にこのことを相談したかった。

一週間ほど前、会社で凛宛にかかってきた一本の電話。もう一度会いたいという高野に、初めは断った。葉月との関係がこじれている現状で、高野と二人きりで会う気にはとてもなれなかったのだ。

凛が高野と食事をするくらい、葉月にとっては何でもないことかもしれない。しかしパーティーの夜のことを考えると、やはり不安があった。今はこれ以上、葉月に不審がられることは、したくない。しかしそんな凛に高野は言ったのだ。

『おじさんに会わせてあげよう』と。

息を呑む凛に高野はなおも続けた。

『葉月とおじさんの関係を知りたいんだろう？　俺と会えば面白いものを見せてあげるよ』

知りたかった。葉月がなぜ、伊佐緒との関係を凛に隠しているのか。

そして父に会って聞きたかった。一体何が真実なのか、と。

葉月に黙って高野に会うことに、後ろめたさはあった。だからこそ言わなければならないと思っていたのに、葉月はそのタイミングも、与えてくれなかった。

◇—＊◆＊—◇

午後七時、待ち合わせのエアリーホテルのロビーに向かうと、高野は既《すで》にそこにいた。

「凛ちゃん」

高野は片手を上げて凛を迎える。彼は当たり前といった風に凛の腰に手を回すと、自分のいたソファの隣に座るように促《うなが》した。凛は、人ひとり分の距離を取ってそこに座る。

「……父に会えると聞いて、来たのだけれど」

さっそく本題を切り出す凛とは対照的に、高野は「そんなに急がなくても」と苦笑する。

余裕のある態度、さりげないエスコート。どちらも葉月と同じようでいて、まるで違う。

ただ凛を見ているだけなのに、ねっとりと絡みつくような視線がなんとも居心地悪い。さり気なく視線を逸《そ》らす凛を逃がさないためか、高野は凛の額《ひたい》にかかった髪を指先で払う。

凛が無言で身を引くと、高野はわざとらしく肩をすくめた。

「まずはディナーにしよう。フレンチは好きだったね？　個室を予約してあるんだ」

「父は、どこにいるの？」

「これから向かう店にいるよ。さあ、まずは食事だ」

そうして凛が高野と共に歩き始めた、その時だった。

「――あら、リンじゃない」

背後から声をかけられて振り返る。仕事中なのだろうか、ホワイトのスーツ姿のアリサがそこにいた。アリサは、凛の隣に立つ高野の姿に気づくと、深紅《しんく》のルージュを引いた唇の端《はし》をわずかに上げる。彼女は、迷いなく二人の前に歩み寄ると、高野に向けて華のある笑みを浮かべた。

「高野社長。先日はパーティーに参加して下さってありがとう。楽しんでいただけたかしら？」

「もちろんです。さすがはエアリー社ですね。色々と学ばせて頂きました」

「それなら、嬉しいわ。……でも、驚いた。あなたたち、恋人同士だったのね？」

「違います！　私と彼は――」

「そう、違いますよ。『まだ』、ね」

高野は言葉を遮《さえぎ》ると、突然凛の肩を抱き寄せた。

「浩太さんっ！」

あえて含みを持たせた言い方に凛はぎょっとして隣を見上げる。同時に手に回された肩を離そうとするが、ぐっと力を込められて身動きが取れない。結果的に、アリサの目には、凛から密着したように映った。アリサは、意味ありげな視線を凛に向けた。

「リン。あなたが思っていたよりも賢い人で安心したわ。私の忠告を理解してもらえたようね」

すれ違いざま、アリサは凛の耳元で囁《ささや》いた。

「あなたたち、とってもお似合いよ？　――ハヅキよりも、ずっとね」


「君の口には合わなかったかな？」

高野との食事中、凛はほとんど口を開かなかった。予約していたという店に行っても、父の姿はどこにもなかったからだ。食事中、凛は何度も高野に尋ねたけれど、「食べ終わったら話すよ」とはぐらかされるばかりだった。凛は、中身のない会話をするためにここまで来たのではない。

「どれもとても美味しかったわ。——それで、いつになったら父について教えてもらえるのかしら？」

「君は、そればかりだな。もう少し会話を楽しんだらどうだ？」

「父と会わせてくれるという話は、嘘だったの」

「まさか。俺は自分で言った約束は守るさ」

高野は腕時計の時間を確認すると、不意に扉の外を見た。

「ここから三つ隣の部屋に行くといい。そこにおじさんはいるよ」

「……あなたは、行かないの？」

親子再会の邪魔はしないさ、と高野は苦笑する。

「ゆっくりしてきなさい。——きっと、面白いものが見られるはずだ」

凛は、優雅に食後のコーヒーを楽しむ高野に断って席を立つ。彼に言われた部屋に向かうと、わずかに扉が開いていた。ここに父がいる。凛が恐る恐る扉に手を伸ばした、その時だった。

「——いい加減、娘を返してもらおうか」

それは、久しぶりに耳にする父の声だった。本当に来ていたことへの安堵《あんど》と微《かす》かな違和感。その正体は、直後に判明した。

「面白いことをおっしゃいますね。二年以上もほったらかしにしておいて、都合の良い時ばかり父親面ですか。勝手なところは変わっていませんね、籠宮社長。……ああ、失礼。『元』社長、でしたか」

凛の位置からでは、室内の様子は窺《うかが》えない。しかし、相手を煽《あお》るような冷ややかな声の主は——

(葉月……？)

彼の声だけは、聞き間違えるはずがない。しかしなぜ、葉月と父が一緒にいる？

この扉の向こうで一体何が行われているのか。今すぐ中に入って二人に問いたいと頭では思うのに、足は貼り付いたようにその場から離れない。代わりに凛の耳ははっきりと二人の声を拾った。

「ただの使用人の息子が随分と偉くなったものだな。……お前は誰に向かって口を利いているのか分かっているのか？」

苛立《いらだ》ちを露《あら》わにして声を荒らげる伊佐緒とは対照的に、葉月は淡々《たんたん》と答えた。

「主人という立場を楯《たて》に、使用人に愛人になるよう強要する下種《げす》な男。違いますか？」

扉の外で声を失う凛に気づかず、葉月は続けた。

「『片親は色々と大変だろう。自分の愛人になれば、悪いようにはしない』。断る母に、あなたは何度も誘いをかけた。それでも母が首を縦に振らないと分かると、あなたはその息子を……俺に、なかなか面白いことをしてくれましたね」

嫌だ。これ以上聞きたくない。でも、ダメなのだ、と本能的に分かる。

これは、凛が知らなければならないこと。ずっと知りたいと思っていたことだ。

「閉じ込めて、殴って……それだけならまだ我慢できた。私や母が籠宮家の世話になっていたのは、事実だから。でもあなたは、それだけでは収まらなかった。――私を……俺をダシに、母を脅《おど》した」

声が出ない。何かを言わなければならないと思うのに、言葉が全く思い浮かばなかったのだ。

「随分と古い話を持ち出すものだ。……それが、籠宮家を出て行った理由か」

「そうする以外に方法があったのならぜひ、教えて頂きたいものですね」

父は否定しなかった。そして謝罪も、また。

葉月や彼の母親が消えたのは全て、父が原因だった――

『大切な人がいた。その人が苦しんでいた。あのまま籠宮家にいたら、俺には守ることができなかった。……だから、屋敷を出た。何も言わずに出たのは、それがあの時最善だと思ったからだ』

今、分かった。葉月のいう『大切な人』は、彼の母のこと。それが一体誰を指すのか、ずっと気になっていた。葉月の心の中に住んでいる、彼の大きな部分を占める存在。

それが彼の母を指しているのだと分かったら、凛は素直に安心しただろう。

(でも、こんなのは、違う)

安心なんてできない。嬉しくなんて、あるはずがない。

「――それで？　そんな些細《ささい》なことをいつまでも根に持っているとは、器《うつわ》の小さい男だな。安心しろ、今更お前の母親になんて興味はない」

「……些細《ささい》なこと、だって？」

葉月の声が震えたのが分かった。

「いいから娘を返せ。これ以上、お前なんぞのもとにおいておけるか！」

「彼女は、物じゃない。あなたは、自分の娘をなんだと思っているんだ」

「意味の分からないことを。凛の父親は私だ。なら、アレをどう使おうと、私の勝手だろう」

「……なんだって？　もう一度、言ってみろ」

「何度でも言ってやる。アレと浩太君を結婚させる。そうすれば私はもう一度、会社を立て直すことができるんだ」

お前に駒以上の価値はない。そう、言われた気がした。

「……ふん。凛がお前のもとで愛人をやっていたのは、誤算だったがな。まあ、多少傷物でも仕方ない。とにかく、すぐにでも娘を返してもらおうか」

ガタン、と何かが落ちる音がした。

「いい加減その汚い口を閉じろ。耳が、腐る」

「なっ……！」

「凛は渡さない。彼女は、俺のものです」

はっきりと葉月は言い切った。

「ようやく手に入れたんだ。今更、あなたなどに渡すわけがないでしょう」

「……なんだと？」

葉月は、籠宮伊佐緒を恨んでいる。その一方で娘の凛を自分のものだと明言する。

この瞬間、凛の頭にある考えが過った。葉月が凛を手元に置く理由、それは――

「『旦那様』」

葉月は嗤《わら》う。彼の歪《ゆが》んだ笑顔が、目に浮かぶようだった。

「犬のように扱っていた使用人に娘を奪われる気持ちは、いかがですか？」

限界だった。娘をただの道具としか見ていない父の本音も、葉月の口から吐き出される言葉も、嘲笑《ちょうしょう》も。何も、聞きたくはない。この場における正解の行動は何だったのだろう。

一向に謝罪しない父の代わりに葉月に頭を下げる？

それとも、全ては父への復讐のために凛を側に置いていたのかと問い詰める？

どちらも正解で、どちらも間違っているような気がしてならない。

アリサ、高野、伊佐緒、そして葉月。

誰の言葉を信じて、どんな行動を取ればいいのか、今の凛には判断できそうにない。凛はこれ以上この場にいられず、父と葉月のいる個室に背中を向けた。

「凛ちゃん」

振り返ると、この一部始終を見ていたのだろう高野がいた。ここ最近ずっと寝不足が続いていたからだろうか。一瞬、視界が揺らいで足元がぐらついた。高野はそんな凛をそっと抱き留める。

「酷《ひど》い顔色だ。……おいで」

彼は、身体を震わせる凛を見ると、「可哀想に」と凛の肩を抱き寄せた。

◇――＊◆＊――◇

『君を助けた理由も、優しくする理由もよく考えてみればいい。考えて、考えて――俺以外の、何も考えられなくなればいい』

再会してから、何度も何度も考えた。

『俺のお嬢様』。そう呼ばれる度に、その言葉の裏側にある真意を問いながらも、特別なのだと言われているようで、落ち着かない気分になった。

凛に優しくする理由。初めは、元お嬢様に対する気まぐれか、嫌がらせか。どちらにせよきっと自分のことが嫌いで、その仕返しに側に置くのだろうと考えた。しかし共に過ごすことになって少しずつ、『今』の葉月を知っていく。

社長と秘書、主人と使用人。その間には明確な違いがあるにも拘《かかわ》らず、仕事でもプライベートでも、葉月は凛のことをどこまでも甘やかした。時に言葉で、仕草で、そして、触れ合いで。柔らかくも甘い声で名前を呼ばれる度に、胸が高鳴った。形の良い唇でキスをされると身体の内側に新しい熱が生まれて、気持ちはいっそう深まった。

長篠葉月。初恋の人、そして今なお凛が恋する人。

初めは自分の気持ちに気づかないフリをしていた。でも、それにもすぐに限界が来た。一度認めてしまえば、転がり落ちるように再び葉月を好きになった。

何度か、考えたことがある。もしかしたら葉月も自分と同じ気持ちなのではないか、と。

本当は、前に冗談交じりで告げたように、彼も凛のことが好きなのではないか、と。

(でも、やっぱり違った……？)

葉月と父の会話を聞けば、答えは自《おの》ずと導《みちび》き出される。やはり、という気持ちと、どうして、という気持ち。葉月と再会してからずっと、凛は翻弄《ほんろう》されっぱなしだ。

凛はソファに座って片手で頭を押さえる。すると目の前に水の入ったグラスが差し出された。

（……頭が、痛い）

「少しは、落ち着いた？」

「……ありがとう。ごめんなさい、迷惑をかけちゃって」

「これくらい、何でもないさ」

あの後高野は早急にホテルの一室を取ると、そこに凛を誘《いざな》った。相手が高野とはいえ、異性と密室で二人きり。いつもなら断っていたものの、あの時は立っているのがやっとで、彼の提案に乗るしかなかったのだ。さすがというべきか、高野の手配した部屋はジュニアスイートルームだった。

世界に名の知れたラグジュアリーホテルに、一度は宿泊客として訪れてみたいと思っていた。

パーティーの時はゆっくりできなかったし、それがまさかこんな形で客室に来ることになるなんて。

グラスの水を一気に呷《あお》ると、少しだけ頭痛が収まったような気がする。凛は、自身に問いかけた。

葉月と共に過ごした数ヶ月間。彼の言葉も行動も全て、父・籠宮伊佐緒への復讐だったとしたら。

『だから』凛は、葉月を嫌いになる？　騙《だま》していたのかと怒って、詰《なじ》るのか？

（……違う）

酷《ひど》い、裏切ったのかと相手を詰《なじ》ってすっきりできるのなら、どんなに楽だろう。

しかしそれは違うのだと今改めて凛は思った。復讐だから。お嬢様だから。

——そんなの、関係ない。

色んな要因や過程の全てを取り払って、今一度自分の気持ちに向かい合って、分かった。

（私は、葉月が好き）

どうしようもないくらいあの人のことが、好きなのだ。

「浩太さん」

ソファに身を任せていた凛は、ゆっくりと姿勢を正すと、壁の背に身を任せてじっとこちらを眺めていた高野と視線を合わせた。

「あなたの会社に行くというお話は、やっぱりお断りします」

見誤るな、素直になれ。凛はそう、自身に強く言い聞かせた。

葉月に否定されるのが怖かった。彼の凛に対する気持ちを知りたいと思う一方で、知るのが怖いと思う自分がいた。アリサは、凛は葉月に相応《ふさわ》しくないと言った。

それは、見た目や立場のことを指しているのではない。凛の姿勢の問題だったのだろう。

アリサは素直だった。こんな風に葉月の反応を気にしてうじうじとしている凛と、まっすぐな彼女は正反対と言ってもいい。凛は、今までずっと、欲しいものは人から与えられてきた。

両親から、あるいは葉月から。でも、いつまでもそんな状態ではいけないのだ。

――欲しいものは、自分で手に入れる。

葉月が、欲しい。葉月が復讐のために側に置いていたのだとしても、凛は彼が欲しかった。

ならばそう、伝えればいい。たとえフラれてしまっても、会って、話して、想いを伝えなければ何も始まらない。こんなシンプルなことに凛は今まで気づかなかった。

「帰ります」

凛は、立ち上がる。確かに高野の提案に乗れば一時的には楽になるだろう。しかし、凛の根底にある部分は変わらない。葉月が好き。だから彼に否《いな》と言われるまでは側にいたい。今、凛がするべきことは何か。誰の言葉に左右されることなく、『自分自身』がしなければならないこと。

――今度こそ逃げずに葉月と向かい合うのだ。

自分の言葉で想いを伝えて、そして彼の言葉で真実を聞く。

ダメだと、邪魔だと彼自身の口から言われたならば、今度こそ大人しく身を引こう。

「――それは、残念だな」

きっぱりと断る凛を前に、高野は一歩、一歩ゆっくりと近づいてくる。やがて凛の目の前に立つと、片手を凛の頬に添えた。突然の触れ合いに咄嗟《とっさ》に身を引くが、問答無用で腰を引き寄せられる。

「何⁉」

「いいね、その顔。ぞくぞくするな」

高野は凛を抱いたままにんまりと笑う。凛がどれだけ抵抗しても、彼は腰に添えた手に力を入れるだけだ。

「そうやって葉月も落としたんだろう？」

「……なんですって？」

「我儘《わがまま》で澄ましていて、自分勝手。そんな昔の君を知っているからこそ、嫌がる姿を見ると最高に興奮する。俺はね、凛ちゃん。子供の君に殴られてからずっと、君のことが忘れられないんだ」

「私が、あなたを殴った……？」

「覚えていないのか？」

酷《ひど》いな、と高野は嗤《わら》う。

「俺は、ずっと覚えていたのに」

凛は顔を背けようとするが、高野はそれを許さない。この瞬間、凛の脳裏にある記憶が蘇《よみがえ》った。

高野を苦手になった、その理由。

子供の頃凛は、突然高野に抱き上げられ、頬ずりされたことがあるのだ。当時は生意気の絶頂にいたこともあって、反射的に十歳も年上の男の横《よこ》っ面《つら》を引っぱたき、『放してよ変態！』と罵《ののし》った。その時互いの両親は近くにいなかったが、幼心《おさなごころ》にも凛は『まずい』と思った記憶がある。しかし高野は、子供に叩かれても怒ることなくにんまりと笑顔を見せた。

「――あの時からずっと、君を俺の言うとおりにさせたくて、堪《たま》らなかった」

凛の腰を抱いた高野は、空いた左手で凛の頬を掴《つか》むと、無理矢理自分の方を向かせた。

視界一杯に高野の顔が映る。その瞳の中には明らかな熱があった。

「強気なお嬢様の鼻《はな》っ柱《ぱしら》をへし折って、俺だけのものにする。こんなに楽しいことは、ないだろう？」

「やめっ……！」

キスされる！　その瞬間、凛の頭の中は真っ白になった。

「……っ、放しなさい、この変態！」

咄嗟《とっさ》に頭を思い切り振りかぶった凛の頭突きは、高野の顔面に直撃した。

ガツン、と鈍《にぶ》い音が耳に響く。頭痛とはまた違う鈍《にぶ》い痛みが頭を襲った。

凛は、片手で自分の額《ひたい》を押さえると、高野の拘束《こうそく》が緩《ゆる》んだ隙に急いで立ち上がり、部屋から出るために入り口のドアへと向かった。そのままドアノブに手を伸ばすが、触れる直前でガツン、と背中からドアに押し付けられた。

「っ……！」

「あまりに元気すぎるのは、頂けないな。……ああ、それともそういうプレイ？　君は、焦《じ》らすのが得意だな」

「馬鹿なこと言わないで！」

凛は高野をきっと睨《にら》む。

「帰して、これ以上あなたと話すことなんて何もないわ」

「嫌われたものだな、俺も」

「……あなたは苦手だったけれど、嫌いではなかったわ。こんなことを、されるまではね」

「俺は、君を保護してあげようと言っている。冷静になって考えろ。あんな男と一緒にいるより、俺を選んだ方がずっと君の為だ。それに……どうせ葉月だって、君を金で買ったんだろう？」

「っ……違う！　葉月は、そんなことしない！」

かっと頭に血が上った。怒りで目の前が見えなくなる感覚をこの瞬間、凛は知った。

きっかけは、確かに一方的なものだった。仕事を続けることも、同居も全て、凛は葉月が作ったレールに乗っていた形になる。しかしその後は、違う。凛自身が、彼と共にいることを望んだ。

我儘《わがまま》、自分勝手、傲慢《ごうまん》。それらは事実だ。自分のことはなんと言われようとも構わない。でも。

「私の好きな人を、馬鹿にしないで！　あの人は……葉月は、あなたとは違うっ！」

「このっ！」

両肩を掴《つか》まれ、力いっぱい押し付けられた、その時だった。

「凛！」

扉の外から、大きな声で名前を呼ばれた。次《つ》いでドンドン！　とドアを叩く音がする。

「ここにいるんだろう、凛！」

自分を呼ぶ、この声は――

「はづっ……！」

咄嗟《とっさ》に呼びかけに答えようとする凛の口を、高野の手が覆《おお》った。彼はじろりと睨《にら》み上げる凛に対して愉快そうに口元を歪《ゆが》めると、もう片方の手で凛の手を拘束《こうそく》して自由を封じる。

「騒がせておけばいい。どうしてこの部屋が分かったかは知らないが、どうせ入っては来られない」

高野はにんまりと笑うと、凛に向かってゆっくりと顔を近づけてくる。今度こそ、逃げられない。

（葉月っ……！）

ぎゅっと目をつぶり、凛が心の中で名前を呼んだその時、浮遊感が訪れた。

「――もう、大丈夫だから」

この既視感《きしかん》は、彼と再会したあの日――歩きスマホの男性に絡まれたあの時と、同じ。後ろに倒れ掛かる凛の身体を抱きとめたのは、逞《たくま》しい胸だった。ふわり、とよく知る香りが凛を包み込む。

「は、づき……？」

ぎゅっと背後から抱き締められたのは一瞬だった。葉月はすぐさま凛を背にかばう。これ以上、一瞬たりとも凛が高野の視界に入らないように。

「——自分が何をしたか、分かっているんだろうね？」

背筋がぞくりとするほど冷ややかな声だった。葉月の背に隠れた凛には、今の彼の表情は分からない。しかし声だけで察せるほどに、彼が纏《まと》う雰囲気は殺伐《さつばつ》としていた。

「どうやって部屋に……ああ、そういうことか、アリサ嬢」

凛は振り返る。葉月の後ろには、カードキーを片手に憮然《ぶぜん》とした表情で立つアリサがいた。

「これは問題だな。エアリーホテルには、プライバシーというものは存在しないのか？」

「失礼なことを言わないでちょうだい。お客様のプライバシーは絶対よ」

「なら——」

「あなたの耳には、ゴミでも詰まっているのかしら？　私は、『お客様』と言ったの。犯罪者予備軍の変態なんてお客様とは言わないわ。——ハヅキ」

アリサの呼びかけに答えるように、葉月は胸元からスマートフォンを取り出すと、スピーカーモードに切り替えて画面をタップした。

『……っ、放しなさい、この変態！』

スマホから、つい先ほどの凛の大声が響いた。何かがぶつかる大きな物音、もみ合う二人の会話。この部屋で何が行われていたのかが明らかな録音音声に、高野は言葉に詰まる。

そこを一気にたたみかけるように、葉月は低い声で言い放つ。

「彼女と、籠宮伊佐緒から手を引け。そうすれば、今日のことは公《おおやけ》にしないでおこう」

「――ちっ！」

去り際に高野は舌打ちをして部屋を出て行った。

「……間に合って、良かった」

振り返った葉月にぎゅっと抱き締められる。痛いくらいのそれに、瞬間、涙腺《るいせん》が緩《ゆる》んだ。

「葉月っ……！　はづき、はづき！」

激しいほどの抱擁《ほうよう》に、ずっと堪《こら》えてきた涙腺《るいせん》が決壊した。視界が滲《にじ》む。頭がくらくらする。それでもこれだけは言わなければならない。

「ごめんなさいっ……！　私、何も知らなかった……父がしたことも、あなたやお母さまがどんな思いでいたのかも、ずっと知らなかった！」

伊佐緒を父に持ち、何も知らずに心の中で『なぜ消えたのか』と疑念を持ち続けた凛には、葉月を想う資格などないのかもしれない。

「こんなこと私が言ってはいけないんだって、分かってる。そんな立場じゃないのも、許されないのも……」

それでも。

「好き、なの……」

ごめん、ごめんなさい。何度も凛は許しを請う。

「あなたのことが、好き……」

この瞬間ふっと身体から力が抜ける。葉月は凛の身体をぎゅっと抱き締めた。

「──ハヅキ。私、行くわね」

「……ああ。ありがとう、アリサ。今度、改めてお礼をさせてもらうよ」

「今回のことは、高くつくわよ？」

苦笑する葉月から顔を背け、アリサはひらひらと手を振って、背を向けた。

「あのっ、アリサさん！」

アリサはぴたりと足を止めて、振り返る。

「……本当に、ありがとうございます」

アリサがいなければどうなっていたか分からなかった。凛は、深々と頭を下げる。そんな凛に、
アリサは「顔を上げなさい」と抑揚《よくよう》のない声で告げる。凛は、その言葉に従って顔を上げた。

「酷《ひど》い顔ね。ブスがもっとブスになるわよ」

涙で顔をぐちゃぐちゃにした凛の目元を、アリサは苦笑しながら人差し指でなぞった。

「ハヅキから、いろんな話を聞いたわ」

「はな、し……？」

「それは、これからハヅキに聞きなさい。……あなたのこと、少し誤解していたみたい」

アリサは肩をすくめると、改めて凛を見つめ──ふっと笑った。それは彼女が凛に初めて見せる、
何の含みもない自然な笑顔だった。

「――ハヅキのこと、よろしくね」

去り際の言葉は、凛の耳にはっきりと届いた。

「……目が真っ赤だ。俺が泣かせてしまったね」

葉月は、凛の眦《まなじり》に浮かんでいた涙を親指で拭《ぬぐ》う。

「避けていたのも、ごめん。自分が情けなさすぎて、合わせる顔がなかったんだ」

涙が溢《あふ》れて止まらない凛に、葉月は何度もキスをした。額《ひたい》に、目元に、頬に、そして唇に。振り続けるキスの嵐に凛の身体からふっと力が抜けた。葉月はそんな凛の身体を今一度、強く抱き締める。

「――好きだ」

その瞬間、時が止まった。

「好きだよ、凛。昔からずっと、君だけを愛している」

夢を見ているのかと思った。凛にとってこんなにも都合の良い夢ならば、二度と覚めないで欲しい。そう思ってしまうほどに、葉月の告白は凛の思考を簡単に奪い去ってしまった。

葉月は、ゆっくりと教えてくれた。

伊佐緒の会社が倒産したことを知って、自分が凛を助けなければと思ったこと。そのために日本に帰ると決めたこと。伊佐緒が葉月の母にした行為は、決して凛に話すつもりがなかったこと。

「俺はやっぱり、籠宮伊佐緒を許せない。でもどんな男であろうと、君の父親には変わらないから」

だから凛が傷つかないよう、葉月は秘密裏に伊佐緒の動向を探っていたという。そんな時、高野浩太を通して伊佐緒側から葉月にコンタクトがあった。それは凛を返せというもの。伊佐緒は、凛を高野に渡す見返りに、多額の融資《ゆうし》と新規事業の立ち上げを約束されていたのだ。

――凛を道具扱いする伊佐緒も、高野も許せなかったのだと、葉月は拳《こぶし》を握りしめる。

「あんな形で凛に、母と彼の真実を知らせるつもりはなかった。できることなら、ずっと黙っていたかった」

だから葉月は、自分の気持ちを隠し通した。全てが終わるまで、伊佐緒とのことに決着が着くまで想いを告げるつもりはなかったのだと、彼は言った。

再会した時、あえて凛を試すようなことを言ったのは、かつて使用人だった自分が『好き』と伝えても、きっと信じないだろうと思ったから。

「籠宮伊佐緒との件が決着するまでは、気持ちを伝えることはしないと決めていた。それでも君の側にいたい、俺の側にいて欲しかった」

葉月は、言えない代わりに行動した。凛を甘やかして、自分以外に余所見《よそみ》できないようにすればいいと思った。凛が信じないというなら、信じさせればいい。凛の心に、身体に『葉月』を刻み付けてやればいいと思ったのだ。

――葉月の告白を、凛は言葉一つ聞き逃《のが》さないように、じっと聞いていた。

何か言わなければ、と思う。しかし、何を言えばいいというのだろう。

(この人は、どうして……)

こんなにも優しいのだろう?

『凛が傷つかないように』。その理由のためだけに、彼はずっと伊佐緒と母のことを隠していた。

「私は、昔あなたに散々酷《ひど》いことをした。それなのにどうして、私なんかを好きだと言ってくれるの……？」

葉月は抱擁《ほうよう》を解くと、凛を見下ろす。その表情は穏やかで、優しい。

「君は、いつだってまっすぐだったから。母以外に君だけが、俺を見てくれたから」

「私、が……？」

「籠宮家にいる時の俺は、本当につまらない人間だったんだ。見た目で差別する同級生も、母に言い寄る主人も嫌いで仕方なかった」

相手にするのも馬鹿らしい。だから中身のない上辺だけの笑顔で、全てを遮断していた。

「大抵はそれで上手くいってたんだ。でも、そんな俺を『つまらない』『気持ち悪い』と言うお嬢様がいた」

昔を懐かしむような柔らかな笑みに、凛は息を呑む。

「初めはなんて鬱陶《うっとう》しい子供だろうと思った。放っておいてくれればいい、俺にかまうなってね。正直なところ顔には出さなかっただけで、君の我儘《わがまま》に呆れることも、苛立《いらだ》つことももちろんあった」

葉月は、語る。

「でも一緒にいて、だんだん気づくようになったこともあった。俺に暴言を言った時、君は決まって後悔するような表情をするんだ。俺を叩いた時も、そう。小さな手をぎゅっと握って、身体全体で謝っているのに言葉だけは出てこない。そんな不器用な姿が面白くて……だんだんと、可愛いなって思うようになった」

不思議だね、と葉月は笑う。

「我儘《わがまま》で、自分勝手で、でもまっすぐ俺にぶつかってくるお嬢様が、いつしか気になって仕方ない存在になっていたんだ」

優しい色合いの瞳が今、凛だけを映す。

「閉鎖的なあの屋敷で、お嬢様と母だけが俺を俺にしてくれた。……もっとも、それにはっきり気づいたのは、日本を発《た》ってからだったけどね」

籠宮伊佐緒のいない異国の地は、たくさんの刺激と新鮮さを葉月に与えてくれた。しかしそこに小さなお嬢様は、いなかった。

「離れて初めて、君の存在がいかに俺の中で大きくなっていたのか気づいたんだ」

葉月だけのお嬢様。いつかは思い出に変わるだろうと思った存在はしかし、何年経っても葉月の中から消えてくれない。彼女の実家の倒産を知った時は、迷わず日本に行こうと決めた。そして十数年ぶりに帰国した地で凛と再会し――葉月は再び、恋に落ちた。

「――これが、俺が君に話したかったこと、聞いてほしかったことの全てだ」

そして彼は、凛と向かい合う。

「凛。俺だけのお嬢様」

そう、彼は名前を呼んだ。まるで、その存在が愛おしくて堪《たま》らないとばかりに。

「さっきの言葉は、本当？　俺を『好きだ』って言葉を、信じていい？」

戸惑うような声は、わずかに震えていた。まるで答えを聞くのを恐れているかのような葉月の様子に、凛は目を見開く。彼のこんな風に弱々しい声を聞くのは、初めてだった。

葉月も不安だったのだろうか。凛が何も言わないから。彼もまた、探っていたのだろうか。

(……ああ)

今この瞬間、胸から湧き上がる感情を、どうしたら葉月に伝えることができるだろう。

百の言葉を重ねても、力いっぱい抱き締めても、とても足りないだろうこの気持ち。

――なんて、愛おしい。

「好き」

ずっと伝えたかった言葉を今、凛は言葉にする。

「あなたのことが、大好きよ」

葉月。私の、初恋。

涙を滲《にじ》ませて想いを告げる凛を、葉月は今一度強く、強く抱き締めた。

X

「凛」

マンションに着いてすぐ、玄関の扉が閉まるのを待たずに葉月は凛の身体を掻《か》き抱く。

葉月は、まるで凛の存在を確かめるかのように抱き締める両腕に力を込めている。その強さに、内側から湧き上がる愛しさを抑えきれず、凛もまた彼の背中に両手を回す。

ホテルから自宅のマンションに戻る車内、二人の間に会話は一切なかった。

代わりに葉月は、凛の手をずっと握っていた。絡まった手のひらから伝わってくるのは、葉月の体温だけではない。

葉月の瞳が、指先が、全てが語っていた。

――『欲しい』、と。

凛もまた同じ気持ちだったからこそ分かる。

マンションに着くまでの時間がもどかしかった。触れられることに対する羞恥《しゅうち》も緊張も確かに存在するのに、今はただ、彼に触れたくて堪《たま》らなかったのだ。

そして、今。

確かな熱情を宿した瞳が、凛を見下ろしている。そこに普段の紳士的な葉月は、どこにもいなかった。会社や日常で見るどの時とも違うその姿は、これ以上なく『男』を感じさせた。

『次は、抱くよ』

あの日の言葉が、頭の奥に響いた。

葉月は、抱き締める両手の力をわずかに緩《ゆる》めて片手で凛のおとがいを上げる。薄い桃色のルージュを引いた凛のぷっくりとした唇から、誘うように赤い舌が覗《のぞ》く。ごくん、と葉月の喉が鳴った。

(キス、したい)

啄《ついば》むような甘いキスでも、親愛を表す触れるだけのキスでもない。

葉月以外何も考えられなくなるような——激しいキスが、欲しい。

凛は、潤《うる》んだ瞳で葉月を見上げる。大きな黒い瞳の中に葉月の姿だけを映す。

「葉月」

ただ名前を呼んでいるだけ。それなのに、愛しさが募る。その呼びかけに答えるように、葉月の親指が凛の唇を優しくなぞった。

「キスして、いい？」

「え……？」

「もう君を、怖がらせたくはないんだ」

あのパーティーの夜のことを指しているのだと、凛には分かった。

確かにあの時の凛は、葉月を拒絶した。

怒りの原因を教えてもらえず、ただ凛を征服するような荒々しいキスを怖いと思ったのは事実だ。でもあの時と今では、状況が違う。

凛は葉月が好き。そして彼もまた、凛のことを好きだと言ってくれた。

「ふふっ」

「……今ここで、笑う？」

「ごめんなさい、だって……おかしくて」

これまでは凛の言うことなんて全く聞いてくれず、自由気ままに振る舞ってきたのに。

いざ気持ちが通じ合った今、彼は、まるで凛に触れることにすら許可がいるとでも言うように——力を込めたら壊れてしまう宝物のように、優しく触れる。

その容姿も仕事も、そして葉月自身の内面も、彼より優れている男を凛は知らない。どんな時も自信に満ち溢《あふ》れている彼はしかし、意外なところで生真面目だ。

共に過ごした分だけ葉月の内側を知っていけるような気がして、嬉しかった。

「葉月」

いつも凛を想ってくれるこの人が本当に大切だ、と心から思った。

「キス、して？」

背中に回していた両手を葉月の首の後ろに絡ませ、凛はふわりと微笑んだ。

「——君って人は、本当に……」

「なあに？」

言葉の最後が聞き取れずに首を傾《かし》げると、葉月はにっこりと笑った。

「『最高だ』って言ったんだよ、お嬢様」

次の瞬間、葉月は凛の唇を塞《ふさ》いだ。

唇を割って入ってきた舌が凛の舌を求めて、絡みつく。

「んっ……！」

キスしたい。葉月に触れたい。そう感じたのは、凛の方。

それなのにいざ葉月の熱を感じると、それだけで頭からつま先まで、痺《しび》れるような甘さに包まれる。

「は、づきっ……」

一瞬唇が離れるタイミングで、名前を呼ぶ。すると葉月は、堪《たま》らないとばかりに優しくかみついてくる。

「声、可愛い」

しっとりと低い声が耳朶《じだ》を震わせる。今日まで葉月は何度も、凛に甘い言葉を囁《ささや》いてきた。両想いだなんて知らずに、ただ翻弄《ほんろう》されている時でさえ、彼の声や言葉は、何度も凛の心臓を震わせた。今も、それらと変わらない。

そのはずなのに——葉月の気持ちが自分にある。心から可愛いと、凛を欲しいと言ってくれる。その事実は今まで以上に凛の心を溶かしていった。

「ふっ、ぁ……」

「もっと、聞かせて」

耳から伝わる熱が、身体の中心をくすぐる。

下腹部にじんと感じる熱さに、凛は堪《たま》らず身体をよじった。

(どう、して……)

キス一つでもこんなにも感じてしまう。思わず腰が揺れるほどに、思考がとろけそうになる。この上素肌に触れられたら——これから訪れるだろう触れ合いに、どうなってしまうのか。

裏側を舐《な》めて、舌先を吸われて——性急なキスに置いて行かれないよう、凛もまた自《みずか》ら葉月を求めた。その熱さも、激しさもパーティーの夜のキスと同じはずなのに、感覚はまるで違っていた。怖さなんて微塵《みじん》もない。探り合うキスでも、一方的なキスでもない。

心を通じ合わせた人とのキスは、今まで葉月としたどんなそれよりも気持ちよい。

「ふっ……」

息苦しさから漏《も》れた吐息さえも呑み込むように、葉月はいっそう深く口づける。

凛もまた、彼の唇を優しく食《は》み、下の裏側をしっとりと舐《な》め上げる。

初めこそ驚いたように目を丸くした葉月だけれど、すぐに嬉しそうに頬を綻《ほころ》ばせると、「上手だよ、凛」と凛の耳元で囁《ささや》いた。

口ではなく鼻で呼吸をする。舌先を絡ませて、優しく撫《な》でる——

全部、葉月が教えてくれたことだ。

ちゅ、ちゅ、と舌を絡み合う音だけが耳に飛び込んでくる。

靴も脱がずに激しい口づけを交わしている。

こんなところで恥ずかしい、と思っていられたのは初めのうちだけだった。

葉月は凛の腰をぎゅっと抱き締めて離さない。それとは対照的に、激しさが増すほど凛の身体からは力が抜けていった。甘い痺《しび》れが身体の内側から全身に向けて広がっていく。

「んっ……！」

舌裏を舐《な》められると同時に腰をすっとなぞられたその瞬間、かくっと膝の力が抜けた。

葉月は当たり前のようにその身体を支える。

「……シャワー、浴びる？」

彼の胸に頭を押さえつける形となった凛の耳元に、甘い声が降って来る。顔を上げると、どこか試すように目を細める葉月と目が合った。

——今は、一瞬だって離れたくない。

そう思ってくれているのが凛には、分かった。自分もまた同じ気持ちだったからだ。

しかし凛は、首を縦に振った。一瞬葉月が残念そうに眉を下げたのを見て申し訳なく思いながら、凛は葉月の胸に顔をうずめたまま、囁《ささや》くように告げる。

「綺麗な状態で、あなたに……」

抱いて欲しいの。浩太さんに触れられた場所を全部、葉月に上書きしてほしい。

消え入りそうな凛の声に葉月の身体が一瞬、大きく震えた。

「葉月……？」

凛は、恐る恐る顔を上げて驚いた。

「顔、赤いわよ？」

目元を薄《うっす》らと赤く染めて天井を仰ぐ葉月が、呆れたように凛を見下ろす。その上、何かを堪《こら》えるように深々とため息を吐《つ》かれてしまった。

目をとろんとさせたまま小首を傾《かし》げる凛に、葉月は低く唸る。彼はその後凛をゲストルームのバスルームへと誘《いざな》うと、扉を閉める直前、満面の笑みを浮かべた。

「凛」

「は、はい」

有無を言わさぬ笑顔の圧力に、凛は即座に背筋を伸ばす。

この瞬間まで「なんて格好いいんだろう」と感じてしまう自分は重症だと思った。

「覚悟してね。誘ったのは、君だよ」

「か、覚悟……？　ひゃっ！」

葉月は凛の耳たぶを甘噛《あまが》みする。

「『上書き』なんてしないよ」

そして、身体の芯まで響くような甘い低音で、囁《ささや》いた。

「全部、俺に染め上げてあげる」

ちゅっ、とリップ音と共に宣言された凛は、それ以上この場にいられなくて、慌ててバスルームに駆け込んだ。熱いシャワーを浴びている間も、心臓の鼓動が収まることはなかった。


「――凛」

バスローブを着て寝室の扉を開けた凛を、葉月は微笑を湛《たた》えて迎えた。

葉月も自室でシャワーを浴びたのだろう。

栗色の瞳はしっとりと濡れていて、普段は前髪で隠れている額《ひたい》が露《あら》わになっている。ベッドのヘッドボードに背を任せた葉月は、まるで眩《まぶ》しい存在を瞳に映すように凛を見つめた。

夢のようだな、と思った。

誰もが見惚《みと》れる極上の男が、自分を迎えている。

しかし夢みたいと思ったのは決して、それだけではなかった。

好きな人に、等しく『好きだ』と思ってもらえる。

一度は諦めた初恋の相手。もう会えないだろうと考えていた存在に想われる幸せ。

葉月は凛のために、あらゆるものを犠牲にした。『犠牲』なんて表現、きっと葉月は怒るだろうけど。

彼は全て自分で選び、決めたことだと言っていた。

それを『自分のせいで』と凛が思うのは、傲慢《ごうまん》な考えなのかもしれない。しかし凛の存在が、葉月の選択肢に影響を与えたのは事実だ。

凛に知られないように。傷つかないように。凛の知らない場所で、守ろうとしてくれた葉月。

――そんな彼に、自分は一体何を、返せるのだろう？

「凛？」

ドアノブを握ったまま葉月を見つめる凛に、彼は不思議そうな顔をする。

「好きだなあ、と思ったの」

「え……？」

「あなたのことが、大好きよ」

自分の気持ちを隠して、意地を張って後悔した幼い自分。

あの時の後悔があるからこそ、今の凛は伝える大切さを知っている。

葉月に釣り合うだけの容姿も、財力も持たないただの凛が、彼のためにできること。

素直に自分の気持ちを伝えるんだ。葉月が凛にしてくれたお返しの半分にもならないだろうけれど――『好き』というこの気持ちを、捧《ささ》げたい。

「おいで、凛」

柔らかな声色《こわいろ》が耳朶《じだ》を打つ。

「君のことを、抱き締めさせて？」

その胸に飛び込むことに、迷いはなかった。

正面から抱きつく凛を葉月は柔らかな抱擁《ほうよう》で受け止めた。

まだわずかに湿った黒髪を優しく撫《な》でると、凛の額《ひたい》に軽くキスを落とす。

それだけで凛の身体は大げさなくらいに震えた。羽が触れるような柔らかなキスはもちろん好きだ。

でももう、それだけでは足りない、と頭が、身体が訴えている。

――初めて身体を重ねたあの夜のように、葉月の印を刻んでほしい。

もう消えてしまった赤い花をもう一度、咲かせてほしい。

あの夜の感覚を思い出すとそれだけで身体が疼《うず》く。髪の毛を撫《な》でる葉月の指先の動き一つ一つに反応してしまう。

「怖がらないで。それとも、緊張してるのかな」

葉月は凛を抱き締めると、両手を背中に回してとん、とんと優しくリズムを刻む。

「大丈夫。怖いことなんて、何もない。俺に身を任せて。それにほら、分かる？　柄《がら》にもなく俺も緊張してる。こんなの、初めてだよ」

言われて初めて気づいた。

ぎゅっと抱き締められた凜の身体には、葉月の心臓の鼓動がダイレクトに伝わってくる。

自分だけではないのだという驚き。何よりこうして熱を分かち合う葉月が、堪《たま》らなく愛しくて、可愛く感じた。

「俺がどれだけ君を想っているか、嫌というほど教えてあげる」

耳元に降る声に、ぞくりと身体が震えた。

「好きだよ。君に負けないくらいにね」

その言葉をきっかけに、葉月は語らいをやめた。彼は凜の唇を塞《ふさ》ぎながら、そっとベッドの上へと横たえる。凜は自然と葉月の頭の後ろに両腕を回していた。

離したくない、離さないで――

言葉の代わりに凜は、止まることないキスを請う。

それに応えるように、葉月は凜の口に舌を割り込ませた。

必死に舌を絡める凜のバスローブの紐《ひも》を、葉月はさっと引き抜いた。

露《あら》わになったのは、何も身に着けていないまろやかな双丘《そうきゅう》。元々色白の凜の肌は入浴後の今、薄《うっす》らと色づいている。その感触を確かめるように、葉月の手がそっと腹部に触れた。

「きゃっ……！」

最初に感じたのは、くすぐったさだった。

大きな手のひらで優しく撫《な》でられると、それだけで身体がびくびくと震えてしまう。小さな笑い声を噛み殺す凜にいたずらするように、葉月の両手は腹部や腰回り、そして腕を撫《な》でていく。

「ふふっ、葉月、くすぐった……ぁっ！」

不意に、凛の声が変わった。

「や、そこっ……」

戯《たわむ》れのような触れ合いに自然と肩の力を抜いていた凛だが、葉月の両手が胸の頂《いただき》をさらりと撫《な》でた瞬間、堪《たま》らず喉の奥が鳴った。初めはそのふくらみを確かめるように撫《な》でていた葉月の親指が乳首を掠《かす》り、凛の身体が大きく跳ねる。

「……可愛い」

凛の反応に気を良くしたのか、葉月の手の動きは明確な意思をもって凛の胸を遊び始めた。

大きな手のひらが凛の豊かな胸をやんわりと下からすくいあげる。

葉月の喉がごくんと鳴ったのが聞こえたような気がした。

「んっ……」

ゆっくりなのに、時に強く、時にやんわりと触れるだけの緩急《かんきゅう》のついたその動きに、足の付け根がじんわりと熱を持ち始める。

(あ、つい……)

熱くて、もどかしい。

――これが『気持ちいい』ことなのだと教えてくれたのは、葉月だった。

凛は葉月以外の男性を知らない。知りたいとも思わないし、この先も彼だけに触れられたい。

でも、触れられれば触れられるほど自分の身体の熱を制御できなくなる。とろけそうなほど優しくて熱い愛撫《あいぶ》に、頭がくらくらした。

「やぁ……ふぁ……」

無意識に漏《も》れた喘《あえ》ぎ声《ごえ》はまるで自分の声ではないようだ。

恥ずかしい。凛は無意識のうちにきゅっと唇を結ぶ。

するとそれを咎めるように、葉月の唇が凛の喉をぺろりと舐《な》めた。

「声、我慢しないで」

「でも、変な声出ちゃうっ……」

「変じゃないよ。凛の可愛い声を、俺に聞かせて？」

俺が鳴かせているのだと思うと、嬉しくてどうにかなりそうだ、とからかい混じりの甘い声に、いっそう羞恥心《しゅうちしん》を煽《あお》られる。

しかし、声を我慢できたのは初めのうちだけだった。

凛の首筋に埋《うず》めていた葉月の顔が、ゆっくりと下へおりてゆく。そして葉月は、人差し指と親指でいじっていた頂《いただき》を、ぱくりと口に含んだ。

「あっ……それ、やぁっ……」

葉月の下が、乳首を責め立てる。

突起を甘噛《あまが》みされただけで、凛の身体は何度も震えた。

コロコロと舐《な》められると、葉月の舌の感覚がダイレクトに伝わってくる。

きゅっと固く閉じていた目を薄《うっす》らと開けた途端、凛の胸を食《は》む葉月と目が合った。

『あの』葉月が、凛の胸に吸い付いている。まるで見せつけるように、ちゅっちゅと音を立てるその姿は、視覚的にも凛の熱をいっそう煽《あお》った。

甘嚙《あまが》みされて、吸いつかれる。

もう、声を我慢する余裕なんてどこにもなかった。

凛の腰が誘うように動き始める。

ベッドに横たわった時はしっかりと着込んでいたバスローブは既《すで》に暴《あば》かれ、元の体《てい》を成していない。今の凛が身につけているのはもはや、頼りない下着一枚だった。

そこは今、自分でも分かるほどの熱を宿している。

（熱い、よぉ……）

凛は、無意識に太ももを擦《こす》り合わせる。

熱くて、もどかしくて、頭の芯からくらくらする。

乳首をコリコリと舌でいじられて、両手では身体の隅々まで撫《な》でられる。

目から、肌から、凛は葉月の存在を感じていた。

もっと、もっと、葉月を感じたい。

熱に浮かされた思考の中で、凛は葉月へと両手を伸ばす。彼は一瞬目を見開いた後、その手を取って、再びキスの雨を身体中に降らせた。

「あ、はぁっ……ん、ん……」

ぴくん、と凛の身体は何度も跳ねる。

真っ白なシーツに広がる絹のような黒髪。涙を滲《にじ》ませながらも確かに欲情した、とろんとした瞳。葉月の愛撫《あいぶ》によって桃色に色づく頬、誘うように小刻みに震える腰、そして太もも——それらがいかに男の情欲を誘うのか、凛は知らない。

「は、づき……？」

不意に葉月の身体が離れる。甘えるような声で葉月の名前を呼ぶと、彼は「堪《たま》らないな」と吐息混じりに囁《ささや》いた。

「綺麗だよ、凛。……本当に、綺麗だ」

葉月の瞳に自分の裸身《らしん》が映されている。たったそれだけのことが堪《たま》らなく嬉しくて、幸せで、恥ずかしい。

（綺麗なんて、そんなこと……）

その言葉が似合うのは葉月の方だ、と凛は思った。バスローブを脱ぎ捨てた葉月の身体は、見惚《みと》れるほどに整っている。

引き締まった二の腕、六つに割れた腹筋。

この逞《たくま》しい身体に、凛はこれから抱かれるのだ。

「俺を、拒《こば》まないで」

葉月は凛の鎖骨《さこつ》に印を刻んだ。ちくん、と感じた小さな痛みを消し去るように、葉月は印の上にキスを落として、言った。

「——君が、欲しい」

それが、合図だった。

葉月は今一度凛の唇を塞《ふさ》ぐ。今度のキスはまるで嵐のような激しさだった。喉の奥から漏《も》れる喘《あえ》ぎ声《ごえ》と、葉月の荒い吐息が混じり合い、一つになる。

キスが深まる度に凛の身体からは力が抜けていく。代わりに訪れるのはむずがゆいまでのもどかしさと、終わりのない甘い疼《うず》きだ。

「あっ」

不意に葉月は、最後に残った凛の下着に触れた。布越しに指先で何度もそこを上下される。

直接的ではないが、的確に凛の中心を責め立てるその動きに、熱はじんわりと増していく。

次第に、喉から漏《も》れる嬌声《きょうせい》とは別に、蜜《みつ》の濡れる音が凛の耳に届き始める。

「……すごい。こんなに濡れてるよ、お嬢様」

「いま、そんな風に、呼ばないでっ……！」

「ごめんね。君が可愛すぎるから、つい」

この場面でその呼び方をされると、まるでいけないことをしているような気分になって、いっそう凛の腰は揺れた。しかしどれだけ凛が身をよじっても、葉月の指の動きが止まることはない。

下着は既《すで》にびっしょりと濡れ、じんわりと大きな染《し》みが滲《にじ》んでいる。

（恥ずか、しい……！）

あられもない姿を見られている。猫のような声を上げて、腰を揺らしている。

そんな姿の一部始終を葉月に見られていると思うと、恥ずかしくて堪《たま》らない。

それなのに、『見ないで』とは言わなかったことも恥ずかしい。

でもそれ以上に、もっと、もっと触れて欲しい。

そんな風に望むのははしたないことなのかもしれない。しかし、凛の本能は求めることを抑えられなかった。

「ね、はづき……」

苦しいの。

熱くて、熱くて、堪《たま》らないの。

凛は、無意識に誘うように葉月を見つめる。

潤《うる》んだ瞳とぽてっと色づく唇に名前を呼ばれた葉月は、一瞬息を呑む。

その直後、彼は力の抜けた凛の足から既《すで》に用をなさなくなった下着をするりと引き抜いた。

身を守る物が何もなくなった凛は、すーすーするそこに不安を覚え、咄嗟《とっさ》にきゅっと内ももに力を入れる。

「隠さないで」

「あっ……ゃっ、恥ずかしい、見ちゃだめっ……」

「どうして?」

葉月はそれを片手でたやすく割ると、太ももの付け根に触れた。

「――濡れているよ、凛」

いやいやと首を振る凛の耳元で、葉月は囁《ささや》く。

「ひゃんっ……あ、あっ」

くちゅ、といやらしい音が耳に届く。

「触ってもいないのに、こんなに溢《あふ》れてる」

「そんなこと、言わないでっ……」

恥ずかしい、と消え入りそうな声で漏《も》らす凛の目尻に、葉月は「恥ずかしくなんてないよ」と言い、そっとキスを落とす。

「俺に感じてくれているんだと思うと、嬉しくて堪《たま》らない」

陰核《いんかく》をゆっくりと擦《こす》られる度に、身体が跳ねる。葉月は、凛の身体の内側から溢《あふ》れ出る愛液を指に絡ませて、花弁を撫《な》でた。

指先が花弁を上下するリズムに合わせるように、自然と腰が動いてしまう。

触れられる箇所全てがじんじんと熱かった。

「んっ……ゃぁ」

「凛、俺だけのお嬢様。君のいいところを、俺に教えて？」

そんなの、知らない。

「葉月が見つけてよぉっ……！」

舌っ足らずな声で言い返すと、「くそっ」と滅多に聞かない声と共に指の動きが変わった。

「本当に煽《あお》るのが上手だね、君は」

煽《あお》ってなんかない、という言葉は荒々しいキスによって封じ込められた。

「望み通り探して上げるよ、お嬢様。これ以上ないくらいの良いところを、ね」

指先が今までとは明らかに違うリズムを刻み始めた。陰核《いんかく》を何度も素早く擦られる。

「あっ、それダメッ！　葉月、お願いっ……！」

背筋を甘い痺《しび》れが駆け抜ける。来る。何かが来てしまう。

指の動きに合わせて無意識に腰が揺れる。

そして葉月の親指が陰核《いんかく》を強く押した瞬間、それは来た。

「――っ……！」

頭の中で一瞬、何かが白く弾け飛ぶ。

トクン、トクンと波打つ心臓の音を感じた。心地よい気だるさに包まれる。

ベッドに身を沈める凛を労《いた》わるように、葉月は額《ひたい》にキスをする。

「……可愛い、凛」

そこから頬、そして耳元へ――

「上手にイけたね？」

「やっ……もう、そこで話さないでっ」

耳が弱いのを知っているのに、どうしてそこで話すの！

身体の中心に響くような甘く掠《かす》れた声色《こわいろ》に、一瞬落ち着きかけた心臓が再び激しく鼓動し始める。

前回は、ここまでだった。

意識を飛ばした凛を、葉月は眠りにつくまで抱き締めてくれた。

しかし今度は、違う。

「あっ……そこ、やぁ」

不意に花弁を撫《な》でられて、肩が跳ねる。

達した直後の凛の身体は今、微《かす》かな動きにさえ——胸から括《くび》れた腰にかけて唇を落とす葉月の息遣い一つにも、敏感に反応してしまう。

葉月は、凛の淡い茂みを優しく撫《な》でる。そしてゆっくりと、凛の中へと進入を始めた。

——撫《な》でられた時とは全く違う感覚が凛を襲った。

葉月の長く形のいい指先は、凛の膣内《ちつない》で浅く差し入れを繰り返す。決して無理矢理ではないゆっくりとしたその動作はもどかしくて、身体が強張ってしまう。

そんな凛の緊張をほぐすように、葉月は「凛」と彼女の名を呼んだ。

「俺を見て。俺だけを感じて」

「は、づき……？」

「大丈夫、優しくするよ。何も考えられなくなるくらい、気持ちよくなって欲しいから」

葉月は、少しずつ侵入を深めていく。絶え間ない愛撫《あいぶ》によって存分に施《ほどこ》されたそこは、彼の指を容易に受け入れた。

「そう、上手。いい子だね」

奥へと向かう最中、痛みを感じたのは一瞬だった。人差し指は緩《ゆる》やかに凛の膣内《ちつない》を上下する。その動きに合わせて凛は何度も小さく啼《な》いた。

何度も凛の頭を、頰を、身体を撫《な》でた葉月の指が今、自分の中に入っている。

誰も触れたことのない、自分でさえ知らない身体の中心に葉月の指の形を感じて、凛の呼吸はどんどん乱れていった。

布越しに触れられるのとはまるで違う、その感覚。

くいっと指先が曲がると、その度に凛の身体は大きく震えた。

「待って、葉月っ、お願い！」

熱くて、どうにかなってしまいそうだった。

凛は耐えられずにぎゅっと目をつぶる。しかし視界を閉ざしたことで、かえって敏感《びんかん》に反応してしまうことを、凛は知らなかった。

「あっ……！」

目を閉じていたのは、ほんの一瞬。ある一点を擦られた瞬間、今までとはまるで違う感覚に、凛は反射的に瞼《まぶた》を開いた。

はっきりと欲を宿したヘーゼルの瞳と、目が合った。彼は、凛の反応に一瞬目を見張った後、嬉しそうに表情を和《やわ》らげる。

「――見つけた」

「え……あぁっ、そこ、だめっ……！」

「ここが、君のいいところだ」

葉月は、その一点を責め立てる。今までの緩《ゆる》やかな動きが嘘だったような激しい動きに、凛はただ喘《あえ》ぐことしかできない。

「ひゃっ、はづき、そこっ、なんか、変……」

「変じゃない、可愛いよ」

可愛い、綺麗だ——凛を責め立てながらも葉月は繰り返しそう呟《つぶや》く。凛は、何かが弾けるあの瞬間に似た感覚を断続的に感じていた。子猫の鳴き声にも似た嬌声《きょうせい》が響く。

一方の葉月の息遣いもまた、少しずつ乱れていった。

初めは一本を迎えるのがやっとだった膣内《ちつない》はしっとりと濡れている。人差し指だけはない。複数の指による挿入《そうにゅう》に、凛の腰は何度も跳ねた。

激しいのに、痛くない。葉月が凛に与えてくれるのはどこまでも優しくて、甘い愛撫《あいぶ》だ。

「気持ちいい、凛？」

「わかんなっ……わかんないよぉっ……」

凛は、いやいやと子供みたいに首を横に振る。

そんな彼女を褒めるように、宥めるように、葉月は何度もキスをした。

「大丈夫。素直に、感じて」

素直に？　本当に、感じてもいいの？

この瞬間、凛が纏《まと》っていた羞恥心《しゅうちしん》のヴェールは、全てはぎ取られた。

「きもち、いいっ……！」

凛は、何度も葉月の名を呼んだ。

「はづき、気持ちいい、よぉっ……！」

「っ……はあ、凛……」

腰を揺らす凛の前で、葉月は下着を脱ぎ捨てる。先ほどまで彼の下着を押し上げていたそれは、今、反り立っていた。初めて見るその大きさに、凛はひゅっと息を呑んだ。

「凛、いい？」

スキンを装着した葉月は凛の腰に手を当てて、静かに問う。

彼の瞳は今、明らかな熱を宿して凛を見つめていた。

凛が欲しいのだと身体全体で表しながらもこうしてどこまでも凛を気遣う姿勢が、愛おしい。

「は、づき……」

凛は息を乱したまま、葉月の首に両手を回して、うっとりと微笑んだ。

「……来て？」

私も、あなたが欲しいから。

葉月は息を呑む。そして彼は、笑った。

スキン越しのそれが凛の濡れそぼった秘部に当たる。

指とは異なる圧倒的な質量に、凛の表情が歪《ゆが》んだ。

「いっ……」

「凛、俺を見て」

虚《うつ》ろげな凛の瞳に葉月が映る。

「大丈夫。何も、怖くないよ」

身体の中心に初めて男を迎え入れた凛は、浅い呼吸を繰り返しながら葉月を見返した。

苦しい。じんじんする。助けを求めて凛が両手を伸ばすと、葉月はその手を取ってキスを落とした。

指先、手の甲、手首の内側。触れられる箇所から優しさが広がっていくような感覚がした。

「ゆっくり息を吐いて。……そう、いい子だね」

深呼吸を繰り返すと徐々に痛みは和《やわ》らいでいく。同時に自分の中にいる葉月を確かに感じた。

「少し、落ち着いてからにしようか」

「やっ！　だめ、止めないで！」

葉月が腰を浮かそうとするのを、凛は抱きつくことで反射的に止めていた。

「凛？」

葉月が凛の反応を気にかけてくれるのは嬉しい。でも離さないでほしかった。

「痛いけど……でも、嬉しいから」

今は緩《ゆる》やかな挿入《そうにゅう》よりも、もっと深くに葉月を感じたい。

「ずっと、あなたが欲しかったの」

だから止めないで。

あなたを、ちょうだい。

「――っ君って人はっ……！」

葉月は一気に、貫《つらぬ》いた。

「ああっ」

目の前がちかちかする。一瞬にして頭の中が真っ白になる。

意識を飛ばしていたのはほんの数秒にも満たない間だったろう。

しかし凛を呼び戻したのはやはり、葉月だった。

深く腰を打ち付ける。膣内《ちつない》を擦《こす》られて、一気に引き抜かれて、再び貫《つらぬ》かれて——突き上げられる度に凛の身体は大きく跳ねた。

葉月が凛の腰を持ち上げると、結合部はいっそう深くなる。

腰を打つ音、甘く切ない嬌声《きょうせい》、挿入《そうにゅう》する度に漏《も》れる粘着音《ねんちゃくおん》。

二人を包む空間の全てに五感が刺激された。対面になった凛の唇を葉月が塞《ふさ》ぐ。

激しい挿入《そうにゅう》を繰り返しながら、唇は凛の口腔《こうこう》を激しく動き回る。

「は、づきっ……」

葉月、葉月。

喘《あえ》ぎながら凛は何度も名前を呼んだ。生理的に浮かんだ涙で顔をくしゃくしゃにして、必死に葉月の舌に応える。

「名前、呼んでっ……」

私の好きな声で、私の名前を呼んで。

「凛」

離れていた時間を、すれ違った期間を取り戻すように、葉月は溢《あふ》れんばかりの愛しさを込めて、自分だけのお嬢様の名を呼んだ。

気持ちいい。涙で目の前が見えない。腰を打ち付けられる度に身体の中心から甘い痺《しび》れが身体全体に広がっていく。

欲しかった人が自分の中にいる。その事実に、凛の身体は歓喜で震えた。

「あっ……は、づき……これ、いやぁ……！」

凛に覆《おお》いかぶさっていた葉月は、不意に凛の背に手を当てて、上半身を起こさせる。その瞬間、結合部分がぐっと近くなって、膨張《ぼうちょう》したそれが奥まで入ったのが分かった。

「気持ちいっ……！」

葉月は凛のささやかな抵抗をよそに、片手を凛の背に、片手を腰に当てて、動き続ける。その度に葉月の逞《たくま》しい胸板に、凛の胸が当たって、押しつぶされた。

「ふぁっ……！」

葉月は激しく腰を打ち付けながら、噛みつくようなキスをする。

ちゅ、ちゅと舌を伝って唾液が混じる音と、下半身の愛液が零《こぼ》れる音が、二人の耳に届いた。

しかしそれを恥ずかしいと思う余裕は、既《すで》に凛にない。

膣《ちつ》を通って子宮を揺さぶられているような気がした。ぐっと押し込まれたと思えば直後に抜かれて、また押し込まれて——緩急《かんきゅう》のある挿入《そうにゅう》は、凛の中心を何度も、何度も深く貫《つらぬ》く。

「はづき、はづきっ……」

自分の中に、葉月がいる。

熱くて、気持ちよくて、意識が飛びそうになる。

太ももから足のつま先まで、凛の身体は震えた。時に小刻みに、時にダイレクトに葉月は動く。

その振動に凛は堪《たま》らずシーツを掴《つか》むけれど、葉月はまるでシーツにさえ嫉妬するように、凛の手に自《みずか》らの手を重ねた。

「ごめん、凛。動くよ」

「え……きゃっ」

その瞬間、凛の視界は反転した。正面から向き合っていたはずの葉月を、見下ろしている。

葉月の上に乗っかるように——突然の騎乗位《きじょうい》に動揺した凛は、反射的に腰を浮かそうとした。

しかし葉月はすかさず凛の腰に両手を添えて、下から自《みずか》らを突き上げる。

「あっ……だめ、はづき、これ、だめっ……！」

今までとは違う角度からの律動《りつどう》に、悲鳴にも似た嬌声《きょうせい》が上がる。

それに煽《あお》られるように、葉月の動きはいっそう激しさを増した。

苦しい。熱い。しかし痛くはなかった。ただ——ただ、どこまでも激しくて、気持ちいい。

目の前に火花が散るような感覚を覚えながらも、凛は葉月を見下ろす。

額《ひたい》に汗を滲《にじ》ませて、凛を見つめる姿を綺麗だと、凛は思った。

「は、づき……はづきは、気持ち、いい……？」

「気持ちいい、よ……とっても」

もう、理性はほとんど残っていなかった。

凛は、身体が感じるままに、下からの律動《りつどう》に身を任せる。同時に自《みずか》らも、無意識にゆらゆらと腰を動かした。

「凛、りんっ……！」

「あっ、はづき、ダメっ……！」

凛は、ぎゅっと瞼《まぶた》をつぶった。

——もう何も、考えられない。

お願い、葉月。

イきたい。イかせて。

「一緒にっ……」

気づけば凛は懇願《こんがん》していた。

自分だけが気持ちよくなるなんて、そんなのいや。もう、葉月のことしか考えられなくなっている。彼が欲しい。彼に求められたい。それと同じくらい、気持ちよくなってほしい。

「一緒に、気持ちよくなりたいっ……！」

熱に浮かされたように必死に言い募る凛の唇を葉月が奪った、その時だった。

「——っ……！」

最奥《さいおう》を貫《つらぬ》かれた瞬間、意識が弾ける。

同時にスキン越しに放たれ、葉月もまた達したのだった。

葉月は凛の中から自身を取り出すと、荒い息遣いのまま彼女の胸に顔を埋《うず》める。滑《なめ》らかな髪が肌に触れて、凛はそっと彼の髪の毛を撫《な》でた。あやすような手つきに、はっと葉月は顔を上げる。驚いたように目を瞬《しばた》かせる様《さま》は少しだけ幼く見えた。凛を翻弄《ほんろう》する『男』からの変わりように、凛はくすりと微笑む。するとそれに釣られたように葉月もまた、目元を和《やわ》らげた。

二人はどちらともなく手を伸ばす。情事の直後である今、肌は汗で濡れている。

しかしそんなことを気にすることなく、凛と葉月は抱き締め合った。

肌越しに、葉月の鼓動が聞こえる。彼の息遣い、匂い、体温。それら全てを凛は確かに感じていた。

「ありがとう、凛」

俺を初めての相手に選んでくれて。俺を受け止めてくれて本当に、ありがとう。

耳をくすぐるとろけるような甘い声に、凛もまた同じ言葉を返す。

心を通わせた人とのセックスがこんなに幸せだなんて、知らなかった。

もしも相手が葉月でなかったら、きっとこんな気持ちにはならなかっただろう。

——全ては、葉月だから。

葉月が好きだ。誰よりも何よりも、愛しくて、大切で堪《たま》らない。

きっとこの先、凛が彼以上に誰かを想うことはないだろう。

「葉月」

凛もまた彼に負けないくらい優しく甘い声を舌に乗せた。

「お願いがあるの。聞いてくれる？」

葉月は、凛の珍しい頼みごとに一瞬目を丸くしたが、すぐに「もちろんいいよ」と表情を和《やわ》らげる。凛は、言った。

「私を、あなたの最後の人にして」

この世でただ一人、葉月だけが叶えられる、その願い。

「あなたが私を『俺だけのお嬢様』と言うのなら……あなたも、私だけの葉月になってほしい」

凛は、言った。

「あなたを、私にちょうだい？」

葉月は、笑った。

「俺は、昔からずっと君のものだよ、お嬢様」

——My sweet darling.

俺の、愛しい人。

Epilogue

「リン。私は、あなたに負けたなんてちっとも思っていないわ。でも今回は引いてあげる」

アリサは、空港に見送りに来た凛に向かって高飛車《たかびしゃ》に、しかしどこか楽しそうに言った。

ホテルの騒動から一週間後の今日、アリサは帰国する。

一方の高野とはあれから一度も連絡を取っておらず、あちらから接触してくる様子もない。

しかし、葉月とアリサから聞いたところによると、高野の会社からエアリーグループに正式な謝罪があったらしい。今頃高野は生きた心地がしていないだろう。それを知ってか知らずか、アリサは『今後の出方次第よね』と不敵に笑っていた。

「ハヅキ。リンが嫌になったら帰ってきていいのよ？　私は、いつでも歓迎するわ」

次《つ》いでアリサは、葉月を前ににっこりと微笑む。

どんな時も堂々とした態度を崩さない彼女は、やはり美しい。

「ありがとう。でもきっとそんな日は来ないよ、アリサ」

苦笑しながらも答える葉月に、アリサは肩をすくめて「つまらないわね」と口の端《はし》を上げた。

「冗談よ。こーんな美人になびかない男なんて、いらないわ。——リン」

「はい」

そしてアリサは、そっと凛の耳元に唇を寄せて、囁《ささや》いた。

「誤解していたことは、謝るわ。タカノに向かって啖呵《たんか》を切ったあなた、最高にイかしてたわよ」

予想外の言葉に、凛ははっと顔を上げる。するとアリサはふわりと微笑み、凛の頬にちゅっと挨拶のキスを落とした。

「じゃあね。今度は、あなたが私のところに遊びに来なさい。ハヅキと一緒にね」

そしてアリサは、日本を発《た》ったのだった。

——初めは、ただの我儘《わがまま》なお嬢様かと思っていた。

（でも、違った）

容姿はもちろん、その潔《いさぎよ》さは、同性から見ても憧《あこが》れずにはいられない存在だった。

「『ハヅキと一緒に』ですって」

「いいね。今度二人で遊びに行こう。君に案内したいところがたくさんあるんだ」

差し出された手に、凛は手のひらを重ねる。それをぎゅっと握り返した後、葉月は凛をじっと見《み》据《す》えた。ヘーゼルの瞳は、どこか気遣わしそうに凛を映す。

「帰ったら『彼』がいる。俺は、君とあの人を二度と会わせたくない。……そう言っても、君はきかないんだろうね」

アリサと高野。凛が決着をつけなければならない人物は、彼らだけではない。

「我儘《わがまま》でごめんね。でも、これだけは譲《ゆず》れないわ」

口では謝りながらもはっきりと意志を告げる凛に、「お嬢様の我儘《わがまま》には敵《かな》わないね」と葉月は悪《いた》戯《ずら》っぽく肩をすくめる。この人がいれば大丈夫だと、凛にはそう思えた。

◇─＊◆＊─◇

「これを最後に、もう二度と凛に関わらないと約束して頂けますね？」
目を吊《つ》り上げた初老の男――籠宮伊佐緒は、葉月がテーブルの上に置いた小切手を奪い取るように掴《つか》むと、憤然《ふんぜん》とソファから立ち上がる。そして葉月の後ろ、秘書として控える凛をきっと睨《にら》んだ。

凛は一瞬身構えたが、その視線を正面から受け止める。こうして父と対面するのは数年ぶりだ。それがまさかこんな形になるなんて、想像もしていなかった。

「お父さま」

冷静に話をしようと思った。しかしいざ本人を前にすると、怒りや悲しみ、苦しみ――たくさんの感情が絡み合って、かける言葉が見つからない。

伊佐緒にとって凛は、ただの駒だったのかもしれない。その事実は、凛の心を深く抉《えぐ》った。

それでも、彼は凛の父親だ。その事実は生涯変わらない。

「……誓約書まで交わしたんだ。約束は守る」

伊佐緒は、凛から視線を逸《そ》らす。そして二度と振り返ることなく、社長室を出て行った。

「……凛」

葉月は立ち上がり後ろを向くと、凛の頬にそっと手を這《は》わせる。凛は、自分の手をそこに重ねた。

「そんな顔しないで」

葉月は、形のいい眉を下げて凛を見下ろす。伊佐緒と毅然《きぜん》と対面していた時とは違うその姿に、凛は「大丈夫」と重ねて言った。

「泣いたりしないわ。……涙も出ない、っていうのかな。よく、分からないけど」

父親との決別。この喪失感《そうしつかん》を埋めるにはきっと、時間がかかる。不意に怒ったり、泣きたくなる瞬間があるかもしれない。でも今の凛は、一人じゃない。だから大丈夫だと、そう思った。

「葉月。お父さまのこと、本当にありがとう」

「お礼を言われるようなことは、何もしてないよ。全部俺が好きでやったんだ」

ホテルでの一件後、葉月は改めて、伊佐緒に二度と凛に関わらないことを求めた。

その見返りに、伊佐緒は葉月からまとまった資金を受け取り、それを元手に再度事業を始める。

その取り決めは全て、凛のいないところで行われた。

伊佐緒と凛が二人きりで会うことを葉月が許さなかったのだ。全ては、凛を守るため。

その気持ちを嬉しいと思う一方で、凛はどうしても最後に父と会いたかった。結果は残念なものになってしまったけれど、区切りは付いた。

「父に渡したお金は、何年かかっても必ず返します」

「必要ないよ」

葉月は苦笑する。

「さっきも言ったように、俺が勝手にしたことだ。それにあのお金は、お返しでもあるから」

「……お返し？」

ああ、と葉月は静かに頷《うなず》く。

「凛には悪いけど、俺はあの人が大嫌いだ。多分、死ぬまで許せないと思う。でも、当時行く場所のなかった俺と母を彼が迎えてくれたのは、事実なんだ。……本性を現すまでは、優しかったしね。だから、あれはその時の恩を返しただけ。君は、関係ないよ」

だから本当に気にしないで。優しい言葉に、凛はやはり首を横に振った。

「ダメよ」

「……凛」

「お願いだから、返させて？　それくらいしないと、私は自分が許せなくなる。あなたを好きって、自信を持って言えなくなってしまうわ」

父が受け取った資金は、一介のＯＬである凛にとってはかなりの大金だ。しかし時間をもらえれば、返済不可能な金額ではなかった。

「……こんなことなら、もっと金額を増やせばよかったかな」

「え？」

「そうすれば君は、返済が終わるまでずっと俺の側にいてくれるんだろう？」

悪戯《いたずら》っぽく葉月は笑む。凛が離れていくなんてちっとも思っていないくせに、と凛は内心苦笑した。

(今度は、私から)

凛は、葉月の顔へと両手を伸ばす。そして両頬を優しく包み込むと、触れるだけのキスを捧《ささ》げた。

「あなたが望んでくれるなら、私はずっと一緒にいるわ」

温かなヘーゼルの瞳に向かって、ふんわりと微笑む。

「『俺だけのお嬢様』って言ったのは、あなたでしょう？」

――My darling?

愛しさを唇に乗せて、耳元でそっと囁《ささや》く。

葉月は、凛の両肩を掴《つか》んで焦ったように身体を離した。その顔は、耳まで真っ赤に染まっている。

「どう？　少しは、ドキドキしてくれた？」

「……君って人は」

完敗だよ、と葉月は大きなため息を吐《つ》く。そのあまりに大げさな仕草に、凛は声を上げて笑った。

「――よし、決めた。優秀な秘書見習いの君に一つ、重要な仕事をお願いしよう。明日にでも『籠宮凛』名義で新しい口座を一つ作って来るように。いいね？」

「それは構わないけれど、どうして急に？」

「贅沢《ぜいたく》な海外旅行も、五つ星ホテルも、レストランも。いくらでも連れていけるけど、きっと君は何かお祝いごとでもない限り、それを受け取ってくれないだろう？」

質問の意図が分からないまま、しかし凛はその通りだと素直に頷《うなず》く。

「だから、凛から受け取ったお金は、今度から新しい口座に入れるんだ。ある程度貯《た》まったら、一緒に美味しいものを食べに行こう。ちょっと贅沢《ぜいたく》して旅行に行ってもいい。最初は国内から始めようか。一泊二日の温泉旅行とか、きっと楽しいよ。まあ、金額が金額だから、使い切るには何年もかかるだろうけど、構わないよね」

「ま、待って！　葉月、それじゃあ」

意味がない。そう言いかけた凛の言葉を、葉月は軽いキスで簡単に封じ込める。

「これから先、俺と凛、二人で過ごす時間のために使うんだ」

だからその口座の資金はとても重要だよ、と葉月は悪戯《いたずら》っぽく笑った。

「どう？　このアイデア、最高だと思わない？」

――そんなの、答えは決まってる。

「最高よ、葉月！」

子供みたいにはしゃいで抱きつく凛を、葉月はしっかりと受け止めた。

美味しいものを食べて、旅行に行く。同じ景色を見て、同じ空気を感じる。時々喧嘩して、気まずくなって、時には話もしたくないほど険悪な雰囲気になることもあるかもしれない。

(それでも葉月と一緒なら、きっと楽しい)

離れていた時間を埋め合うように、一つ一つ新しい関係を作り上げていく。

「葉月」

「なに、お嬢様」

これから先、凛は何度でも同じ言葉を捧《ささ》げるだろう。

そして葉月は、それ以上に甘い言葉を、凛に囁《ささや》くに違いない。

「あなたのこと、大好きよ」

——私はこの人と、生きていく。

〜大人のための恋愛小説レーベル〜

# ETERNITY エタニティブックス

彼の執愛からは逃げられない!?

## これが最後の恋だから

エタニティブックス・赤

結祈《ゆうき》みのり

装丁イラスト／朱月とまと

恋人にフラれたことをきっかけに、地味子から華麗な転身を遂げた恵里菜《えりな》。過去を忘れるべく日々仕事に打ち込んでいたが、そんな彼女の前に、かつての恋人が現れる。二度と好きになるもんかと思っていたのに、情熱的に迫られるうち、だんだん心が絆《ほだ》されてきて……。執着系男子×意地っ張り女子の、過去から始まるラブストーリー。

※エタニティブックスは大人の女性のための恋愛小説レーベルです。ロゴマークの色で性描写の有無を判断することができます（赤・一定以上の性描写あり、ロゼ・性描写あり、白・性描写なし）。

詳しくは公式サイトにてご確認ください。
http://www.eternity-books.com/

携帯サイトはこちらから！

恋愛小説「エタニティブックス」の人気作を漫画化!

漫画 Mikan Kotatsuno **小立野みかん**　原作 Yuki Kurusu **来栖ゆき**

# マイ*フェア*ハニー

平凡なOL律花《りっか》は、超・過保護な兄にいつも邪魔され恋愛経験ゼロ。そんなある日、兄の海外転勤が決まり、これでようやく恋人ができる！　と喜んでたら隣の部屋に、新たなお目付役として兄の親友、彰文《あきふみ》が引っ越してきた!?　イケメンでとても優しい彼だけど、手を握られたり、耳元で甘く囁《ささや》かれたりとスキンシップが多めで――？

B6判　定価：640円+税　ISBN 978-4-434-23845-1

**結祈みのり**（ゆうきみのり）
栃木県出身。2013年よりWeb上にて小説を発表。『これが最後の恋だから』にて出版デビューに至る。

**イラスト：黒田うらら**

初恋《はつこい》♥ビフォーアフター

結祈みのり（ゆうきみのり）

2017年 11月 30日初版発行

編集－仲村生葉・羽藤瞳
編集長－塙綾子
発行者－梶本雄介
発行所－株式会社アルファポリス
〒150-6005東京都渋谷区恵比寿4-20-3 恵比寿ｶﾞｰﾃﾞﾝﾌﾟﾚｲｽﾀﾜｰ5F
TEL 03-6277-1601（営業） 03-6277-1602（編集）
URL http://www.alphapolis.co.jp/
発売元－株式会社星雲社
〒112-0005東京都文京区水道1-3-30
TEL 03-3868-3275
装丁イラスト－黒田うらら
装丁デザイン－ansyyqdesign
印刷－大日本印刷株式会社

価格はカバーに表示されてあります。
落丁乱丁の場合はアルファポリスまでご連絡ください。
送料は小社負担でお取り替えします。

ISBN978-4-434-24011-9 C0093